曼陀罗悬疑馆

给您最好看的原创悬疑小说

天机十二宫之上爻堂

王超/著

贵州出版集团
贵州人民出版社

图书在版编目（CIP）数据

天机十二宫之上爻堂 / 王超 著--贵阳：贵州人民出版社，2019.11

ISBN 978-7-221-15683-9

Ⅰ.①天… Ⅱ.①王… Ⅲ.①长篇小说－中国－当代 Ⅳ.①I247.5

中国版本图书馆CIP数据核字（2019）第251693号

天机十二宫之上爻堂

TIANJISHIERGONG ZHI SHANGYAOTANG

王超 / 著

总 策 划	陈继光
责任编辑	陈继光
特约编辑	陈胤凡
装帧设计	陈 晨
封面设计	源画设计
出版发行	贵州人民出版社有限公司（贵阳市观山湖区会展东路SOHO办公区A座）
印 刷	长沙鸿发印务实业有限公司（长沙市黄花工业园3号）
版 次	2020年1月第1版
印 次	2020年1月第1次
印 张	22
字 数	300千字
开 本	710mm×1000mm 1/16
书 号	ISBN 978-7-221-15683-9
定 价	46.00元

序　章　逃杀

“嗖！”

“嗖！”

“嗖！”

夜幕之下，几道身影在竹林间飞速狂奔，他们速度极快，而且时不时回头张望，显得颇为焦虑。

皎洁月光映照之下，依稀可看清这几人满身鲜血，脸色憔悴，然而，步伐不乱，眼神坚定；领头男子约莫二十岁，一张国字脸，沾着血迹，平添几分刚毅之色。他右手紧握沾满鲜血的红缨长枪，左手托着斜系在肩膀上的襁褓。

滴答。

一滴鲜血从领头男子脸颊上缓缓滑下，滴落在襁褓中婴儿的鼻尖上，婴儿伸出肉嘟嘟、白皙的小手抓了抓，鲜血染红了鼻头。男子边跑边低头望了一眼怀中婴儿，瞧着婴儿这副可爱模样，沾着鲜血的脸上浮现出一抹宠爱的喜色。

“嗒！”

“嗒！”

“嗒！”

两侧传来急促的马蹄声，男子情绪被打断，他神色凝重地扭头朝两边望去，只见火光映天，两侧的火把如两条肆虐的长龙快速移动，呈围剿之势逐渐朝前方合拢。男子又扭头朝身后望去，只见一排火把正逐渐逼近，与两侧的火把结合，呈弓形涌来，如怪兽的血盆大口，势必要吞噬这几人。

半盏茶后。

火把由弓形变成圆形，前方骏马嘶吼，火把停止移动，后方脚步逼近，火把迎来——这几人已彻底被围了。

领头男子止住脚步，其余几人也纷纷停下，大家肩靠着肩，围成小圈，眼神警惕地凝视着各自前方的黑衣人。

他们知道一场恶战免不了，手中的剑握得更紧了。

如此对峙几息后，一黑衣人从人群中走来，在众黑衣人前止步，望着面前意图做困兽之斗的男子们，眼神中散发着一丝敬重，开口道："交出这孩子，留你们全尸。"

领头男子神情漠然、毫无惧意，左脚往前踏了半步，抬起手中红缨长枪直指黑衣人首领，气势十足地质问道："你们到底是什么人？当朝皇子都敢截杀，不怕被灭九族吗？"

"杀。"

黑衣首领似乎早已预料如此结果，并不多言，直接下令。顿时，众黑衣人如蜂群般朝几人拥上去，手中的武器已挥出，直逼被围几人。火光映照之下，刀光剑影，鲜血四溅，一个又一个黑衣人倒下。

这几人配合默契，阵形不乱，虽人少，却一时间阻挡住黑衣人的进攻。可他们都已三天三夜未合眼，早已疲惫不堪，在黑衣人连番进攻之下，或多或少受了些轻伤，领头男子为护婴儿，腹部硬生生中了一刀，鲜血直流。

此时，他们在苦苦支撑，如此下去，被杀只是迟早之事。

其中一男子一剑扎进冲上来的黑衣人脖颈，又退回自己位置，急慌说道："大人，皇子安危为重，吾等为大人杀出一条血路，请大人护皇子先走。"

"好。"

领头男子毫不迟疑、干净利落地应了句，几人同时变换方位，将领头男子护在中间，朝着黑衣人防守最薄弱的北面突围，一路杀伐，鲜血狂喷，人一个又一个地倒下，有黑衣人，亦有自己人。

领头男子眼睁睁看着下属一个个倒下，神情悲痛，却深知皇子性命为重，强忍着这份悲痛继续往前冲，打开一个缺口，领头男子纵身一跃，跳到马背上，一手抓着马缰绳、一手挥着长枪横扫阻挡之人，直冲而去。

“追。”

黑衣统领见状，厉声大吼；部分黑衣人听令，上马追赶。

“嗒！”

“嗒！”

“嗒！”

骏马驰骋。

领头男子一手拽着缰绳，一手捂着腹部，鲜血不断从他指缝中流出，这一刀实在够深，如此颠簸，怕是用不了多久就得失血而亡。男子回头望去，只见不远处黑衣人穷追不舍，尚未收回目光，便觉得视线模糊起来，他的精神已到崩溃边缘，深知情况不妙，他可死，皇子不可死，必须护皇子周全。男子望着前方不远处的破庙，又低头凝视着襁褓中的婴儿，语气无奈地说道：“皇子，卑职无能，只能令皇子受苦了。”

男子骑着骏马直奔破庙之内，骑至一尊破旧的佛像前才勒马停下，却未下马，直接解开系在肩膀上的襁褓，双手托着婴儿放在佛像脚边，双手合十，虔诚地膜拜道：“佛祖保佑。”

男子拜完，目光投向婴儿，郑重说道：“若卑职侥幸不死，定来接皇子。”

男子深知自己随时可能流血而死，就算一死，也要为皇子吸引追兵。他思考一番，手拉缰绳绑在腰间，以保证死后不会坠马，让黑衣人一时难以发现。做完这一切，他扭头望了婴儿一眼，眼神中散发着浓浓不舍，心一横，双腿一蹬，骏马奔腾而去。

穷追而来的黑衣人发现男子踪迹，继续追杀，群马奔腾而去，掀起尘沙，消失无踪。

第 1 章　青山依路未归途

深夜。

大雨倾盆而下，哗哗的雨声不绝于耳，四周漆黑如墨，伸手不见五指。突然，一道闪电从天劈下，将漆黑的夜晚映照得如白昼一般。只见雨夜之中，一道披着蓑衣的背影正手持铁锹奋力地铲挖，雨水由高而下流淌，汇入坑洼之地，竟是鲜红血水，逆着血水流淌方向望去，只见这道背影不远处躺着一人，这人纹丝不动，身上的太医署官服已被染成红色，残破不堪。鲜血从他身上流出，与雨水混合，一眼望去，便可看出此人是被乱刀砍死。

闪电转瞬即逝，四周再度陷入黑暗之中，一阵阵惊雷之声紧随而至。

雷电交加。

那道身影扔下手中的铁锹，奋力地拖着尸体，直至将其拖到坑中。这道身影又拿起铁锹一铲一铲地往里填土，将坑洼填满，他用铁锹拍了拍土，血水四溅，做完这一切，那人提着铁锹离开，背影逐渐消失在无尽的黑夜中……

次日。

雨过天晴。

经历一整夜暴雨洗礼，京城空气无比清爽，天气也阴冷了几分，这场暴雨似乎预示着寒冬将至，人们纷纷添加厚衣御寒。街上，坑洼之地汇集着一摊摊无法流淌的雨水，一些顽皮的孩子似乎不知寒冷，赤着脚跳进水里，水花四溅，欢笑连连，对于孩子来说，开心便是如此简单。

中年壮汉手提扁担准备上工，见这群孩子嬉闹，佯装吓唬道："大狗子，又玩水，告诉你阿婆，让你阿婆打你屁股。"

孩童们朝壮汉吐了吐舌头，逃也似的跑开。

壮汉大笑着走上桥头，望了一眼云水河，一夜暴雨，河水漫涨，两旁的岸堤都快被淹没了。壮汉正要收回目光，只见河中漂浮着一物，距离太远，无法看清，他正打算不理去上工，只听远处河边正打水的妇女惊慌大叫道："人，河里有人。"

壮汉仔细一瞧，河里的东西确实像个人，只不过缠着一些黑色东西，又距离太远，难以看清。妇女如此大喊，虽无法确定是不是人，可救人为先，壮汉并不多想，放下手中扁担，麻利脱掉外衣、鞋子，纵身一跃跳进冰冷的云水河。

壮汉水性极好，不消片刻，便游到那物旁边，这下看得清晰，果然是个人；不过，这人身上缠满了头发，这些头发在水中漂浮，异常瘆人。

壮汉当即吓得脸色惨白如纸，二话不说，手忙脚乱地朝岸边游去。

此时，岸边已聚满了人，七嘴八舌地询问怎么回事。

壮汉游上岸，不知是因为恐惧还是河水太凉，牙齿都在打架，他声音颤抖、语无伦次地说道："河……河里，水……水鬼杀人了。"

…………

沈爻神色如常、双手托着皇上御赐题名走出宫门，任谁也无法看透他此时内心想法。他只觉得很冷，两日前那场秋雨过后，天气骤冷，添了件厚衣，依旧觉得冷气逼人，往日并未有如此感觉，或许冷的是心。他站在宫门口止步，喃喃自语道："寒冬真的到了。"

芙蓉栈的马车一直在宫门口等候，沈爻出了宫门，径直上了马车，马夫挥着马鞭、驾着马车朝芙蓉栈驶去。

车内。

暖了几分，似乎遮挡住外面的严寒。

沈爻端坐，空洞的目光看着前方，思绪早已飞至赵权所说的抉择——陈十六的命、大理寺少卿，这似乎如鱼与熊掌的抉择；然而，在沈爻的心中，如此比喻又不合适，陈十六不是鱼，亦不是熊掌，他是人。

沈爻承认，起先将陈十六留于身边，便是为了今日以他的身份作为交换，可不知为何，他心中竟产生动摇，不，或者不是动摇，他心里早有抉择——不能舍弃陈十六。

他知道如此做法非常不明智，可能令自己难以调查沈家案子，亦不可能完全确保陈十六性命，赵权只不过未将陈十六放在眼中，若真动了杀心，世上谁能阻拦?

自己该如何做?

沈爻想至此处，眉心不由皱了起来，死，必须让赵权认为陈十六已死，如此一来才能两者兼得。如何留住陈十六一命又让赵权认为陈十六已死呢？这并非一件容易之事。沈爻脑海中不断浮现出各种想法，却被一一推翻，此事关系重大，切不可有半分纰漏，而且陈十六性情刚烈，如何劝他假死离京?

沈爻揉了揉太阳穴，这种事情实在比破案难，只能试着先劝说陈十六了。

马车行至芙蓉栈，沈爻拿着皇上御赐题名走进芙蓉栈，上楼回房，刚沏了杯茶，暗门便缓缓开启，芙蓉走了进来，紧张地问道："先生，赵权可言而有信？"

沈爻端着茶杯饮了口茶，抬了抬下巴，示意她看桌上纸张。

芙蓉打开纸张，见"上爻堂"三字，左下角落款"赵权"，脸上浮现出喜悦之色，连忙说道："恭喜先生，先生的计划往前迈了一大步。"

"还有更大的一步，赵权让我进大理寺，任职大理寺少卿。"沈爻淡淡说道。

"真的吗？"

芙蓉满脸欢喜地问了句，她是世上唯一知道先生秘密之人，自然知道入职大理寺对先生来说意味着什么，连忙恭喜道："恭喜先生，先生重查沈家的案子指日可待。"

沈爻脸上不见丝毫喜悦，淡淡说道："不过，有个条件。"

"什么条件？"

“杀了十六。”

芙蓉神情一怔，她已知陈十六皇子身份，明白赵权此举意图，见沈爻如此神情，她试探地开口问道：“先生并非苦恼如何抉择，而是苦恼如何保住陈十六的命？”

沈爻并未回答，缓缓问道：“十六还没回来？”

“他去拜祭邱怡，怕是有太多话要说，怎么也得晚上才能回来。”

…………

落叶满地。

山林间尽显萧条、荒凉之景。

陈十六站在孤坟前，用手轻轻拂去木碑上的落叶，凝望着木碑上的字，温柔说道：“邱怡，我来看你了。”

坟上的落叶被拂净。

陈十六蹲在坟前，从篮子里拿出冥纸、酒壶，将冥纸点燃，拿起酒壶狠狠灌了口酒，扭头望着木碑，目光充满歉意，缓缓开口道：“邱怡，对不起，我无法为你报仇。”

陈十六又灌了口酒，继续自言自语说道：“我能知你当时心里滋味，你不想害先生，可你又不得不去害先生。先生说，若你杀了他，便会陪他去死，我知你当时别无选择，父仇不报，何为人子？去往赤圣军的路上你心神不宁，怕是在犹豫。先生说，人生便是如此，总是要经历太多苦难与折磨，死的人已死，活着的人还得继续活着，或许我该杀了万锜灵，可我知你不希望我如此做，那样你会更内疚……”

陈十六絮絮叨叨说着，酒一口一口灌着，不知不觉喝了五壶烈酒，已显醉态。他语无伦次地继续说道：“邱怡，若是可以，我多么希望先生当时没接下冷锋的案子，那样我们便不用来京城，不会卷入宫廷争斗，就你、我、先生我们三人在上爻堂无拘无束地生活，那该多好。不，那样不好，你不为被诬陷的父亲做些什么，永远不会真正开心，而我，不能连自己是谁都不知道，可如今纵然我知自己身份，又能如何？父母已故，我又能找谁相认？那些兄弟姐妹？他们个个儿眼中只有权力，或许恨不得我死。呵……没事，你不用为我担心，我还有先生，我知先生永远不会抛弃我。赵焕尔说先生早知我身份，留我在身边是想利用我，我不相信她的话，世上我唯一相信的就只有先生，先生永远不会骗我……"

"嗒！"

"嗒！"

"嗒！"

陈十六正自言自语说着，突然听见远处传来杂乱的马蹄声，扭头望去，只见七八个身上缠着锁链的汉子骑着骏马护着中间的马车朝这边奔来。

这荒郊野外，他们来此做什么？

陈十六心中生疑，晃晃悠悠地站起，眯着眼望着。这时，骏马已行至坟前，这些人勒马停下，却未下马。马车缓缓停下，一个英姿飒爽的年轻女子从马车上走下来止步，凝望着陈十六，开口说道："陈十六，我家院主邀你一见。"

"你家院主？"

陈十六没想到这些人竟是为自己而来，不解问道："你家院主是谁？见我干吗？"

"见了便知。"

"邀人相见，不言姓名，不言缘由，可见你家院主并非光明磊落之辈，我陈十六不见鼠辈。"陈十六一脸醉意地说道。

"若执意相见呢？"

"呵……那是要打一架喽？"

陈十六满是醉意的脸上泛着戏谑的笑意，身上动作看似迟缓、摇晃，抽剑却极快，破剑一出，剑尖直指面前女子，不耐烦地说道："看你是个女子，我不与你一般见识，回去告诉你家院主，想见我，让他亲自来。赶紧走，别逼我出剑。"

"今日你必须跟我走。"

女子冷冷说了句，下令道："拿下。"

话音刚落，坐在马背上的八名汉子瞬间从马上跃起，手法快速地将缠在身上的铁链拿在手中，脚尚未落地，手中的锁链已出，朝着陈十六击去。

陈十六醉态已露，身子摇晃、视线模糊，可见锁链袭来，他出剑却不慢。

“铛！”

“铛！”

“铛！”

陈十六猛然甩剑，手腕一转，挡住铁链的同时破剑轻易抽出，八人围着陈十六不断挥着铁链，一连过了数十招，陈十六竟游刃有余地躲过。

这八人脸色异常难看，连个酒鬼都拿不下，实在丢人，彼此相视一眼，似乎读懂对方心思，立即向对面同伴抛出铁链。陈十六见状，随手甩剑，挑开三条铁链，可其余五条却被他们各自对面的同伴抓住，顿时将陈十六困在铁链之中。

陈十六一惊，原本充满醉意的脸上神色不由得严肃起来，他单脚踏地，想凌空跃起逃出；就在此时，站在一旁的女子突然动了，她脚尖点地，手持一把长剑从上方封住陈十六的路。

陈十六难以冲出，只得愤愤退回，五人及时拽着铁链，顿时将陈十六缠住。

陈十六奋力挣扎，却难以挣脱，恶狠狠地瞪着面前女子，质问道：“你们到底是谁？想干吗？”

女子一脸漠然，并未回应，淡淡吩咐道：“带走。”

两名壮汉扛着被铁链捆绑的陈十六朝马车走去，到了马车前，像是对待货物一样粗鲁地将陈十六扔进马车。

女子见状，上了马车，吩咐道：“走。”

骏马狂奔，这些人远去。

这时，一道身影凭空出现在坟前，视线凝望着渐渐远去的马车，直到无法看清，他才朝着京城的方向奔去。

第 2 章　不足为外人道也

东方泛白，破晓已至。

房间的油灯已灭，煤油燃尽，只剩下干瘪的灯芯。

沈爻整夜未眠，奋笔疾书，案几旁的铁桶中尽是纸张燃烧的灰烬，皆是筹划蒙蔽圣听保陈十六性命的方法，写完便焚烧，只将筹划留于心中；然而，彻夜谋划，依旧不甚完善。

此事一招不慎，后果便不堪设想，务必做到毫无破绽，只是没有破绽的“犯罪”谈何容易？沈爻多年办案，比任何人都清楚这点，可为了保陈十六性命，他必须竭尽全力。

案几上的新纸又画满，沈爻失望地叹了口气，略微烦躁地拿起纸张，下意识地放在煤油灯上，这才发现油灯已灭。他拿起案几上的火折子点燃，将燃烧的纸张扔进铁桶之中，凝视着纸张燃烧散发的火焰，一时入神。

“吱嘎！”

房内的暗门开启，芙蓉端着茶点走来，先生一夜未睡，她便在隔壁房间陪了先生一夜。

芙蓉将茶点放在案几边，轻声唤道：“先生，吃点东西吧！”

“十六回来了吗？”

沈爻收回思绪，扭头望了一眼芙蓉，点点头，随口问了句，拿着餐盒里的糕点吃了起来。

“没有。”

芙蓉摇了摇头，见先生神情一愣，请示道：“要不我派人瞧瞧？”

沈爻心神不宁地自语道：“十六虽顽劣，但向来守时；纵然有事耽搁，也会捎个信。”

“先生担心皇上……”

芙蓉心思涌动，如今最想除去陈十六之人莫过于当今圣上；可芙蓉话尚未说完，沈爻便摇头打断道：“不会，若赵权真想动手，昨日便没必要暗示我。或许是我想多了，他只是想多陪陪邱怡，再等等吧！”

“是。”

芙蓉应了句，关切地说道：“先生，你已一宿未眠，还是休息一下吧！”

“嗯。”

沈爻点了点头，待芙蓉告辞离开，脱掉外衫上床休息。他熬了一夜，早已疲惫不堪，入眠极快，似乎刚闭眼，就被吵醒，殊不知已是晌午，一睁眼便见万�灵站在床头，坐起身，淡淡说道：“万捕头向来如此入男人卧房吗？”

万筠灵没心情理会沈爻讽刺，冷冷问道：“陈十六呢？”

“去祭拜邱怡了。”

“你知他去拜祭邱怡，可知他在拜祭之时被人劫走？”

“被人劫走？”

沈爻一时无法相信，世上唯一想对付陈十六的便是最不可能亲自动手的当今圣上，那还会有谁劫持陈十六？目的何在？沈爻心中泛疑，觉得此事不对劲，而且万筠灵是如何得知此事的？他不由得思索着下床，随口问道：“谁劫的？你如何得知？”

“谁劫的不知道，我是听义父所说，昨日陈十六祭拜邱怡时，突然出现一伙来历不明之人，陈十六与他们激战，不敌对手，被劫，目前不知去向。”

万筠灵从郭玉口中得知陈十六被劫，心中颇为疑惑，义父为何知晓陈十六的动向？转念一想，这或许是圣上的意思，陈十六的皇子身份虽未确定，然赵焕尔当众说出，怕是八九不离十，皇上念及兄弟情分密切关注也在情理之中。万筠灵深知沈爻、陈十六主仆情深，得知此事，立即前来告知，关心问道：“沈先生，陈十六有无仇家？这伙人为何劫走他？”

沈爻心思涌动，陈十六此时被劫确实解了燃眉之急——无须应付赵权。可何人将其劫走？其中是否与陈十六皇子身份有关？这伙人将会如何对待陈十六？沈爻实在不能不担忧陈十六安危，不仅如此，陈十六被劫的消息竟由六扇门口中传出，可见赵权一直派人监视陈十六，那万�灵前来相告是不是赵权故意试探？

沈爻脑海中浮现各种想法，神情却淡然，似乎一点不关心陈十六死活，喝着茶淡淡回道："我只知他来我这儿当下人之前在帮派做打手，至于有无仇家，何人将他劫走，我哪里知道？"

"沈先生？"

万筠灵吃惊地望着沈爻，不解沈爻为何如此冷淡，问道："沈先生难道不关心陈十六安危？"

沈爻微微扭头，眼角余光瞥了万筠灵一眼，嘴角泛着笑意，说道："万捕头似乎很着急，若在下没记错，陈十六还想杀万捕头。"

"这还不都是因为你。"

万筠灵忍不住脱口而出，此话二人各觉不同意思。

万筠灵此意是指她知沈爻、陈十六主仆情深，因沈爻而关心陈十六安危，她站在沈爻角度考虑，不知何时自己竟如此关心沈爻，心中不由得慌乱。而在沈爻理解中，万筠灵与陈十六矛盾是因救自己而起，一时无言以对。

万筠灵生怕沈爻看出自己内心所想，故意板着脸冷冷解释道："我的意思是这还不是为了救你？不然，我为何杀邱怡？再说公主阴谋败露，陈十六应猜测到当时情况，我相信他这点明辨是非的能力还是有的，我虽与他不和，但敬佩他为人，自然不希望他遇害。沈先生，如今最重要的是尽快查出劫走陈十六的人到底是谁，陈十六被劫到何地，咱们也好救他。"

"这是陈十六的事，他自己会解决。"沈爻淡淡回道。

"什么意思？"

万锜灵一愣，不解地问道：“你不打算管他了？”

“他只是我身边一个下人。”

“沈爻！”

万锜灵不敢相信地望着沈爻，无论如何也没想到这话竟从沈爻口中说出，一直以来万锜灵认为沈爻虽待人冷漠、言语带刺，但并非无情之人，陈十六为救他不顾生死，亦可说明这点。可现在陈十六有难，他竟不管，万锜灵颇为恼火，义愤填膺地问道：“你真不想救他？”

沈爻悠闲地端着茶壶往杯中倒茶，淡淡说道：“圣上御赐题名已至，上爻堂即将开张，他只是个下人，两者在我心中孰轻孰重，万捕头难道不知？”

“我真没想到你竟是这种人。”

万锜灵冷冷丢下一句，气得摔门而去。

沈爻凝视着万锜灵离开的背影，待万锜灵走出房门，他淡然的脸上浮现出浓浓担忧之色，连忙从椅子上站起，将房门关上，走到墙边，伸手敲了敲墙壁。不一会儿，暗门开启，芙蓉着急走来，这还是先生首次主动召唤自己，见先生神情焦急，问道：“先生，怎么了？”

“十六出事了。”

“出了什么事？”

沈爻简明扼要地将万锜灵所说告知，芙蓉一脸愧疚，她为先生收集情报，亦知先生关心陈十六，可陈十六出事，自己竟比六扇门知道得晚，连忙请罪道：“先生，都怪芙蓉，我应该派人暗中保护他。”

“世事难料，这如何能怪你。”

“先生，谁会劫走陈十六？莫不会是皇上？”芙蓉猜测着问道。

“应该不会。”

沈爻若有所思地摇了摇头，分析道：“赵权昨日刚暗示我以陈十六的命换大好前程，此种考验远比劫走陈十六看我反应更直接，我尚未答复，他不会如此着急动手。”

“那会是谁？”

“我也想不通，陈十六曾是武邑县帮派的打手，可在办荀勖的案子时，我已将他之前的恩怨扫清，不可能有人对他动手。”

沈爻若有所思地分析道：“这些时日来，他武功大增，一般人怕是难以将他拿下，劫持他的人武功定然不俗，身份背景绝不简单。若陈十六只是陈十六，谁会劫他？劫他之人定是因他身世，那这伙人究竟是谁？目的何在？”

“先生，那陈十六会不会有危险？”

“不知道。”

“先生，那我们马上调查何人所劫，尽快救出陈十六。”芙蓉着急说道。

“不可。”

沈爻摇头说了句，见芙蓉一脸诧异地望着自己，缓缓解释道：“此事六扇门前来告知，想必郭玉也是从皇上口中得知，那皇上为何将此事告知于我？哼……怕是想趁机考验我是否关心陈十六死活，大理寺少卿的职位我还惦记，至少表现得忠心。此事我不能亲自追查，只能由你暗中去做，若是追查之中有疑问，大可来问我，切记，追查时定要小心，别被人跟踪。”

芙蓉当即领会沈爻话中之意，应了下来，正欲开口告辞去办此事，又听沈爻开口说道：“另外，帮我踅摸一下是否有出售的宅院。”

“先生要搬出去？”芙蓉一愣，连忙问道。

“不能一直住在此处，一是住久了怕被人查出你我关系，我还需要你暗中协助，尽量避免暴露；二是上爻堂已获圣上御笔，也该寻一处地方开张。”沈爻缓缓说道。

芙蓉一脸不舍，先生另择住处，虽未离京城，可两人关系不宜公开，想见一面怕是不容易，但也明白先生担忧，沮丧地应下来，告辞去办这两件事。

沈爻凝望着缓缓关上的暗门，脸上浮现一抹歉意，他自然知晓芙蓉心意，只是自己无法答应，唯有尽力避免，又想起陈十六被劫一事，担忧不由得浮上心头。

…………

万锜灵心里窝火地回到六扇门，一想到沈爻那满不在乎的样子，就气得恨不得在那张脸上扇两巴掌，愤愤地坐在椅子上生闷气。郭玉从外走来，见万锜灵脸色比平日更冰冷，想来是在沈爻那受了气，笑着问道：“这是怎么了？”

“义父。”

万锜灵见郭玉走来，连忙起身行礼，郭玉摆摆手示意她无须多礼，万锜灵放下手，愤愤说道：“还不是那沈爻，真搞不懂他到底是什么样的人，陈十六为了他死都不怕，可现在陈十六被人劫走，他却不管不顾，我真为陈十六不值。”

郭玉不信地问道：“他真不管陈十六？”

万锜灵愤愤不平地回道：“嗯，说什么上爻堂开张比陈十六的命重要，简直就是个自私自利之徒。”

郭玉微微一笑，安慰说道：“算了，陈十六是他的人，他不管，那也没办法。”

“义父，皇上什么意思？”

郭玉神情一凛，问道：“此事与皇上有何关系？”

“陈十六是皇子，与皇上是兄弟，他被劫，皇上不救他？”万锜灵不解地问道。

“陈十六是皇子之说尚未证实，而且你我身为臣子，只需领命行事即可。”郭玉语气威严地教导道。

“锜灵知错。”

万锜灵点头回了句，又抬起头，说道：“义父，那我们六扇门查吧？”

“六扇门效忠皇上，专办朝廷案件，虽说传言他是十六皇子，但未经证实，六扇门调查不妥。”郭玉摇头拒绝道。

“义父。”

万筠灵还想劝说，郭玉却听不下去，严厉说道：“好了，我让你告知沈爻此事是还他当日恩情，他既然不管，你又何必揽事上身？此事就这么办。”

郭玉说完，便转身欲离去。

万筠灵见郭玉要走，连忙喊了句“义父”，见郭玉身子没转只扭头回望，认真说道：“陈十六不能就这么无缘无故被劫，没人管，我管。”

第 3 章 山中有个十六院

官道。

许慎乘坐的马车正往京城方向前行，自科举高中、任仓廪县县令，他便未回过京城，已两年有余。并非他不想回京探亲，只因父亲交代，既已为官，便要慎言慎行，此番入京也是因调令下达命他任刑部郎中，属于公干；他自然知晓以自己资历尚不足以得到如此升迁，父亲定在其中走动不少，他并不因借父亲升迁而感羞愧，也未沾沾自喜，坦然待之；当然，他有自己的做事之道，并非毫无真才实学的纨绔。

在仓廪县这两年，他谨遵父亲教导，万事谨慎，不求有功但求无过，遇事不免有些怯弱，却也为百姓办了些实事，不然，这马车之内也不会尽是百姓赠送之物。回想起临走时的情景，百姓端着家乡之物相送，场面着实感人，百姓如此质朴，为他们做些事，他们便由衷感激。

如此看来，做个清官委实不错。

清官。

许慎觉得自己对得起“清官”二字，为官二年，他不取不捞，从未往兜里私揣过半分银子；但他并不觉得自己是个好官，若是好官，为了百姓利益，应不惧一切权贵。仓廪县人口失踪便是个例子，他虽有怀疑方向，却忍而不查，便是担心踏错一步惹上麻烦，只能借着沈爻查清此案。

或许自己永远无法成为一个好官。

“少爷，京城到了。”

下人王丰欢喜的叫喊声打断了许慎的遐想，他回过神，掀开车帘，侧头朝窗外望去，京城城门已在眼前，收回目光，吩咐道：“先将我放至刑部门前，你随马车回府。”

“少爷，也不急于这么一时，你回京，怎么也得先回府见见老爷吧？”

“你懂什么？”

许慎淡淡回了句，王丰低头不语，似乎早已了解公子性情，多说无益。

说话间，马车已进了城门，主仆二人各自通过旁边车窗观望着繁华京城，两年未归，自然有些思念之情，睹物排思。许慎观望一路，马车已行至刑部大门前，他下了车，迈着步子走进刑部，向门前守卫表明身份，便由守卫领入。到了内院，大堂门前的守卫又将其拦下，提醒道：“大人们正在议事，请在此等候。”

许慎微微点头，便站在门口等候传唤，只听大堂之内传来议论之声，闲来无事，不由得侧耳细听。

“死者身上共八处伤口，应是钝斧之类的利器所伤，致命伤在胸口，死者应是死后被人扔至云水河，捕快检查了云水河两岸附近，并未发现痕迹，案发地点应该不在云水河附近，河底……”

“等等。”

此时，一人将之前那人谈话打断，提醒道：“刘主事，你莫要忘了，凶案发生那夜下大暴雨，案发现场的痕迹可能被雨水冲刷掉了，没发现痕迹，并不能证明凶案现场不在河两岸。”

“对，如此说法极对，我那般说是一种可能，这并非此案重点，此案重点在于头发，死者身上的头发。无论案发地点在何处，凶手将尸体抛至云水河，河底又无沉尸迹象，凶手的目的就是为了让人发现尸体……”

“刘主事，那夜暴雨，河水暴涨，水流湍急，凶手将尸体抛至云水河或许就是为了弃尸，只不过没想到尸体并未被冲到下游，怎能说凶手的目的是让人发现尸体呢？”之前那人又打断道。

“头发，那尸体身上缠着的头发如何解释？”

刘主事语气稍显急切地反问了句，不给对方回答机会，继续说道：“凶手若只是为了弃尸，那如顾大人所言，直接扔进漫涨的云水河岂不省事？为何浪费时间冒着危险给尸体缠上头发？”

“难道真是水鬼杀人？”有人插话问道。

“十几年前是有水鬼杀人的传闻，可此事多年未发生过，而且市井流传的水鬼杀人都是溺死，百姓才会传河中有水鬼杀人，并非如死者这般先被人砍死再扔至云水河，而凶手也应该知道传闻，如果不是以此来扰乱查案方向，那凶手为何还这样做？”

大堂静了下来。

许慎猜想众人应是在思考刘主事话中含义，他听出这起案子的大概，凶手用钝器杀人，将死者抛至云水河，还用头发缠住死者，凶手此举究竟有何深意？还是说天生怪癖？许慎只是闲来无事简单一想，却未深究，能令刑部大臣如此重视、齐聚讨论，死者身份定不简单，自己还是别掺和为好。

“好了。”

大堂静了几息，又传来一声浑厚嗓音，许慎熟悉这声音，此人正是刑部尚书关玉琪，与父亲同期高中，二人是至交好友。

“此点虽为此案最大疑点，可并非关键线索，目前最重要的是破案，此案的线索并非没有，冯太医死前几日精神恍惚足以说明问题，还是先从冯太医死的前几日见过什么人、遇见什么事入手调查最为妥当。”

“是，大人。”

“都下去吧！”

“下官告退。”

许慎听闻议事结束，身子一侧，压着脑袋站在门旁，用眼角余光打量着一个个身穿官服的大人走出来。他并未抬头，直到无人走出，才迈着步子走进大堂，见关玉琪正坐在椅子上，走上前，抱拳道：“下官许慎拜见尚书大人。”

“许慎？”

关玉琪抬头望了望，好一会儿才想起来，脸上挂满微笑，说道：“原来是许贤侄，何时回来的？”

“回尚书大人，下官刚到京城。”

“刚到京城？还没回府？”

“还没。”

“跟你爹一模一样，为人过于谨慎。”

关玉琪手指点了点许慎，做出长辈教训之姿，许慎点头、赔笑。关玉琪也不再多说，朝外面喊了句“看茶”，又扭头望向许慎，开口说道：“既然来了，有一事与你说说。”

“大人请讲。”

“前几日京城之中发生了起命案，死者是太医署副院使冯迁冯太医，此案本归衙门管，或许你也知道冯太医是太后的御用太医，颇受太后宠爱，这起案子如今移交刑部。”

关玉琪说着，瞥了一眼许慎，深知这孩子与他父亲一样谨慎，甭说此案与他无关，纵然有关也是能甩则甩。见下人上茶，关玉琪端起茶杯饮了口茶，才继续说道：“我知你性情，恐怕不愿掺和这种案子，不过，这是个机会，你在仓廪县做了两年县令，政绩是不错，可为期太短，如此升迁怕是那些寒酸书生嫉妒、嚼舌根，若破了此案，就不一样了。”

“多谢尚书大人，只是下官才疏学浅，怕……”

“此案深受皇上关注，怎会让你一人来查？只不过，你若强于他人，那便无人能说些什么，你先将卷宗带回，研究研究，考虑考虑。”

关玉琪起身从案桌上拿起卷宗递了过去，许慎犹豫之下接下卷宗，关玉琪微微一笑，说道：“赶紧回府，两年未回来，你那老爹嘴上不说，心里定想你。”

“谢大人，下官告退。”

许慎抱拳行礼，手握卷宗退出大堂。

…………

山路。

崎岖不平。

马车颠簸、摇摇晃晃，犹如巨浪中的小船，晃得人头晕眼花、胃里翻腾。陈十六觉得头疼难忍，胃里如翻江倒海一般，他饮了五壶烈酒，醉态已露，又如此颠簸，胃如何承受得了？纵然如此，他却极力强忍，愤怒的目光直直盯着坐在对面的女子，若非身上缚着铁链无法行动，他早已动手，与这女子拼个你死我活。

女子目光毫无畏惧地回视着陈十六，过了片刻，不知是于心不忍还是生怕陈十六吐出污秽之物弄脏马车，瞥了一眼挂在马车一角的水袋，拿下来，送到陈十六嘴边，说道：“清茶，解酒，张嘴。”

陈十六冷眼瞥了瞥女子，犹豫了两息，虽不愿承情，可胃里实在难受，张嘴喝了几口清茶。

女子见陈十六喝完，退回座位，边塞水袋口边说道：“你如此难受，是应找家客栈歇歇脚，待你酒醒之后再赶路；只不过，有人迫不及待想见你，我也不想夜长梦多，你就忍一忍，很快就到了。”

“何人想见我？”

“到了便知。”

“为何要见我？”

“见了便知。”

陈十六渐渐冷静下来，似乎这几口清茶不仅令他酒醒了，也令他脑子转了起来。这些人绑架而非杀自己，那定是想利用自己，他们自然不会利用陈十六，而是利用十六皇子。如此一想，便明白过来，不由笑道：“我虽不如先生那般聪明绝顶，但也并非蠢笨之人，派你之人怕是高估了我的身份，他的如意算盘怕是落空了。”

“落不落空取决于打算盘的人。”女子淡淡回道。

“如此我倒来了兴致。”

陈十六嘴角泛起一抹玩味笑意，身子往后靠了靠，似乎姿势舒服了些，底气也足了些，戏谑地说道：“算盘上的每一子都有不同价值，有的代表一，有的代表五。我这人记仇，如此待我，我定以牙还牙，不知到时打算盘之人该如何抉择。”

“威胁我？”

女子语气厌恶地反问了句，美目直勾勾地盯着陈十六，神情不见丝毫改变，冷冷说道：“你不蠢笨，但也别自恃聪明，有些事远远超出你的想象。”

陈十六凝望着对方，心中生疑，难不成自己猜错了？他们并非用自己十六皇子的身份要挟皇室？那他们抓自己意欲何为？这女子如此说，定是知道些什么，可她这般，定不会吐露，如今逃走已无可能，反正到时便知，陈十六索性不问，静观其变。

马车颠簸前行。

两个时辰后。马车行入一个山洞，光线逐渐暗下来，直至漆黑，八名壮汉手持火把前后护卫，方可前行。如此行了半炷香的工夫，前方光线渐渐明亮起来，马车缓缓驶出山洞，映入眼帘的竟是座山门，山门上挂着个牌匾，上面写着三个大字——十六院。

第 4 章　水鬼杀人案成谜

十六院。

陈十六走下马车，仰头凝望着这金字黑底、恢宏气派的匾额，心里对“十六院”这名字充满好奇，扭头望着身旁叫花千语的女子，不解问道：“为何叫这名字？”

“走进这大门，你心中疑惑便可解开。”

花千语淡淡回了句，抬了抬下巴，示意陈十六登台阶、入大门。

陈十六不屑一笑，实在不喜花千语此时还在卖关子，迈着大步上台阶、入大门，只见庭院站满了人。这些人男女皆有、整齐而列，目光齐刷刷投向正踏入大门的陈十六。这令陈十六愈发疑惑，这架势像极了山贼绑票；不过，这些人眼神却不像看待肉票，似乎多了一丝好奇、一丝……敬畏。

敬畏？

陈十六对心中想到敬畏一词不由得自嘲一笑，强行将自己掳来，他们怎会对自己敬畏？如此想着，陈十六迈着步子继续往前走，这才看到大殿前站着一人，那人看似四十余岁，神情威严，目光正凝望着自己。他的眼神凌厉，似乎能看透一切，却带着一丝期待，令人说不出的期待。

花千语走到那人面前，抱拳喊道：“义父，人已带到。”

男人微微点点头，目光却始终未离开陈十六，问道：“你便是陈十六？”

“你派人将我劫来，却问我是谁？”陈十六冷冷反问道。

“呵……是我糊涂了。”

男人微微一笑，并不恼怒，继续问道：“你可有个玉扳指？”

“你怎知我有个玉扳指？”陈十六疑惑反问道。

“在哪儿？”男人激动问道。

“你尚未回答我的问题，我为何要告诉……”

“义父，在这儿。”

花千语不等陈十六说完，便从怀中掏出玉扳指，递向男人。陈十六见状，满脸怒火，愤愤质问道：“我的玉扳指怎会在你那儿？”

“趁你酒醉，借来一观。”花千语淡淡回道。

“窃贼。”

“我乐意。”

陈十六二人斗嘴之际，男人小心、专注地看着玉扳指，似乎手中的玉扳指是件无价之宝，生怕糙手弄坏。

男人看清玉扳指内侧的狩猎图，双手颤抖，情绪激动，再望向陈十六，双眼已含着泪花，一步步走到陈十六面前，猛然跪拜，喊道：“先皇侍卫花应天拜见十六皇子。”

庭院众人见状，齐齐下跪参拜，喊道：“拜见十六皇子。”

陈十六一脸茫然，一时间不知所措。

此人竟是先皇侍卫？

那为何在此？

…………

寒风凛冽，吹得衣袍猎猎作响。

许慎伫立在云水河岸，凝望着这条京城的重要河道。暴雨已过去五日，水位也降回以往，水流不再澎湃，只有冷风搅动着水面，日光之下，波光粼粼，煞是好看。

许慎所站位置便是打捞尸体的地方，脚下已发枯的野草不知被多少双脚践踏过，已镶嵌在干硬的泥土里，早没了半分生息。

许慎昨日从刑部回府，向长辈一一请安，晚上与家人欢聚一堂，开心之余小酌几杯，微醉回房，见桌上放着冯太医的卷宗，随手翻阅起来，不由想起关尚书那些话、仓廪县那些事，心中做了决定，一早就去了刑部，向关尚书回复参与冯太医的案子，随后去了趟衙门，在捕快的带领下来到捞尸之地。

其实，此案卷宗上记载得非常详细，冯太医身上多处伤口，包括致命伤，应是钝斧之类的导致，死亡时间大致在暴雨那夜亥时到子时，那时暴雨正倾盆而下，难以找到目击者。另外，冯太医家属提供了些线索，冯太医近日似乎遇上什么事，脾气变得暴躁，动不动就发脾气，问也不说。

命案当日，他从太医署回府，半道让车夫先回去，说自己溜达回家，可迟迟未归。天开始落雨，家人担心，派人寻找，找到子时，也未找到，没想到次日上午就接到冯太医死在云水河的消息。

冯太医近日来的反常情况确实是个疑点，许慎理解关尚书命人从此点调查的决定；然而，他心中疑惑与刘主事昨日提出的疑点一致，此案最大的可疑之处在于缠在死者身上的头发，凶手杀人，处理尸体乃是正常思维，可为何要花费时间给尸体缠上头发？若说凶手的目的是令人发现尸体，那河水漫涨，如何能肯定尸体定被人发现？这需计算水流速度。那抛尸之地定不在发现尸体的地方，可凶手为何这般做？刘主事所言死者被砍伤与水鬼杀人不同，水鬼杀人到底是怎么回事？

“大人，人请来了。”

许慎思绪被说话声打断，他回过神，转身望去，见捕快带着人走来，此人正是率先下河救“人”的壮汉，许慎特意派人请他前来询问经过。

壮汉远远望见许慎，神情略显紧张，走到许慎面前止步，压低脑袋道：“草民王铁见过大人。”

“无须多礼。”

许慎面带微笑回了句，见壮汉脸色紧张不减，语气温和说道：“本是我麻烦你，应找你请教，只是了解之事是这起命案，这里是发现尸体之地，才派人请你过来，希望你不要介意。”

“草民不敢，大人请讲。”

“就说说你发现尸体的经过吧！”

“是。”

王铁应了句，开始讲述那日经过，他去上工，走到桥上见河里漂浮一物，瞥了两眼，没看出是人，正打算离开，却听到河边打水的妇人叫喊河里有人。他立即跳河救人，游到那人旁边，见那人满身被头发缠着，吓得游回岸上、报官；说到此处，王铁脸上浮现出一抹惊恐，抽了抽嘴角，说道："大人，水鬼实在太恐怖了。"

许慎笑了笑，问道："为何都说是水鬼杀人？这说法从何而来？"

"大人，这就是水鬼杀人，不然，死人身上怎会缠着这么多头发？以前就发生过这种事，还有人向衙门报过案。"

王铁回了句，扭头望了一眼捕快，似乎生怕自己说错话；许慎见他这般小心翼翼，微微一笑，扭头望向捕快高飞，问道："可有此事？"

高飞点头回道："回大人，确有此事。"

"具体怎么回事？"

"那事已过去十多年了，快……二十年了，死者是个孩子，大约六岁，全身缠满头发死在河中，发现时身子都泡烂了；不过，仵作验尸，并未发现其他伤，并不像这起案子冯太医先被砍伤，应是落入河中溺死。后来也出现几宗类似的案子，可除了溺死并无他杀的疑点，只是并无目击者，便无法查证，不知怎的，竟以讹传讹成了水鬼杀人。"

"河里怎会有头发？"

"大人，云水河贯穿整个京城，不免有人往河里扔东西；多年前，工部清理过河道，那脏东西多得数不胜数，当然也包括头发。"

"工部清理河道后可发生过命案？"

"发生过，每年都得有几个人溺死在这河里，这河十几米深，就算工部清理干净，可时间一长，河底不免有淤泥、水草，有人落入水中溺死也正常。"

"死者身上是否缠着头发？"

"这倒没有。"

高飞摇头回了句，继续说道："十几年了，水鬼杀人的说法都已被淡忘，冯太医如此死法，才令百姓有此联想。大人，依下官看，凶手故意如此设局就是制造水鬼杀人的假象，扰乱视线，令衙门无从查找。”

许慎若有所思地点了点头，思考两息，回过神，望向王铁，笑着说道：“麻烦你了，没什么事了，你先回去。”

“不麻烦，不麻烦。”

王铁激动地摆摆手，说道：“那大人，草民先下去了。”

许慎点点头，目送王铁离开，见王铁远去，才收回目光，继续问道：“高捕快，卷宗里记载，对冯太医家属询问过，家属表示冯太医近日脾气暴躁、精神恍惚，似乎与冯太医收过的可疑物有关，可疑物已被焚烧，只大致估测里面包括纸张、毒药、头发？”

“是。”

高飞应了句，继续说道：“只可惜已被焚烧，难以知道纸张内容，下官推测，冯太医可能被威胁，未满足对方要求，才惨遭杀害。”

“没查出何人所为？”

“没有，此人非常谨慎，也不知用什么办法将物品交至冯迁手上，除了冯迁，无人知道那物品是什么。”

“可从此点查出冯太医因为什么被威胁。”

“下官正打算以此入手，可还没来得及调查，此案就由衙门移交刑部了。”高飞话里有话地回道。

“好。”

许慎面带微笑地回了句，心中猜测冯太医的命案背后定隐藏着秘密，怕这秘密不简单，高飞已然察觉，他定为还未来得及查到重点就将此案交于刑部松了口气，却依旧协助，此人实在圆滑。

许慎又向高飞询问了一些疑惑，大致了解之后，便向高飞告辞。他若有所思地走在街上，思来想去，总觉得此案怪异，他心中有个大胆的推测，却不敢肯定，脑海中不由想起一人，或许此人能提供一些帮助。

既在京城，是该拜访一下。

第 5 章　君子之交淡如水

这两日，沈爻很忙，忙着购置商铺、住所，忙着上爻堂开张，好在有芙蓉帮衬找卖家，他只需看后决定，但也几乎没一刻清闲。对于今日观看的房舍，他甚为满意，前堂后院，清幽整洁，还有个小池塘，前堂可用来开上爻堂，后院可用来居住。沈爻与卖家谈定价钱，当场签了合约，付了银子，拿了房契。

芙蓉将卖家送出门，回来见沈爻站在池塘前凝望，笑道："先生对这池塘颇为钟爱？"

"还算喜欢，引些清水，养些水草、小鱼，怡然不少，只是别有头发。"沈爻淡淡回道。

"先生在说冯太医的案子？"

芙蓉问了句，继续说道："听闻此案已移交刑部，先生不如……"

"不能动，动便自乱阵脚，这位高高在上的皇帝远比常人想的心机深厚，他那些眼睛正瞪大了盯着，就连你为我出力购房他们也会罗列在内，该付你的银两还得付，表面的样子还得做做。"沈爻嘴角泛起一抹阴谋笑意，淡淡回道。

"先生考虑周全。"

"哪能周全，仅是小心谨慎而已！"

沈爻深深叹了口气，语气充满无奈。

芙蓉心知先生为何如此惆怅，不免为先生担忧，忍不住安慰道："十六这边已派人调查，只不过……"

"我明白。"

沈爻理解地打断了芙蓉的话，问道："万捕头那边可有动静？"

“万捕头离京了，应是追查十六失踪一事。”

“看来是我误会她了。”

“先生，她是官府中人，你心生防范实属正常，若和盘托出，怕是令她左右为难了，纵然她有意相助，可她如何面对郭玉那只老狐狸？那是她义父，先生应从未怀疑过万捕头，只是不想令她卷入麻烦。”

“你又知道？”沈爻嗔怪道。

芙蓉朝沈爻吐了吐舌头，做出俏皮可爱模样。

沈爻见她这般，不由一笑，似乎心中阴霾散去。二人又聊了几句，便出了房舍，乘坐马车回芙蓉栈，刚踏入芙蓉栈的门，门口的姑娘便迎上来，压了压手，说道：“小姐，沈先生，你们回来了。沈先生，有人找您。”

“找我？何人？”

“那人。”

姑娘指着正从椅子上起身的许慎。

许慎已看到沈爻进来，边起身走来边抱拳施礼道：“沈先生。”

沈爻早知当日许慎看破自己并非温斌，并未惊讶对方如此唤自己，也未显尴尬，坦然回礼道：“许县令。”

“沈先生果然非常之人，看破不说破。”

“许县令不也是如此嘛！”

“那你我应该成为朋友。”

“至少不是敌人。”

沈爻淡笑着回了句，疑惑问道：“许县令怎么突然来京了？”

“实不相瞒，在下接到公文，入刑部任职，刚刚上任。”

沈爻心思一动，许慎刚入刑部，定事务缠身，为何这时来见自己？怕不仅是拜访那么简单，想来另有其事。他表面却未动声色，抱拳道：“恭喜许大人。”

“我与先生虽只见过一面，心里甚为敬佩先生，若先生不嫌弃，还是叫我许慎吧！”

许慎谦逊地回了句，他知沈爻聪明绝顶，不难推测自己前来另有他求，坦荡说道：“回京途中，便听闻先生在京，心中迫切前来拜访先生；另外，心中有点疑惑，也想求先生解答。”

沈爻心里猜到几分，却故意问道：“哦？什么疑惑？”

…………

雅阁。

环境清幽、清香淡淡。

美酒佳肴当前，清平乐调入耳。

沈爻、许慎对面而坐，举杯互敬，二人一饮而下，齐齐放下酒杯，许慎开口道：“沈先生，您素来断案如神，所破奇案数不胜数，可曾遇见过同一宗命案杀人手法与抛尸手法完全不同的？”

“所谓不同是指？”

“方式。”

许慎回了句，见沈爻皱了皱眉，索性讲明让沈爻帮忙分析，问道：“近日京城发生了起命案——冯太医被杀，沈先生可有耳闻？”

“嗯，听到些。”

“实不相瞒，在下入刑部，正参与此案，看过卷宗，心中颇有疑惑，冯太医被砍死，尸体被扔到云水河。杀人抛尸，这本不奇怪，可奇怪的是尸体上缠满了头发。多年前，曾有几人死于河中，便是全身缠满头发，未找到凶手，案子成了悬案，那些死者身上并无其他伤痕，这才有水鬼杀人的说法，可冯太医是被砍死的。”

许慎简明扼要讲述案件疑点，见沈爻一脸沉思，期待问道：“沈先生对此案可有看法？”

“许大人，查案需了解案情每个细节、线索、证据，根据这些加以推断，仅许大人说的这些，在下实在不敢贸然推测。”

沈爻微笑着回了句，端茶呷了口，见许慎脸上浮现失望之色，放下茶杯，继续说道："不过，若仅从许大人提供的线索考虑，在下倒能发表些看法。"

许慎一喜，连忙请教道："沈先生请讲。"

"凡是所为，必有缘由，杀人必有动机，处理尸体也不例外。一般来说，处理尸体无非是为了隐匿罪行；可如此种情况，先将人砍死又以水鬼杀人处理尸体，两者相互矛盾，其中必有问题。其一，抛尸绝非为了影响查案；其二，'水鬼杀人'的传闻中定隐藏不为人知的秘密，而且与冯太医有关；其三，杀人与抛尸可能并非一人所为。"

"沈先生一言指出关键，在下也这般认为。"

许慎听得浑身激动，附和了一句，端起酒，大口饮下，继续说道："那依先生之见，抛尸之人有何意图？人已死，为何如此待他？"

"许大人本末倒置了。"

沈爻淡然一笑，继续说道："大人查的是冯太医被杀案，而非抛尸案，理应从杀死冯太医的凶器以及仇家入手；至于抛尸之人有何目的，查出杀害冯太医的凶手才能找到线索，恐怕许大人目前手中并无抛尸的线索，从此处入手，实在不可取。"

"多谢沈先生，在下豁然开朗。"许慎由衷感激道。

"不必言谢，这本是欠你的人情。"沈爻淡淡回道。

许慎何等聪明，如何听不出沈爻话中之意，沈爻意指今日之所以相助是因许慎曾提供线索助他破狐仙案，并非出于朋友之义，自此以后，二人两不相欠。许慎不由为无法与沈爻结交成友怅然，悠悠地呷了口酒，缓缓说道："先生所说人情，在下实在惭愧，其实，在下不说，先生也知当日之事在下存有私心；今日，先生不计前嫌出手相助，此等恩情，在下铭记于心。纵然先生不喜与我这等宵小之辈为友，然在在下心中，已将先生当作朋友。"

"我沈爻没有朋友。"

沈爻淡淡回了句，望了许慎一眼，继续说道："当然，也不喜多个敌人，若将来大人有求，大可以珍宝、秘籍作为交换，在下亦然。”

“哈……”

许慎略醉，微微一笑，说道：“只可惜在下虽在朝为官，却难以拿出入先生法眼的珍宝，只能先助先生，令先生欠我人情，再向先生索要了，这正如……君子之交淡如水，只需用到时；不像小人那般，相交甜如蜜，唯恐用到时。”

“许大人不觉吃亏？”

“前半生我太精了，后半生我该吃些亏了。”

许慎醉态已露，笑着回了句，继续说道：“更何况在沈先生面前吃亏，在下并不觉得吃亏，以先生为人，定将这亏补回来。”

许慎说完此话，身子一歪，趴在桌上醉睡过去。

沈爻一脸漠然，目光复杂地凝视着起鼾的许慎，一股暖意涌上心头。他一把抓起桌上酒壶，猛烈地灌了几口酒，却无丝毫醉意，不由一笑，对唱词的歌女吩咐道：“停了，为许大人安排间上房，送去休息。”

…………

青砖铺道。

落脚出响。

花应天在前走着，他身躯高大、挺拔，似乎岁月未曾摧残到他，只是他抬起、落下的左腿不协调，左脚落下，几乎无声，这自然不是他轻功了得，而是左腿已废。他的左腿因何而废？陈十六心中充满疑惑地跟在花应天身后，他心中疑惑实在太多了，此人身为先皇侍卫，为何隐居于此？自己为何流落民间？这与他有何关系？然而，他最想知道的是当年母亲到底是怎么死的。

青砖路的尽头是座祠堂。

花应天在祠堂门前止步，回头望了望身后的陈十六，看出对方心中期待，说道：“皇子，请。”

陈十六踏步走进，花应天紧随其后。

二人先后进了祠堂，陈十六环视一番，祠堂内空空如也，并无牌位供奉，只有金线卷轴——圣旨——供在金架之上，花应天走上前，缓缓说道：“这是先皇给十六皇子下的第一道圣旨。”

“我？”陈十六问道。

“是。”

花应天应了一句，缓步走到金架前，取下圣旨，双手托着，恭敬地递向陈十六。

陈十六伸手一把拿过来，急切地将圣旨打开，快速地阅了一遍。陈十六猛然将圣旨合上，冷冷说道：“我对这不感兴趣，我只想知道我母亲因何而死。”

“皇子，这是你身份的凭证，也是卑职活着的意义。”

“我只想知道我母亲到底怎么死的。”

陈十六冷冷重复了句，嘴角泛起一抹不屑冷笑，继续说道：“他是皇帝，九五之尊，一句话便可要人性命，何等威严？若真有情有义，为何不为我母亲讨回公道？若真在乎这份骨肉之情，为何将我送出宫门？”

花应天不知如何回答，只得低头不言。

陈十六瞥了他一眼，冷冷说道：“我再问你一遍，我母亲到底是怎么死的？谁害死了她？”

“回十六皇子，卑职所知不详，只知婧妃娘娘死于宫中河里，背地传闻，乃是水鬼所害。”花应天回道。

“水鬼？”

“传闻如此，是因娘娘身上并无他伤，只是……”

“只是什么？”

“只是身上缠满头发。”

第 6 章　血坑

什么?

陈十六一愣，一时没明白怎么回事，怎么母亲死的时候身上会缠满头发？这水鬼害人又是怎么回事？为何说母亲是被水鬼害死？他回过神，目光凝视着花应天，询问心中疑惑。

花应天回道：“这水鬼杀人乃是从民间流入宫中的说法，婧妃娘娘遇害前，京城之中便出现几宗溺死河中的案子，死者死时身上皆缠满头发，除此之外并无他伤。府衙查了许久，认为并非凶杀案，可数人皆是如此死状，案件又无法查清，百姓中便开始流传水鬼杀人，而婧妃死状与这些死者一样，不久，宫中就流传婧妃乃是被水鬼所害。”

若是以前，陈十六对妖鬼害人会信上几分，可自从跟随先生，他的见识、阅历早已不是之前那般浅薄，又亲自经历了狐仙案，见识了刘夜利用狐仙蒙蔽世人，有时，人心比妖鬼更可怕。他绝不相信母亲是被水鬼害死，愤愤说道：“我看府衙都是酒囊饭袋，查不出凶手罢了！莫不是我母亲的案子连查也没查，就因为与其他死者情况一致，便认定是被水鬼害死的？”

“查了。”

花应天无奈地回了句，继续说道：“先皇见婧妃遇害，悲愤交加，立即命大理寺调查，此案由大理寺寺卿沈复亲自调查，可这期间依旧有宫女遇害，宫中请来巫师作法，才得以安宁。大理寺查了俩月未找到线索，最终以婧妃娘娘是被水鬼害死结案。”

“我才不信这荒谬之说，定是那沈复糊涂无能或者被人拿钱封口。”

“皇子。”

花应天苦口婆心地喊了句，继续说道：“沈复沈寺卿乃当世神探，凡经手案件没一件冤假错案，而且沈寺卿刚正不阿，绝对不会徇私枉法，娘娘应该真的是……”

“我不信。”

陈十六不等花应天说完，便厉声打断，继续说道：“我要回京亲自问他，让先生帮我重查此案。”

“皇子不可回京。”花应天连忙说道。

“为何？”

“卑职也说不清。”

花应天回了句，见陈十六一脸疑惑地望着自己，解释道：“皇子可知你为何流落民间？”

“哼……还不是你那先皇嫌我碍眼。”陈十六没好气地回道。

“绝非如此。”

“那是为何？他是皇上，九五之尊，我母亲是他的妃子，我并非来历不明，他若留我，何人敢说什么？能说些什么？”陈十六愤愤反问道。

“卑职虽不知怎么回事，但认为先皇定有苦衷。”

花应天为先皇辩解了一句，见陈十六满脸不悦，又要开口，连忙打断道：“皇子先听卑职说完。”

花应天见陈十六愤愤不言，才继续说道：“那是婧妃娘娘死后四个多月的一天晚上，先皇召见卑职，将尚在襁褓中的皇子托付于卑职，告知卑职带皇子秘密离开京城，找个无人知道的地方隐居，让卑职侍奉左右，永不踏入京城。卑职当时疑惑，可皇上不言，卑职只能奉命行事。临走时，皇上将玉扳指放在襁褓之中，将这圣旨交于卑职，告知卑职若皇子身份不暴露，永不拿出圣旨，永不让皇子知道自己身份，就让皇子当个平民百姓。当时卑职不明白先皇此举何意，带着皇子离京，可刚出京城，就遭到一伙黑衣人追杀，这才隐约感觉到先皇是在保护皇子。”

陈十六听得动容，问道：“那伙黑衣人是谁？为何要杀我？”

“卑职不知。”

“后来呢？”

“后来，同行的十二名侍卫拼死杀出一条血路，卑职护送皇子逃出，可一路被黑衣人追杀，卑职无奈之下只得将皇子放于破庙，可折回去时却不见皇子踪影。这十八年来，卑职一直在找寻皇子下落，为能尽快找到皇子，卑职便创立这十六院，可这一找就是十八年。”

花应天语带悲痛地讲述完过去之事，继续问道：“皇子，这些年你是怎么过的？”

“我……”

陈十六一时语塞，脸上泛起悲凉之色，过了好一会儿，才开口说道：“我由养父抚养长大，他虽是个穷酸书生，但却教会我很多东西，生活虽清贫，可也挺幸福。可在我六岁的时候，他得罪了当地的恶霸，被活活打死，我将养父安葬后，半夜摸进那恶霸家，将他一刀一刀砍死，后来，我就流落街头。”

“皇子受苦了，都是卑职的错。”

陈十六虽轻描淡写，可花应天能感觉到他生活不易，满心愧疚，继续说道：“以后就好了，十六院就是皇子的家，皇子以后就是十六院的院主。”

“我要回京城。”

…………

头痛。

许慎醒来，感觉脑袋快要炸了，他连眼都不愿睁开，赖在床上，用左手拇指、中指捏着太阳穴揉动。昨个太过放纵，竟饮了如此多的酒，实在是聆听沈爻分析案情过于激动，忍不住饮酒助兴，特别是沈爻所言与自己想法一致，令他愈发兴奋，便没了节制，后来……许慎正回忆后面发生何事，突然，耳边传来女人撩人的梦呓声，他睁开沉重的眼皮，坐起身来，香气四溢的床被随着起身掀开，一左一右两名胴体雪白、正在熟睡的姑娘映入眼帘。

呵……

许慎咧嘴笑了笑，竟一点都想不起来怎么叫了两位姑娘来服侍，这酒实在不宜多饮。许慎下了床，轻轻为两位姑娘盖上床被，穿好衣服，从怀中掏出全部银两放在桌上。一边回忆着昨夜说完案件之后又与沈爻聊了什么，一边出了房门。依稀记得自己“情感”外露，具体说了些什么依旧难以想起，可别口无遮拦说了不该说的，酒真不是好东西。如此想着，许慎到了沈爻房门前，伸手敲了敲门，无人回应，见迎面走来衣着随意、睡意蒙眬的姑娘，开口问道：“姑娘，请问沈先生去哪儿了？”

“不知道。”

姑娘眼神蒙眬地望了许慎一眼，摇了摇头，边越过许慎边说道：“可能出去了，沈先生这几日一直在忙上爻堂开张的事。”

上爻堂要开在京城？

那沈爻定有的忙。

许慎只好离开芙蓉栈，他没去刑部，直接去衙门找捕快高飞，冯太医这起案子，衙门最先调查，找他最合适。半道，许慎路过一家羊汤店，要了两个烧饼、一碗羊汤，吃饱喝足，觉得胃舒服了些，脑袋也不那么痛了，便快步朝衙门走去。快到府衙门口，望见高飞带着俩捕快匆匆从府衙出来，开口唤道：“高捕快。”

高飞抬头望去，见许慎走来，连忙快步迎了上去，抱拳道：“许大人。”

“高捕快这是？”

“哦，回大人，府衙刚刚接到报案，山上发现一处血坑，这不，卑职带人去现场检查。”高飞连忙回答，心中猜测许慎一早来府衙，定是有事，语带讨好问道，“大人一早来府衙可是有事？可用得着卑职？”

“我正是来找你。”

许慎点头回了句，继续说道：“还是冯太医的案子，可你现在……”

“大人，所报之案只是个血坑，不确定是不是血，何人去调查取证都一样，还是冯太医的命案为重。”高飞讨好回道。

“如此不妥。”

许慎摇头回了句，继续说道：“这样吧！我随你一同去，咱们路上说。”

“卑职听从大人吩咐。”

许慎抬了抬下巴，示意高飞边走边说，另外两名捕快颇有眼力见儿，先行一步走在前面，许慎、高飞走在后面。高飞率先开口道：“大人，冯太医的案子，府衙移交刑部时，调查的情况已全写入卷宗，大人也问过最先发现尸体的王铁，不知卑职哪里还能帮到大人。”

“卷宗我看了，记载非常详细。卷宗记载，仵作验尸，死者伤口外宽里窄，有些伤口缺少肉皮，多处骨头断裂，骨裂之处不平，属于撞击后断裂，可推测乃是钝斧之类所伤，然而，至今未找到凶器。”

“是。”

“另外一处记载，死者从河中被打捞出，捕快在河两岸检查，并未发现可疑之处，然案发之时天降暴雨，无法确定案发现场是否被大雨冲洗，也就是说，案发现场并未确定。”

“对，那夜暴雨实在太大，雨水冲掉痕迹可能性极大。”高飞点头回道。

“杀人凶器尚未找到，案发现场不知何处，高捕快，以你多年办案经验，如此情况，该如何查？”

“嗯？”

高飞想了想，回道：“毫无线索的情况下，那就只能从死者入手，死者被杀之前与平时是否存在异样，如卷宗记载，冯太医被杀之前精神恍惚，冯太医收到神秘人送的东西，可查不出是什么东西、神秘人是谁，另外，便是从死者是否有仇家……”

“卷宗没有记载此点。”

许慎突然开口打断，继续说道：“高捕快，办案，我属外行，可也知道若有嫌疑人，从嫌疑人入手，若无嫌疑人，自然要锁定嫌疑人；而仇家动机最大、最有嫌疑，高捕快不可能没调查冯太医是否有仇家吧？”

“查了。”

“谁？”

“太医署右院判方正，但不能说是仇家，二人仅是不和。”

高飞犹豫片刻，回了句，继续说道：“二人同在太医署，不和之事，早已人尽皆知，一查便知，卑职之所以未将此事记录在卷是因冯太医被杀那夜，方太医有足够的证据证明没有嫌疑。”

“什么证据？这证据是否有漏洞？”许慎追问道。

高飞神情挣扎，犹豫之下回道：“方太医那晚在芙蓉栈，除他之外，还有几位大人，一整夜，方太医都未曾独处，当夜还留宿芙蓉栈，根本不可能跑去杀人。”

“二人因何事不和？”

“这个……”

高飞一脸苦笑，不知如何回应。

许慎看出他不想议论朝中大臣，不往卷宗记载方太医与冯太医不和怕也是因此，笑着宽慰说道：“放心，此事你知我知，我也能查，只想先了解一下。”

高飞犹豫一番，回道：“据卑职所知，当年冯太医能入太医署全靠方太医，一身医术也是方太医传授，然而，十几年前，冯太医得到太后赏识，平步青云，后来官职超过方太医，二人不和之说便传出。方太医似乎看不上冯太医医术，多次当众出言讽刺，不过，冯太医似乎并未放在心上，对方太医颇为尊敬。之后方太医未像之前那么针对冯太医，只是疏远，所以，二人算不上仇家，方太医又无作案时间，便没写入卷宗。”

“嗯！”

许慎赞同地点点头，虽说认为高飞不将此事写入卷宗多半是不想妄议朝中大臣，但如此说法足以令人信服，继续问道：“除方太医之外，冯太医可还有仇家？”

“卑职尚未查到。”

许慎心里不由失落几分，如此看来，查案远没想象那般容易，线索是至关重要的一环，可此案几乎毫无线索，唯一的线索——头发——随处可见，根本谈不上线索，此案目前可以说无从查起。说话间，二人已不知不觉到了报案人所说的发现血坑的那座山的脚下，另外两名捕快已率先上了山寻血坑。

许慎见毫无收获，心有回去之意，可话刚到嘴边，却被半山腰捕快的呼喊声打断。

“高捕快，血坑找到了。”

“来了。”高飞扯着嗓子回道。

许慎将嘴边的话咽了回去，冯太医的案子毫无头绪，来都来了，不如看看这血坑到底怎么回事。二人一前一后上了山，这座山不大，不一会儿，二人便来到半山腰，只见面前一个长约六尺、宽约两尺、深约三尺的大坑，坑里的土壤已被染成血红色，难怪有人以血坑报案。

血坑四周满是脚印，深且杂乱，土壤湿润之时踩踏才会如此；另外，血坑不远处有四道突兀的车痕印迹，也应是土壤湿润时留下的。

许慎趁着捕快检查也仔细看了一遍四周，总觉得哪里有些奇怪，却一时间想不起来。正在此时，其中一名在血坑中检查的捕快喊道：“高捕快，有发现。”

许慎回过神，好奇望去，只见那捕快手上托着块白布递给高飞，白布上放着沾着泥土样的东西。高飞用白布擦掉上面的泥土，许慎已走了过去，仔细一瞧，竟是块肉皮，这肉皮上面有少许绒毛，却不像动物，反而更像……人的皮肉。

“人的肉皮。”

高飞皱了皱眉，神情变得无比凝重，若是人的肉皮，那可能是一宗命案，此事便复杂了。

许慎将目光从肉皮上移开，沉思两息，又望向血坑，脑海中不由浮现出昨夜沈爻分析冯太医案情，若杀人者与抛尸者并非同一人，那会不会……他灵光一闪，连忙说道：“据卷宗记载，冯太医的尸体残破不堪。”

“冯太医？”

高飞一愣，扭头望了一眼许慎，不解回道：“这说不通啊！若此地是案发现场，凶手明明打算抛尸云水河，为何还在此地挖如此大的坑？”

“若杀人者与抛尸者并非同一人呢？”许慎抑制住心中激动，反问道。

“不是同一人？”

高飞忍不住反问了句，他实在想不通若冯太医尸体在此处被埋，人已死，为何还要将尸体挖出来抛至云水河？做此事的人到底是何想法？莫不是许慎想破案想疯了，看到出现一块肉皮的血坑便往冯太医案上扯？

“大人，这肉皮是不是冯太医的还需查证。”

“当然要查证。”

许慎激动回了句，继续说道：“除了此点要查证之外，还有另外一点，若此地真是埋冯太医的地方，那便说明有人将尸体挖出来运到云水河抛尸，可此地距离云水河甚远，单靠人力，根本不可能，那便有运尸工具，地上有车痕，定是靠马车来运尸。”

“纵然如大人所言，杀人者先将人杀死埋在此处，抛尸者后将尸体挖出抛至云水河，那也应该是两种车痕。就算两辆马车车轮一致，应是来回两趟，可这里只有四道车痕，来回一趟。冯太医死于亥时到子时之间，那时天已降暴雨，不可能没留下车痕，杀人者总不能靠人力将尸体拖至此处吧？”

“这……若是冯太医离开太医署后就被制伏扔至此处，直到天降暴雨，凶手才徒步来杀人呢？”许慎想了想，问道。

“凶手为何这么做？冯太医离开太医署时天已黑，恐怕那时不会有人上山，若是担心被发现，将冯太医扔至此处岂不更易暴露？”高飞提疑道。

“此点我也想不到一个合理的解释。”

许慎若有所思地回了句，继续说道：“这样，我先将这块肉皮带回刑部，验证是否与冯太医的尸体吻合。”

第7章　疑凶

冯太医的案子已移交刑部，既然许慎认为这块肉皮乃是冯太医身上的，带回刑部查证合情合理，高飞并无异议。

许慎向高飞告辞后，带着肉皮回到刑部，找来仵作检验，果然，与他猜想的一致，这肉皮与冯太医残缺的尸体吻合，可以肯定血坑与冯太医有关。无论血坑是案发现场还是埋尸之地，无论杀人者与抛尸者是不是同一人，地上的车痕都是因为运冯太医留下的，马车便是至关重要的线索，许慎立即命人查找。

车痕确实是追查此案的关键方向，然而，许慎对能找到那辆马车并无信心，毕竟冯太医被杀已过去六七日，就算马车上留有痕迹，怕也已被清理干净，说不定马车已被焚烧灭迹。马车是查清此案的一个方向，但不能将希望全寄于此，基于目前推测，许慎只好重新翻阅卷宗，他将卷宗里每个细节都标注起来，与推测反复对比，经过两日不眠不休的努力，他终于找到一处可与推测吻合的点——马夫。

卷宗记载对马夫询问，对方表示冯太医从太医署离开，走到半路，冯太医要求下车，让自己先回，他则走回家。之后，府中见冯太医久久未归，便派下人寻找，马夫也在其中，他可趁寻人之际，杀死冯太医，消除嫌疑。

这便能解释为何冯太医戌时失去联系，却在子时被杀了。

许慎认为如此案情便顺了，可也明白这仅是他的推测，并无真凭实据，根本不能拿马夫定罪，如此看来，只能亲自询问马夫，看此人是否有问题了。许慎从椅子上起身，伸了个懒腰，打了个哈欠，正准备前往冯府一趟，只见一名衙役急匆匆跑来，远远便着急忙慌地喊道："大人，找到那辆马车了。"

许慎一愣，心中诧异事情远比他想的顺利。

…………

马车被随意丢弃在荒郊，马已不见踪影，只留下孤零零的车子，裸露在天地之间，甚至连遮盖的树枝都没有，这真是涉案的马车吗？许慎难以相信竟有人如此处理作案工具，心中满是不解地走上前。

负责看守的衙差见许慎走来，抱拳唤道："大人。"

"检查结果如何？"

"车内有已经干了的泥土，呈暗红色，是血迹，车上也沾了不少；另外，还发现些皮肉，至于是不是冯太医的还需验证。"

那衙差回了句，肯定说道："应该错不了。"

"嗯？"

许慎不解地望向衙差，那衙差领会，解释道："这马车是冯太医府上的，上面有冯府的标记。"

"冯太医府上的标记？"

许慎诧异地反问了句，心里万分疑惑，马车乃冯府的马夫所管，若是马夫作案，此等明显印记，为何不处理掉？还将其随意丢弃在荒郊？这不是摆明告知别人是自己作案吗？若不是马夫行凶，那他为何不交代马车被偷？毕竟冯太医遇害之前，马夫驾车载他，冯太医遇害，为避嫌疑，理应将异样之事说清以消除嫌疑。

衙差听出许慎疑惑，连忙指向车上的印记，说道："大人，请看。"

许慎朝衙差指的方向望去，果然，在马车一角写着"冯府"二字。许慎沉思了两息，暂且压制疑惑，吩咐道："你二人去冯府，到了冯府，先询问府里是否有马车丢失，再请冯府上下去刑部，记住，马夫目前最有嫌疑，务必保证他在掌控之中。"

"是。"

那俩衙差领命，立即前往冯府，其余衙差则留下负责将马车运回刑部。

许慎退到远处，凝望着衙差们正准备搬运的马车，心里有种说不上来的感觉，似乎这起案子从自己接手后变得太……太顺了，先是血坑，现在又是马车，都直指冯太医案，像是有人故意抛出线索，指引着破案，可何人会如此做？目的又是什么？如此想着，衙差已整理好马车，许慎暂且收回思绪，与衙差一同返回刑部。

许慎回到刑部，那俩被派去冯府的衙差已将冯府上下请来，安置在大堂。他二人见了许慎，连忙迎上去，汇报道：“大人，已将人全部带到，也问了大人交代之事，冯府的马车归马夫张赟所管，张赟交代府里没丢马车，其他人对此事不太清楚。”

“没丢？”

许慎一愣，沉思两息，吩咐道：“你二人再去趟冯府，将冯府的马车给带回来。”

“是。”

二人领命，又前往冯府取马车。

许慎在庭院踱来踱去，反复琢磨此事，若冯府未丢马车，那荒郊的马车是怎么回事？无论如何，这两辆马车定有一真一假。许慎也不妄自推测，静心等待。过了一会儿，那俩衙差驾着马车进了庭院，许慎望去，见这马车竟与荒郊发现的马车一模一样，造型、涂漆部位甚至连老旧程度都相似，然而，仔细一对比，便可发现问题，衙差从冯府取回的马车乃是做旧的，绝非使用多年的马车。

张赟在说谎。

那他为何说谎？

“升堂。”

许慎心中有了底，立即下令升堂。在衙役的威武声中，许慎衣着官服迈着步子走进大堂，落座，抓起惊堂木一拍，堂下众人纷纷行礼，参差不齐地喊道：“拜见大人。”

“起身回话。”

许慎淡淡说了句，见堂下之人纷纷起身，继续说道：“今日请你们前来是冯太医的案子有了新的进展。”

“大人，是不是查出害死我家老爷的凶手了？”

堂下站着的贵妇听闻此话，脸上满是激动之色，询问都带着颤音，此人正是冯迁之妻——唐小蝶。

“冯唐氏，你先别急。”

许慎安抚了句，目光投向站在角落的张赟，只见对方神情淡然，脸上并无异色，开口喊道：“冯府马夫何在？”

张赟从角落走出，跪在地上回道：“草民张赟拜见大人。”

“冯府的马车平日里都归你管？”

“是，大人。”

“那冯府最近可丢失过马车？”

张赟沉默了片刻，抬头回道：“回大人，确实有马车丢失。”

“什么？”

许慎一愣，连忙问道：“之前衙役去府中询问，你明明说并未丢失马车，为何这前后脚工夫证词便不一致了？”

“草民不敢欺瞒大人，老爷遇害那日，草民从太医署接老爷回府，半道老爷下车让草民先驾车回去，可后来草民内急，找地儿解手，回来却发现马车不见了，找了一番没找到，生怕老爷怪罪，就买了辆马车回去。可后来老爷死了，草民悲痛老爷有此遭遇，便忘了此事，衙役询问也没想起来。”张赟神情显得慌乱，回道。

“那你为何现在说？”许慎厉声问道。

“草民……草民刚想起来，面对青天大老爷不敢说谎。”

许慎望着张赟怯弱模样，心里憋着一肚子火，张赟的供词前后不一，定有问题，可如今他一句丢了马车，便将事情推脱干净，实在拿他没办法。不过，转念一想，若运送冯太医的尸体的是他，他不会笨到用冯府的马车，不但不毁灭证据，还随意丢弃在荒郊。

如此推测，也是不对，如先前推测，杀人者与抛尸者并非同一人，抛尸者利用冯府的马车运尸，那抛尸者如何知道冯太医将要被杀？他定是发现了什么，可如果这样，抛尸者定一直跟踪冯太医，却又盗取马车，如何做到分身行动？唯一的解释便是当时张赟与冯太医一起；然而，问题又来了，抛尸者如何就能肯定张赟一定会杀人？他既打算利用冯太医的尸体，张赟为做不在场证明暂且离开时，他为何不亲自动手？如此一切能在掌控之中，非得从戌时等到子时看着张赟杀人？难道就不担心出现纰漏？

莫不是从一开始思考案件的方向就错了？

许慎感觉案子又回到了原点，似乎发现的血坑、马车都毫无意义，这些物证都指向冯太医被杀之后的抛尸，而非被杀过程，纵然张赟嫌疑最大，却无证据证明他杀了人。一时间，许慎不知这案子该如何审，发觉众人都在望着自己，才继续说道：“是否真如你所说马车丢失，本官会查；来人，带上来。”

堂外衙役听闻声音，立即推着荒郊发现的那辆马车上堂；张赟跪在地上，神情疑惑地扭头望向外面，看清竟是马车，不由一愣。

“张赟，你可认得此物？”

“认得。”

张赟应了句，回道：“大人，这马车正是草民丢的马车。”

“你确定？”

“确定，草民在冯府当差已有两年，便是负责驾车，天天与这马车待在一起，肯定错不了。”

“你可知这马车之内有什么？”

“草民不知。”

“打开看看。”

张赟一脸疑惑，却不敢违背许慎命令，他缓缓起身，走到车前将帘子掀开，不由得吓得脸色发白、连连后退，稳了稳身，扭头望向许慎，问道：“大人，这……这马车是怎么回事？”

“血，冯太医的血，马车是抛尸工具。”许慎淡淡回道。

“什么？”

张赟一脸震惊。

许慎瞥了他一眼，冷冷说道：“张赟，你乃冯府马夫，专管冯府马车，可如今这马车成了运尸工具，你嫌疑最大，你说马车丢失，本官会查，但现在证据指向你，本官要先将你收监，来人，上枷。”

“大人，冤枉，草民冤枉啊！”

张赟扑通跪地，大呼冤枉，衙役不管其他，摁住张赟，为其戴上枷锁，强行拽拉着送去大牢。

第8章　乱命

破晓刚至。

东方泛白。

陈十六已醒来多时，行李都收拾好了，两日前，花应天真诚挽留，陈十六虽回京心切，却狠不下心拒绝。另外，也想从花应天口中知道些母亲的事，好多了解了解母亲，就答应住两日，如今两日已过，他要回京了，免得先生担忧。

陈十六抓起行囊背在肩上，提着破剑出了房门。外面微凉，空气清爽，陈十六却不觉得寒冷，他止住脚步，享受般深吸了口气，冷气由鼻入肺，精神抖擞，潇洒地迈着步子走出庭院。

“皇子。”

陈十六前脚刚跨出院门，就听闻喊声，诧异地扭头一望，注意到院门口一左一右各站着一人，这二人是十六院的弟子，奉花应天之命守在此处，见陈十六背着行囊出来，问道：“皇子这是去哪儿？”

“回京城。”

陈十六随口回了句，迈着步子出了院子；二人相视一眼，连忙追了上去，拦在陈十六前面。

陈十六见状，不由止住脚步，疑惑地打量着二人，问道：“你们干吗？”

“皇子，您回京之事，院主知不知道？”

陈十六脸上泛起不悦之色，冷冷问道：“怎么？我的去与留还需你们院主同意？我是你们院主的阶下囚？”

“皇子哪里话，皇子身份尊贵，是我们院主的贵宾，怎能是阶下囚？皇子要走，十六院上下应好好送皇子，哪能一声不响就走，我这就去告知院主。”

陈十六不想如此麻烦，拒绝说道：“没必要，都是江湖中人，哪有那么多繁文缛节，走了。”

二人张手拦住陈十六去路。

陈十六感觉不对，这二人哪里是想送自己，分明是不想放自己离去，眼神不由冷了几分，问道：“这是什么意思？”

“还请皇子不要为难我俩。”

“为难？”

陈十六冷笑一声，说道：“好像是你们在为难我。”

“皇子见谅，我们只是奉命行事。”

陈十六明白过来，花应天这是不想放自己离开，命他二人看管自己，心中恼火，冷冷说道：“奉命行事？花应天这是强行不放我走？那我若执意走呢？”

“这……”

二人一时不知所措，彼此相视一眼，犹豫了片刻，其中一人微微笑道：“那我们只有得罪了。”

“哼……”

陈十六冷哼一声，手一动，剑已出鞘，剑尖直指二人，不屑说道：“我倒要看看你们能不能留得住我。”

…………

皇室血脉，皇子之身，身份何其尊贵？但无玉牒为凭，谁又会敬其半分？况且，十八年前那股势力如今是否存在，杀皇子之心是否依旧，犹未可知，花应天如何放心陈十六身处暗流涌动的京城？然而，面对陈十六决绝的回京之意，他又不能大逆不道地将皇子囚禁，无奈之下，只好态度真诚先留陈十六住下，派人密切监视，再想办法。

两日已过，花应天也没想到好主意，正打算早上给陈十六请安再试着挽留一番，可还没出门，就听门外弟子大喊：

“院主，皇子跟师兄们打起来了。”

花应天脸色一变，立即冲出门，着急问道：“怎么回事？为何打起来？”

“皇子执意回京。”

“走。”

花应天立即明白事情缘由，自己派去的弟子定是为了留住陈十六与之发生冲突。虽与陈十六相处不长，也看得出陈十六性子倔强，哪是容易妥协的主，定是不满自己不让他走，要强行离去。

花应天生怕惹出大事，着急忙慌地朝陈十六所住的庭院赶，尚未走到，就远远看到陈十六正与门下弟子激战。陈十六竟从庭院打到此处，再看门下弟子，已有三四个被打伤，让人搀扶着退到一旁。

陈十六这是铁了心要走啊！

花应天厉声喊道：“住手。”

十六院弟子听到花应天声音，纷纷收招退下。

陈十六见无人进攻，也收了招，可剑依旧在手，目光冷冷地望着走来的花应天，态度不言而喻。

“你们好大的胆子，敢跟皇子动手？”

花应天愤怒地训斥门下弟子，走到陈十六面前，抱拳道：“皇子，这些弟子不懂规矩，惹怒了皇子，卑职定狠狠责罚他们，也该吃朝饭了，不如……”

“不必了。”

陈十六冷冷回绝，心知花应天打什么主意，不就是想办法留住自己吗？对花应天这些年为自己所做的一切，陈十六心中感激，却不能因此留下，他有该做的事要做，他必须回京，任何人任何事都无法阻止。

“花应天，我知你对你的先皇忠心，可我不是他。我感激你这些年为我做的一切，但你若再留我，我会靠这把剑杀出去，除非我不敌，你打断我两条腿，但我爬也要爬回京城。”

“皇子。”

花应天震惊地望着陈十六，他如何也没想到陈十六竟如此坚决，苦口婆心地劝道："皇子，京城真的太危险了，您的身份……"

"那也是我的命。"陈十六厉声打断道。

花应天一愣，眼神迷茫地望着陈十六，过了好一会儿，他才回过神，深深地叹了口气，妥协道："卑职明白了，卑职不拦着皇子。"

"那就此别过。"

"等等。"

陈十六刚要收剑，却听花应天喊了句，心中疑惑，莫不是花应天又反悔？还没来得及询问，花应天开口道："皇子回京可以，可这京城凶险万分，卑职实在不放心皇子一人，卑职养女花千语武功不错，又是女流，就让她陪皇子一同回京照顾皇子。"

"花千语？"

陈十六惊讶得叫出来，他就是被花千语劫来，如何能忘记一路上那女子的嚣张气焰，让她跟在自己身边，那自己不得活活气死，连忙拒绝道："不行，我又不是身娇肉贵的纨绔，不用人照顾。"

"若皇子不答应，那卑职无论如何都不放心皇子回京。"花应天语气坚决地说道。

陈十六满心不愿，可看花应天这架势，摆明不让花千语保护，自己也甭想离开，既然说服不了花应天，那就从花千语下手。陈十六心中顿时有了主意，嘴角泛着坏笑，扭头望向花千语，说道："花千语，你真愿意伺候我？你没忘了我说过我这人记仇吧？"

花千语无视陈十六的威胁，板着脸淡淡回道："义父交代的事，我自当遵从。"

陈十六没想到花千语竟无动于衷，如此威胁，还愿意跟着伺候自己，看来仅靠口头威胁根本甩不掉她，何不先离开这里，半路惩治这小娘子，不信她能受得了，到时还不是乖乖自己回来。

"那可别后悔。"

陈十六坏笑着说了句，将肩上的行囊丢向花千语。

花千语伸手一把抓住抛来的行囊，疑惑地望着陈十六，问道：“这是什么意思？”

“拿行李啊！你见过主人自己拿行李的吗？”

陈十六得意扬扬地回了句，不理脸色阴沉的花千语，扭头朝花应天说道：“花院主，就此别过。”

“卑职送皇子。”

花应天亲自带陈十六走出十六院，众十六院弟子跟在后面，一路上，花应天嘱咐花千语务必保护好陈十六，这让陈十六深切感觉花应天对自己真是关心，心里满是感动，生怕被人看出感情流露，连忙加快脚步。花应天见陈十六走远，压低声音说道：“千语，此行你还有另外一个任务，调查沈爻这人；皇子对他非常信任，你要确保此人对皇子没有任何危害。”

“是。”

二人说着，出了山门，花应天恭敬地说道：“皇子，卑职就送你到这儿，回到京城，万事小心。”

“你就放心吧！走了。”

陈十六宽慰了一句，摆摆手，迈着步子率先下山。

花千语不舍地望了义父一眼，花应天笑了笑，摆摆手说道：“去吧！好好保护皇子。”

“义父放心，我定会保护好他，义父，我走了。”

…………

山脉绵延、树木繁茂，此地哪有一点人烟之迹？陈十六真被劫到这儿了吗？万筠灵望着荒无人烟的山脉，心里有些动摇。

当日，她顶撞郭玉，坚持追查陈十六被劫一事，先调查了陈十六被劫现场，好在前夜下暴雨，劫走陈十六的那群人又乘坐马车，地上留下车痕。她先从车痕入手，确定这伙人北上，一路追寻、打探，最终发现这伙人进了山，可这大山仅有一条路，后面便是悬崖峭壁，无路可走，这些人就这么神秘地消失了，她怎么也想不通。

万�灵狠狠咬了口烧饼，决定吃完烧饼再试着找找，手里的烧饼刚吃净，突然听见不远处传来谈话声，万筠灵手掌一拍地面，身子跃然而起，左脚一踏，身子飞跃到树杈上，朝着传来声音的方向望去。只见陈十六与一个年轻貌美的女子斗着嘴走来，心中不由一愣，陈十六不是被人劫走的吗？怎么一点也不像被劫的样子？

万筠灵心中泛疑，想了想，还是决定不露面，先看看什么情况再说。

“你够了，这才走了不到二里的路，你一会儿这事，一会儿那事，你到底有完没完？”花千语愤愤地骂道。

“叫我皇子，我是你主子。”陈十六一脸贱样地说道。

“你……”

花千语恨得咬牙切齿，恨不得冲上去一口咬死这混蛋。

“怎么？受够了？受够了那就回去，离开十六院还没多远。”陈十六得意扬扬地说道。

皇子？

主子？

十六院？

万筠灵将二人谈话听得真切，心中泛疑：这些人是何人？为何知道陈十六是皇子？这十六院又是怎么回事？万筠灵思考着，见二人斗着嘴远去，已听不到声音，她才从树上跳下，扭头望了一眼陈十六、花千语来时的路，迈着步子朝着山上走去。

第9章　真凶

深夜。

整个京城静悄悄的，只有打更者敲打着梆子、高喊“天干物燥，小心火烛”的声响。

“嗒嗒嗒”

一阵急促的马蹄声扰乱了夜晚的宁静，只见无人的街道上几道身影朝着刑部大牢的方向策马奔腾。这几人一到刑部大牢门前，动作利落地翻身下马，直奔大牢，门口的狱卒正要阻拦，可话尚未说出口，其中一人边朝大牢里走边从怀中掏出大内侍卫的令牌，厉声说道：“奉皇上口谕，提审张赟。”

狱卒心中纳闷，张赟只是冯太医府上的马夫，怎么还能让皇上关注？可面对大内侍卫，他哪敢多问，哪敢阻拦，只能望着大内侍卫进大牢。

这几名大内侍卫如入无人之境进入大牢，见牢内值夜的几个狱卒正围着木桌喝酒、胡侃，领头侍卫脸上泛起厌恶之色，冷冷问道：“张赟关在哪间牢房？”

“诸位是？”

牢头醉醺醺地起身，刚开口问了句，只见领头侍卫反手抓起腰间佩刀，刀鞘抵住牢头脖子，硬生生将牢头脑袋压在木桌上，另一只手掏出大内侍卫令牌，放在牢头面前，淡淡道：“皇上口谕，提审张赟。”

“小……小的这就带大人去。”

牢头看清令牌，又听闻是皇上口谕，吓得酒醒大半，战战兢兢回了句，见领头侍卫收刀，麻溜地起身，满脸堆积着谄媚笑容在前带路。

牢内阴仄，潮味刺鼻，这几人跟着牢头往里走，领头侍卫还算面色不改，后面四人却下意识地伸出食指放在鼻下，试图阻隔这刺鼻的味道。走了一会儿，牢头在一间牢房前止步，涨红的脸堆着谄笑，说道：“大人，张赟就关在这间牢房里。”

“开门。”

“好，好。”

牢头点头哈腰地应着，麻溜地掏出腰间钥匙将牢门打开。领头侍卫弯着腰往里走，却在门口止步，扭头望着牢头，命令道：“下去，不准任何人靠近。”

“哦……是，是。”

牢头心中万分不解，不明白这大内侍卫找一个马夫干吗，还不让人靠近，却不敢多问，连忙点头称是，带着疑惑离开。领头侍卫见状，这才进了牢房，两名侍卫跟着，留下另外两名侍卫守在门口。

“你就是冯太医府上的马夫张赟？”领头侍卫一进牢房，开口问道。

张赟早已注意到这些人，这些人气度不凡，绝非常人，找自己所为何事？他心中不由慌乱，点头回道：“是我，诸位是？”

“说吧！何人指使你杀死冯太医，还将他的尸体缠上头发丢进云水河？”领头侍卫开门见山地问道。

“我没杀冯太医。”

“你还有一次机会。”

“我真的没杀冯太医。”

领头侍卫脸色阴冷下来，朝跟着进来的二人使了个眼色，那二人领会，立即走到张赟身边，一左一右摁住张赟。

张赟吓得面色慌乱，惊慌失措地问道：“你……你们要干什么？救命，救……”

话音未落，右边的侍卫火速从怀中掏出一条白绫，快速绕过张赟的脑袋，将张赟的嘴封住，令他无法开口说话。

领头侍卫缓缓走到张赟面前，冷冷说道：“我刚才说了，你只有一次机会。”

张赟吓得面色惨白，瞳孔放大，嗓子里发出“呜呜呜”的声响，拼命想挣脱束缚，可他一介马夫哪里能挣脱两名大内侍卫的制约。

领头侍卫说着，将腰间佩刀解下，手掌抓着刀背，食指、中指扣着刀柄，刀柄后端猛然朝着张赟的嘴巴撞击而去。

“砰！”

刀柄后端撞在张赟嘴上，只听“咔咔咔”的牙齿断裂声，血迹染红了白绫，张赟痛得面色扭曲，眼泪直流。

领头侍卫见状，朝手下示意了个眼神，那二人立即将白绫扯下，只见张赟满嘴鲜血，被撞掉的牙齿顺着血水往下掉，一口牙掉了七八颗。

领头侍卫冷冷问道：“说还是不说？”

“私……刑，你们滥……用私刑。”张赟口齿漏风地哭喊道。

“嗯！”

领头侍卫又朝手下使了个眼色，二人立即将已被染红的白绫粗鲁地塞进张赟嘴里，不等张赟反应过来，领头侍卫快速抽刀，锋利的刀刃瞬间划过张赟膝盖，竟直接将张赟的膝盖切掉，张赟痛得青筋直冒，嗓子里发出“呜呜呜”的声响，差点晕死过去，犹如一条砧板上的鱼任人宰割。

领头侍卫收刀上前，一把抓住张赟的头发，面色冰冷地问道：“说还是不说？”

张赟痛得眼珠泛白，似乎知道再不交代，死也死不痛快，艰难地点点头，侍卫这才将他口中的白绫抽出，厌恶地丢在地上。

“我……我承认，我……我是凶手，是……是我杀了冯迁。”张赟口齿漏风地承认道。

“为何将尸体缠上头发丢到云水河？”

“那……那不是我做的，我只……只是杀了冯迁，将……将他的尸体埋在山上，不……不知道是……是谁把尸体挖出来的。”张赟艰难回道。

“将你杀人经过全部写明。”领头侍卫从怀中掏出纸笔，丢在地上，冷冷命令道。

张赟忍痛坐在地上，艰难地写出杀人缘由、经过，领头侍卫拿起纸张扫视一眼，不理会已不成人样的张赟，迈着步子出了大牢。

…………

漆黑如墨，伸手不见五指，只有星点般的微光缓缓移动。

万筠灵手持火折子在甬道中前行，摇曳的火光映照着她警惕的面容。先前无意中听见陈十六与那女子谈话，她对劫持陈十六的这些人心生怀疑，决定查清楚怎么回事，便朝两人来时的路走了二里地，没想到此地只有几株树木，哪有一丝人烟迹象？她仔细检查了一番，才发现旁边岩石下有机关，按下之后，树木向两边移动，面前赫然出现一个山洞。

她愈发疑惑，这些人行事如此小心、警惕，江湖之中也未曾听闻，如今又牵扯到皇室，她如何放心？愈发坚定一查究竟的决心，可也知此地乃对方老巢，不能贸然行动，她在外围观察一整天，并未发现异样，直到入夜，才进了山洞。这山洞远比想象的要宽阔、深长，她走了一炷香的时间，前方才有一丝亮光，万筠灵连忙熄灭了火折子，朝着亮光走去。

亮光所在又是洞口，万筠灵警惕地趴在洞口往外望去，只见灯火通明，映照着一座山门，山门之中尽是人们忙碌的身影。

万筠灵不敢妄动，仔细观察此地地形、房间分布，筹划如何潜入、逃走。如此等到深夜，山门的灯火已熄灭，似乎都已入眠，万筠灵悄然出了山洞，身影飘逸地潜入十六院。行动之前，她便已想好，她只是为调查这些人是何身份，无须冒险，所以直接潜入无人看守的书房。

万筠灵悄悄进了书房，借着月光仔细翻找，奈何书本太多，种类繁杂，先人之道、名家手记、账本纪要，找了一番，并无丝毫关于这伙人身份之物。万筠灵略显焦急，抬头一望，注意到书架顶端放着一个紫檀木盒，她连忙取下木盒，轻轻打开，点燃火折子，照着里面，这才看清里面之物，不由一愣，这是……大内侍卫的令牌。

这些人到底是什么人？为何会与皇宫大内有关系？万筠灵心中疑惑丛生，一时想得入神，竟忘了熄灭手中的火折子。

“什么人？”

突然，外面厉吼一声，万筠灵心中慌乱，连忙熄灭火折子，只见一道身影破窗而入，直接朝万筠灵袭来。

万筠灵稳住心神，当即抽刀劈去，那道身影侧身连番躲了过去，万筠灵二话不说，脚步一踏，身影冲破另一侧窗户，夺窗而去。

“哪里逃？”

花应天厉吼一声，一把抓起摆放在书房里的长枪，朝着万筠灵的背影爆射而去，身影紧随而至。

“嗖！”

长枪一出。

气势恢宏。

万筠灵察觉到身后传来一股凌厉杀意，扭头一望，只见长枪已到面前，心中愤恨，无奈之下，只好先行躲过，刚一个凌空翻身躲过长枪，尚未站稳，只见凌厉的一掌袭来，万筠灵出刀已来不及，只能提刀抵挡。

“砰！”

一掌击在佩刀之上，佩刀重重地落在万筠灵胸口，万筠灵被震飞数米，勉强站稳在地。花应天已凌空跃起，一把抓住飞出的长枪，调转枪头，朝着尚未稳住心神的万筠灵刺去。

万筠灵凝望着刺来的枪头，连连后退，可对方不依不饶，速度极快，枪头直接刺入万筠灵胸口。万筠灵一把抓住长枪，手指感觉枪身刻着几个字，可此时已容不得她多想，反手一刀，朝花应天腹部划去。花应天连忙后撤，万筠灵找到机会，一把将长枪拔掉，忍着剧痛，飞越而起，跳过十六院的围墙。

“还想逃？”

花应天刚毅的脸上布满阴冷之色，立即提枪追了上去，此时，十六院弟子已被吵醒，纷纷跑来询问，得知缘由，也跟着追了上去。

万筠灵捂着胸口，艰难地挪着步子，时不时扭头回望，只见在后面追杀的男子越来越近，如此下去，必然被抓。她灵光一闪，努力加快脚步进了山洞，从怀中掏出一枚霹雳弹，朝着洞口上空扔去。

“轰！”

一声炸响。

洞口上端炸开，石头纷纷落下，堵住洞口。

第10章　谋心

官道。

车队如长龙般浩浩荡荡前行，铠甲行兵守护两侧。秋风凛冽，前方骑兵高举的印有“北定王”三字的大旗被吹得猎猎作响。

这正是北定王向朝廷上缴铁矿的队伍。

队伍之中有辆乘人马车，车帘掀开，关松探出脑袋，闪烁的眼眸凝望着越来越近的京城，他难以遏制此时激动的心情，掀开帘子的枯老手掌颤抖不止。先皇国丧之后，他便随北定王入封地，再也未回过京城，此次乃当今圣上继位以来首次召见北定王，王爷仁慈，知他思乡心切，带他一同入京，他如何能不激动？

自己都这般，那王爷呢？

关松扭头望去，见北定王双眸紧闭，手持画卷稳坐如山，缓缓放下帘子，思虑一番，关切问道：“王爷可是有所担忧？”

赵辰缓缓睁开眸子，悠悠说道：“多少年了，皇兄从不准我入京，纵是母妃寿诞也未开先河，就是怕我与朝中大臣有所勾连，缴纳之事一直由温斌与户部交涉，为何此次却以此由头召我入京？”

“难道皇上他？”

关松顿时觉得遍体生寒，连忙问了一句，却不敢言明。

“不至于。”

赵辰淡淡回了一句，自嘲一笑，说道：“他若真想要我的命，又何须召我入京？我这位皇兄行事看似狠辣、无德，实则意味深长。”

“王爷何不称病推托？”

“推托不了，也不能推托，父皇驾崩，母妃留于宫中，我未曾尽过孝道，以往有皇妹在京照料，我还放心，可如今皇妹……”

“王爷节哀。”

“思来想去，茴儿葬礼，皇妹千里迢迢赶来，怕不只是为了悼念，更是为了确保没留下与她有关的痕迹。方茴之举，应有皇妹挑唆的成分，若非事情败露，我都无法想到两者的关联，以前皇妹那般天真烂漫，如今却也懂得谋心之道。”赵辰语气无奈地感慨道。

关松不知如何搭话，布满褶皱的脸上尽是悲凉，他记忆中的公主天真无邪，纵然前不久见面也未看出心机深厚，或许人遭逢变故，会性情大变，究其缘由，还不是那高高在上的皇帝惹出的事端。

车内无声。

马车前行。

过了好一会儿，赵辰似乎才从悲伤的思绪中走出来，抚摸着身旁的画卷，继续说道：“如今陈十六身份已昭然若揭，可当年因何被送出宫，父皇为何不能对我明说他的存在，想必这其中并不简单。还有沈爻，此人应早就猜到陈十六的身份，他将陈十六留在身边是何目的？陈十六是我皇室一族，我的皇弟，我虽能力有限，也需竭尽全力护他周全。”

“老奴无能。”

“这些已经够了，他是谁不重要，重要的是他做了什么，朝廷官员、江湖人士，多少人欠他人情，我不相信他志在山野村夫。”赵辰眼神猛然犀利起来，冷冷说道，“他有何目的、图谋何事，与我无关，但我绝不能容忍任何人以我赵氏之人为棋子，谁都不行。”

…………

高墙长道。

宫闱内苑。

沈爻若有所思地跟着小太监前行，他不能不多想，自上次召见，皇上提出以陈十六的命换大理寺少卿之职，可随着陈十六被劫，此交易暂且搁置，他正忧愁如何再入皇上“法眼”，不承想皇上今日召见。

皇上为何召见自己？莫不是与陈十六有关？自己如何保住陈十六又能获取大理寺少卿之职？

如此想着，已到书房别院，沈爻刚迈入院子，望见许慎竟候在门前，不由一愣，心里猜想，皇上召见自己莫不是与冯太医的案子有关？听闻凶手已抓，严刑逼供之下已认罪，莫不是此案另有玄机？

“你先在此候着。”

小太监连身都没转过来，歪了歪头，眼角余光瞥了眼沈爻，向沈爻吩咐了句，迈着步子走向书房。

许慎早已注意到沈爻，诧异沈爻为何会出现在皇宫。他自从得知皇上召见，便惴惴不安。两日前，大内侍卫夜闯刑部大牢，严刑逼供张赟，令张赟写下认罪书。这认罪书由大内交于刑部，内容毫无漏洞，杀人动机、手法、时间完全吻合，可以肯定张赟便是杀死冯太医的凶手。然而，张赟却否认将尸体抛至云水河，皇上命刑部查出何人所为。这两日来，刑部昼夜不眠，却毫无进展，他担心皇上召见降罪自己，不承想遇上了沈爻，见太监离开，才抱拳招呼道：“沈先生。”

“许大人。”沈爻回礼道。

“先生也是受皇上召见？”

“是啊！”

“先生可知皇上召见我等所为何事？”

“我还正想问大人呢！”

许慎刚要回话，见小太监从书房出来，只好将快吐出口的话咽了回去。那小太监在台阶前止步，板着张脸，说道：“宣沈爻。”

沈爻满腹疑惑，却知不是多问之机，向许慎拱手告辞，迈着步子走向书房。尚在门口，只听里面传来“嘭嘭嘭”的声音，满心疑惑地走了进去，看见里面的情景，更是一愣，只见那高高在上的皇帝竟在玩蹴鞠，双脚颠蹴鞠，动作炫美、帅气，那蹴鞠如活物一般无法从他双脚上滑落。

赵权扭头朝沈爻一望，眼神闪过一抹狡黠，将蹴鞠颠起，抬脚一踢，蹴鞠朝沈爻面门直飞而去。

沈爻立即抬手，接下飞来的蹴鞠，那蹴鞠在他手掌摩擦许久才停下来。

“身手不错，朕养的那帮人若有你一半水平，也不会踢得如此没看头。”

“谢皇上赞誉。”

沈爻谢了句，想起手中正拿着蹴鞠，走上前，弓着腰，双手将蹴鞠奉上。赵权居高临下地望着沈爻，伸手一拨，蹴鞠从沈爻手中滑落，赵权抬脚一踢，蹴鞠飞了出去，稳稳落在架子上。

“你是不是在想朕因何召你入宫？”

沈爻压低脑袋，回道：“草民不敢妄自揣测圣意。”

“朕让你猜。”

沈爻犹豫了一番，缓缓抬起头，回道：“应是冯太医的案子。”

“何以见得？”

“许大人在外候着，也应是皇上召见，许大人刚到刑部入职，官列六品，实在不足以让皇上召见。许大人升迁之后最突出的成就便是破了冯太医被杀案，而草民擅长破案，皇上一同召见我二人，除了冯太医的案子，草民实在想不到其他。”

“果然聪明绝顶。”

赵权赞誉了一句，眼神立即犀利起来，凝视着沈爻，问道：“那你也猜到陈十六被劫与朕无关？”

沈爻反复琢磨应对之策，实在不知该如何回答，只好压低脑袋不作回应。

赵权将他神情尽收眼底，瞥了他一眼，淡然一笑，问道：“陈十六被劫，你是该庆幸，还是该惋惜？”

沈爻缓缓抬起头，凝视着赵权，回道：“愤怒。”

“何解？”

“天子脚下，这伙歹人明目张胆劫人，如此猖獗，藐视皇上圣威，草民唯有用愤怒形容听闻此事的心情。”

赵权不怒不喜，令人无法看出他心中所想。他似乎对沈爻故意以另一个视角回答，转移自己的询问并不生气，又开口问道：“你可知陈十六已脱险，正在回京的路上？”

沈爻瞳孔不由放大，脸上浮现震惊之色，生怕赵权察觉，连忙压低脑袋，回道：“草民不知。”

赵权居高临下打量着他，一副洞察万物神色，如此盯了沈爻两息，微微将眼睛闭上再睁开，神情已隐藏，说道：“陈十六的事就这么算了，朕召你来，确实是为了冯太医的案子，此案凶手虽已认罪，可将尸体抛至云水河的歹人尚未查到，刑部那帮废物，朕指望不上，就靠你这位神探了，此案办妥，坐在大理寺少卿职位的人就是你。”

沈爻听完赵权此番话，确定冯太医案背后不简单，若只是一件凶杀案，凶手已认罪，此案结了便是，为何非要找出抛尸之人？这抛尸之人的举动怕是与皇宫内院有所牵连，赵权才这般急切要查出此人。

冯太医的案子根源并非冯太医之死。

沈爻不知此事是福是祸，但对他来说是个机会，稍纵即逝的机会，不用以陈十六的命做交换，纵然沦为赵权的棋子，他也不能错过，连忙跪地回道：“草民领旨。”

“起来吧！”

赵权淡淡说了句，朝候在门口的小太监吩咐道：“宣许慎。”

“宣许慎。”

小太监扯着嗓子喊了句。

许慎弓着腰，迈着碎步走进书房，跪地拜见道：“微臣参见皇上。”

赵权居高临下打量着跪在面前的许慎，并未让他起身，淡淡问道：“查出什么了？”

“微臣正在查。”

“正在查？”

赵权冷哼一声，继续问道：“你打算何时查出线索？等朕归天？”

“微臣不敢。”

许慎吓出一身冷汗，身子压得更低，几乎匍匐在地。

“刑部不用查了，此案交于沈爻，朕念你查出杀死冯太医的凶手，也算立了功，不拿你问罪，你回去将卷宗整理交于沈爻，协助他查出抛尸之人，给你二人五日时间查出此人到底是谁。”

“是，微臣定全力协助沈先生。”

赵权神情漠然，走到桌前，拿起桌上的令牌丢给沈爻，淡淡说道：“查出何人所为，立即向朕禀报，退下吧！”

“微臣告退。”

“草民告退。”

沈爻、许慎弓腰退出书房。

赵权凝视着二人离开的背影，嘴角泛起一抹阴谋似的冷笑，喃喃自语道：“竟拿十九年前的旧事挑起事端，这局棋，朕陪你下，看谁赢到最后。”

第 11 章　甘为棋子暗谋事

冷风阵阵，直入肉骨；然而，沈爻觉得皇宫内院的勾心斗角远比这凛冽的秋风更阴冷百倍，赵权虽未明说，可任谁都能听出，他真正在乎的并非冯太医的生死，而是将冯太医的尸体缠上头发抛至云水河的人。

虽不知此人是谁，可如此举动定不合赵权心意，他才迫切欲将此人揪出来。但沈爻并非担心此事，他既甘心做赵权的棋子，便已打算将此人查出来，至于其他一概不管不问。

他真正担心的是陈十六。

陈十六被劫是何人所为？目的为何？他是如何逃出来的？有没有受苦？赵权告知自己陈十六脱险是何目的？他是否决定亲自了结陈十六？沈爻心中忐忑，恨不得立即赶往芙蓉栈询问关于陈十六的情况，可不知赵权的眼线是否监视，实在不宜贸然前去芙蓉栈。

沈爻心里琢磨着，与许慎一同朝宫门外走。

“沈先生，此案你打算如何查？”

许慎率先开口问了句，未听见沈爻回答，扭头一望，只见对方一脸凝重，皱了皱眉，唤道：“沈先生。”

“啊？”

沈爻回过神，诧异地望着许慎，问道：“许大人，怎么了？”

“沈先生在想冯太医的案子？”

“是啊！”

沈爻点了点头，思绪立即回到案情上，说道：“此案还需麻烦许大人，这起案子涉及的凶杀案乃大人所破，大人对此案了解甚详，在下刚接手此案，无从下手。”

“沈先生见外了。”

许慎摆了摆手，神情惭愧地说道：“说起来，在下破这起案子实在侥幸，不，真正说起来，这起案子并非在下所破。”

“大人此话何意？”

“实不相瞒，直到张赟认罪之前，在下都未找到证据证明他就是凶手。此案在下也是办得糊里糊涂，先是发现埋尸的血坑，后是发现运尸的马车，然而，这些物证虽看似指向张赟，却不能证明张赟就是杀人凶手，直到最后，大内侍卫夜闯刑部大牢逼供，张赟写下认罪书，交代杀人经过、杀人凶器藏于何处，找到杀人凶器，这起凶杀案才告破。”

许慎讲述完，叹了口气，继续说道：“我虽不似先生这般是破案高手，可也在仓廪县当过两年县令，为村民破过几起案子，可这案子给我的感觉实在诡异，本应清除的作案痕迹却呈现在眼前，似乎有人故意指引破案。”

“什么意思？”

“血坑是张赟为埋冯太医尸体所挖，他杀人之后将尸体埋了，可如今那血坑被挖开，一眼便可看出血迹，现场留下马车车印痕迹，而马车被随意丢弃在荒郊野外，里面有血迹，上面还有冯府的标记，正是冯府的马车。据张赟交代，他将冯迁迷晕，带至郊外，将其藏起来，再返回时发现马车不见了，在下推测抛尸者目睹张赟制伏冯迁的过程，趁机偷走马车，之后，又等冯迁被杀，挖尸，将尸体缠上头发抛至云水河，令人不解的是血坑、马车都是几日后被发现，如此长的时间为何不处理？似乎就是为了让府衙发现这些线索，从而找到张赟身上。关键是张赟落网，交代全部，抛尸另有其人一事无法掩盖，衙门还得调查，那为何如此做？”

“等等！”

沈爻敏锐捕捉到许慎话中的关键信息，眉心紧缩，问道：“张赟制伏冯迁用马车运到山上，将昏迷的冯迁藏起来，而藏好了人却发现马车不见了？许大人推测这一切都被人目睹，那为何此人不等张赟离开，直接将昏迷的冯迁带走，如此栽赃嫁祸岂不更容易？更能掌控？更能制造水鬼杀人的假象？为何要等上几个时辰，看着张赟杀人、埋尸，再将尸体挖出来？”

“沈先生果然敏锐。”

许慎敬佩地赞誉了句，继续说道：“此点在下还有另一种推测，抛尸之人并未目睹张赟制伏冯迁，而是无意中发现冯府的马车，单纯目睹张赟杀人，如此也可解释这抛尸之人为何等人死之后再挖尸，而不是带走冯迁，并非他想等，而是不知道，只不过这太过于巧合了。”

巧合？

如此巧合竟合乎逻辑，失去这巧合，反而变得不合乎逻辑。

这会是巧合吗？还是说抛尸者不带走昏迷的冯迁另有原因？沈爻心里琢磨着此点，问道：“张赟如何说？”

“张赟无法肯定，他当时从马车上拖走冯迁，高度紧张，不记得有没有拴马车。”

许慎回了句，继续说道：“沈先生，抛尸者是否目睹张赟制伏冯迁确实是个疑点，不过，与查出此人关系不大。”

沈爻了解许慎话中之意，抛尸者是否目睹张赟制伏冯迁，为何坐等冯迁被杀才挖尸，马车被发现是否有巧合的成分，这些都不重要，重要的是如何查出此人。不过，沈爻觉得此点可疑，但并未说出心中想法，继续问道：“冯迁出事之前可有异样？”

“有，冯迁出事前收到些神秘之物，不知何人所放，可都被冯迁烧了，无从查起。”

许慎无奈地回了句，继续说道：“如今这起案子又回到了起点，冯迁尸体被发现时身上缠着头发，可这头发又代表何意？”

沈爻并未搭话，埋头往前走，思绪梳理着整起案子的线索，冯迁被杀案可分为两部分——杀人，抛尸。杀人，凶手已认罪，无须调查，剩下的便是抛尸，其中的线索共有三点：冯迁生前收到的东西抛尸者是否目睹张赟制伏冯迁的过程以及头发。

第一点线索已无从查起，而第二点线索说不上是线索，应是疑点，自然无从查起，只能从第三点线索——头发——入手，只有查出冯太医的尸体被缠着头发抛至云水河意味着什么，这起案子才能有所进展，而这种“形式”的背后应与皇宫有关，赵权定知晓，可他既然让自己查抛尸之人，为何不将如此重要的线索告知自己？

沈爻认为思路没错，才开口问道：“许大人，你可听闻皇宫之中有谁死时身上缠着头发？”

“未曾听闻。”

许慎摇了摇头，不解地问道：“先生为何这么问？”

“先前与于大人说过，凡是所为必有缘由。人已被杀，抛尸者为何费尽心思将尸体挖出来，缠上头发抛至云水河呢？其中定有目的，而皇上关心此事，恐怕……”

“此事与宫里有关？”

许慎一惊，忍不住脱口而出，顿时吓出一身冷汗，连忙向四周望去，见四下无人，才稍微心安，凑到沈爻耳边，压低声音说道：“难怪皇上如此关注，沈先生，这案子的水不浅，稍不留神，咱们可能会……”

沈爻何尝不知这起案子并非只是个案子，还关乎宫里的争斗，涉及宫里腌臜之事，他只不过是赵权手中的一枚棋子；然而，他甘心成为棋子，只有这样，才能入大理寺。

“大人，你我只需查出何人抛尸，至于其他，三缄其口。”

许慎沉思一番，知晓皇命难违，无奈地点点头，回道：“只能如此了。”

“大人，咱们先看卷宗吧！”

“好。”

二人出了宫门，乘马车来到刑部，许慎招呼沈爻喝茶，命人取卷宗。一盏茶的工夫未到，卷宗已取来，沈爻放下手中茶杯，打开卷宗，阅览一番，最后仔细翻阅张赟的认罪书。

内容如是写道：尚武帝九年十月初三，吾决定实施筹谋的计划，吾将迷药放在马车里以此迷昏冯迁，可不承想，他半路感觉不适要求下车。无奈之下，吾只好以另外准备沾着迷药的手绢捂住他的嘴，彻底将他迷昏，将其带到荒山藏了起来。可将人藏好，却发现马车不见了，吾心中惶恐，不知是否拴马，马车是被人偷走还是丢失，可冯迁已知吾迷昏他，吾已无退路，便在常光顾的王记马车店购买了辆差不多的马车。马车一物，府中之人并不关注，吾驾车回府也未被发现，便继续按照计划，趁着半夜寻人之际杀了他，将其尸体掩埋。

吾之所以杀冯迁，乃是因此人该死，二十二年前，吾妹因他误诊、误治丢了性命，吾向衙门告状，此人逃之夭夭，吾追查近二十年未果。吾妹之死对吾影响甚大，吾也因此研究医理，正因如此，知道冯迁著《医者笔录》，颇为敬仰，可见到此人，竟发现他就是害死吾妹的恶人。他已改名换姓，难怪吾这些年无从查起，吾知他身居高位，报官无济于事，而且事情已过二十多年，难以查证，便入他府中为下人寻找报仇的机会。终于，前不久，冯迁收到一些东西，神情变得古怪，吾便计划将其杀死，官府亦会怀疑冯迁之死与收到的东西有关。

吾以钝斧劈砍冯迁，在他临死前说过当年他害死吾妹之事，他满脸惊恐，不停求饶，之后，吾将杀人凶器丢弃在荒山下的小河。至于冯迁的尸体为何出现在云水河，吾丝毫不知，起初听闻此事，颇为惊恐，担心事情败露，可后来打探官府查案方向是冯迁精神古怪缘由与他尸体上的头发，吾便放心，担心马车丢失一事会令官府怀疑，便隐瞒此事。

沈爻阅览完张赟的认罪书，条理清晰，杀人动机、杀人凶器、杀人过程都交代得非常详细，他就是杀死冯迁的凶手。然而，对于沈爻要调查抛尸之人毫无作用，两者似乎毫无关联。

如此看来，只能从水鬼杀人入手，沈爻知道市井传闻的水鬼杀人，一些人身上缠着头发溺死在云水河，但沈爻认为此事绝非这般，若只是市井，赵权为何会如此在意？他依旧坚持之前的思路，这水鬼杀人必定与皇宫内苑有关。

“许大人，此案过程我已了解，正如大人所言，此案又回到起点，你我需从水鬼杀人与皇宫的关联查起，这是目前最有可能查到的线索。”沈爻边合卷宗边说道。

“此事在下想办法打听。”

“对了，你可知冯迁如何进的太医署？”沈爻想到一点，连忙问道。

“哦，这我知道，是由太医署右判院方正举荐，二人可以说是师徒，只不过冯迁获得太后赏识，平步青云，而方正举步不前，二人关系变得恶劣。”

“太后？当朝太后？”

“嗯。”

赵权关注冯太医案说不定与当朝太后有关，然而，这其中到底有何关联？如此看来，得打探打探这深宫不为人知的秘密了需要去芙蓉栈，正好询问陈十六的事。

沈爻已从芙蓉栈搬走，贸然前往极有可能会引起赵权眼线注意，不由心思暗生，从椅子上起身，说道：“许大人，走，我请你喝酒。”

“好啊！去哪儿？”

“芙蓉栈。”

第 12 章　隔阂

“许公子，再喝一杯嘛！小女子这杯酒端得好辛苦，手都麻了，你忍心让小女子这么一直端着？”

女子嗲声嗲气、可怜兮兮对醉意朦胧的许慎劝酒。

许慎脑袋轻晃、摆手表示不能再喝，可女子手中的酒杯已放到他的嘴边，微微一抬，许慎只得饮了下去，这杯酒下肚，他觉得两眼更模糊了，连桌对面沈爻的脸都看不清。

沈爻望着醉态十足的许慎，嘴角露出满意的笑容，他担心赵权眼线监视，故意请许慎来芙蓉栈喝酒，不令赵权起疑，又找人将许慎灌醉，好不留痕迹地与芙蓉见面询问陈十六的事。

“扑通。”

许慎难胜酒力，彻底醉了，身子一歪，趴在桌上睡了。

沈爻放下手中酒杯，从怀中掏出两锭银子，吩咐道：“送许公子休息。”

“谢沈先生。”

两女子一人拿了锭银子，一左一右搀扶着醉酒的许慎出了房门。整个房间只剩沈爻一人，他抓起酒壶，刚倒了杯酒，就听墙壁传来声响，芙蓉迈着步子走了进来，笑着说道：“先生，你这般利用许大人，就不担心他被御史台弹劾？”

“留恋你这芙蓉栈的官员还少吗？御史台若弹劾，朝廷半数以上的官员怕都得脱了官袍。”

沈爻悠悠回了句，放下手中酒壶，抬头望着芙蓉，正色问道：“陈十六已脱险回京了？”

“先生知道了？”

芙蓉一愣，连忙回道："我今早刚得到的消息，正想找机会告知先生，没想到先生已经知道了，先生如何知道？"

"赵权说的。"

"他？"

芙蓉一惊，并非震惊皇上知晓陈十六脱险，而是震惊皇上为何将此事告知先生，不由担心起来，问道："他为何告知先生？"

"不知，或许是试探，也或许是……动手前的警告。"沈爻摇头回道。

"若赵权想动手，陈十六怕凶多吉少。"

沈爻神情凝重，一时没有说话，过了好一会儿，才问道："十六被何人所劫？"

"尚未查到。"

"如何脱险？"

"也未查到，劫持他的人行踪很隐秘，又因皇上的眼线在暗中潜伏，不敢查得太过明显。"

芙蓉摇了摇头，继续说道："不过，查到他与名叫花千语的女子同行，或许是此女子救了他，又看似不像。二人一路斗嘴，彼此看不过眼，那架势都快要打起来了，可这女子就是赖着十六不走，这二人简直就像对欢喜冤家，没想到小十六也会被人赖住。"

芙蓉忍不住打趣了一句，见沈爻神情凝重，知晓不是开玩笑的时候，便不再说话，默默望着先生，等待先生决定。

沈爻沉默许久，掷地有声地命令道："若赵权的人真动手，不惜一切代价保陈十六周全。"

"先生？"

芙蓉震惊地望着沈爻，不相信沈爻竟会做如此决定，先生经营了十二年，每一步都谨小慎微，如今为救陈十六一人，竟冒如此风险。陈十六虽出身皇室，可如今皇上想要他性命，他对先生已无价值，先生为何还如此护他？二人的情谊真的影响到先生了吗？芙蓉虽欣慰于陈十六让先生变得有血有肉有感情，却不能眼睁睁看着先生为了他舍弃十二年的筹划，先生不能做的，只有自己做，只能违背一次先生的命令了。

芙蓉暗下决定，假装应下道："芙蓉知道了。"

沈爻并未多想，这些年来对于自己的命令，芙蓉都坚决执行，既已安排下去，芙蓉自会做好，他稍微安心，又问道："万捕头可有消息？"

"万捕头一直在追查陈十六的踪迹，可奇怪的是，陈十六脱险，她却失去了消息。若猜测不错，她有可能在查劫持陈十六的人。"

"她有这个能力。"

沈爻淡淡回了句，相信以万筠灵的武功与能力，应该不会出事，又说道："我需要你查件事，宫里的事。"

"先生请说。"

"二十年来，宫里可有人死时身上缠着头发，此人是何人，具体发生了何事。"

"是。"

"我不便常来这儿，你查到后，想办法送至上爻堂。"

…………

"嗒嗒嗒！"

蹄声如雷。

陈十六策马狂奔，所过之处，尘土飞扬。花千语骑马在后，见陈十六着急前行，像是赶着去投胎，俏脸满是幽怨，京城就在前方，着什么急？

花千语扯着嗓子喊道："陈十六，你给我慢点。"

"你就这点本事？追不上我，不如回去得了，我不用你保护。"

陈十六扭头嘲笑了句，突然，感到前方传来一股杀意，神情不由一变，连忙回头，只见数十支箭矢爆射而来。陈十六不敢迟疑，立即松开手中缰绳，双手猛拍马背，整个人从马背上飞起，几个凌空翻身，躲过射来的箭矢。他的双脚刚稳落在地，花千语的马从他身边飞驰而过，花千语也从马背上跳了下来，躲过袭来的箭矢，落在陈十六身边，二人余悸未消，只见四周已围满了黑衣人。

“你们什么人？”

“杀。”

陈十六话音刚落，领头黑衣人冷冷下令，只见众黑衣人二话不说，手持兵刃纷纷朝陈十六、花千语击杀上来。

陈十六心中恼火，杀意大起，反手抽剑，上前迎了一步，手腕一转，一剑扎进冲在最前面的黑衣人的胸膛，尚未来得及拔剑，只见数把刀劈了过来，陈十六后撤同时将剑拔出，顿时血花四溅。这时，几人的刀已逼近，陈十六甩手一剑，挡了过去，暂时化解了危机。可陈十六尚未来得及喘息，黑衣人再度冲上来，一时间，刀光剑影。陈十六拼命抵挡，奈何被人围攻，双拳难敌四手，短短几息，他身上已多出三道伤口，鲜血染红了他的衣衫。

花千语见陈十六不敌，一剑横扫，暂且击退面前几人，纵身一跃，跳到陈十六身边，说道：“冲出去。”

“好。”

陈十六应了一句，二人同步而行，挥动着手中的剑朝着黑衣人最少的南面冲杀而去，剑在挥，血在淌，人在死，二人所过之处，黑衣人尽数倒地，可二人身上不断增添新的伤痕。眼看二人即将冲出防线，其中一个黑衣人刁钻的刀已出手，朝着陈十六的腹部砍了过去。

这一刀够快、够狠，若砍中，陈十六不死也得重伤。

花千语见状，短暂惊愕后立即做出反应，她身影一转，反手持剑，剑身横在胳膊上，抬起胳膊挡了上去。

“锵！”

“扑哧！”

刀砍在剑身之上，惊声四起，震得花千语手臂发麻。那黑衣人见状，眼神充满愤恨，持刀之手猛然抬高，让刀刃顺势往下，划过花千语的胳膊。

花千语衣袖裂开，血涌而出，疼痛难忍，剑从手中掉落。

“花千语。”

陈十六大喊一声，一把将花千语拉到另一边，脚尖颠起地上的剑，猛然抬脚用力，剑飞射而出，直直地扎入那黑衣人的胸膛。

“走。”

花千语上前一步，用未受伤的手将剑拔出，扭头朝陈十六大喊一声。陈十六二话不说，飞奔过去，搀着花千语朝京城的方向奔去。

黑衣人立即要追上去，可刚跑两步，只听领头黑衣人下令：

“不要追了。”

“大人，为何不追？咱们的命令……”

“咱们的命令是截击陈十六，将其重伤，走，回去复命。”

领头黑衣人冷冷回了句，迈着步子离开。

人已离去。

满地尸体，血流成河。

远处，两道一直凝望着这场厮杀的身影确定现场已无人，才走了出来，其中一人吩咐道：“立即将此事通知栈主。”

“是。”

那道身影应了一句，朝着京城的方向奔去。

…………

陈十六搀扶着花千语一路狂奔了五六里路，确定无人追杀，才停下来。陈十六从衣服上扯了块布，边为花千语包扎胳膊边问道：“为何救我？你知不知道若你的剑被砍断，你这条胳膊就没了。”

“命没了，我也得保护你，我答应了义父。”花千语淡淡回道。

陈十六神情一怔，为花千语包扎好伤口，缓缓站起来，冷冷说道：“我不需要，你还是回十六院吧！”

“不需要？”

花千语冷哼一声，嘲讽道：“若你只身一人，刚才就死了。”

“那是我的事。”

花千语盯着陈十六，问道：“你是内疚我因救你受伤？不想我为了保护你再有性命之忧？”

“才没有。”

“死鸭子嘴硬，你还真是讨厌。”

花千语笑骂了一句，继续说道：“你是皇子，我义父是臣子，而我听义父安排，我保护你是应该的，你无须内疚。”

“他不是我的臣子，没义务保护我，你也不是他，更没义务保护我。”

“你真要赶我走？”

“是。”

“我右手受伤，一时间无法使剑，若遇上歹人，怕凶多吉少，如此你也忍心赶我走？”

“这……”

陈十六一时哑口，觉得对方说得在理，扭捏回道：“那等你伤好了就走。”

花千语不由一笑，从地上起身，走了两步，见陈十六还杵在原地，说道：“还不走？”

“不是说了等你伤好了再走嘛！”

“回京城。”

第 13 章　宿命

陈十六、花千语拖着伤躯来到京城，一入京城，二人径直前往芙蓉栈，打听了一番，才知先生已搬离芙蓉栈，在京城开了上爻堂。陈十六向芙蓉栈的姑娘索要了地址，带着花千语去上爻堂找先生。

“上爻堂？这名字好怪。”

花千语跟着陈十六走出芙蓉栈，若有所思地嘀咕了句。陈十六听见，扭头望了她一眼，回道：“哪里奇怪？先生说爻是组成卦符的符号，意指万物变动、事情变化，先生开这上爻堂专为人办案，便是指上爻堂可令事情发生转变，揭露凶手罪行。”

“可爻字在行话中还有另一种读法、另一种意思。”

“什么读法？什么意思？”

“爻（bó），杀气。”

陈十六忍不住止步，扭过头，望着花千语，好奇地问道：“上爻堂是查清案件、揭露真相的地方，虽与杀气有关，可先生绝非此意，你怎么会这么想？”

“只是随口一说。”

“随口一说也不行。”

陈十六一脸认真，语带警告道：“先生虽脾气古怪，可对案件极其认真，凡接手案件，必查明真相，令凶手无处遁形，不知解决了多少案子，帮助了多少人，你怎能如此说上爻堂？”

“你对这沈先生还真是敬重。”

“那是自然，他是我的先生。”

二人一路聊着，已来到上爻堂，只见前堂悬挂着一块牌匾，上面写着“上爻堂”三字，左下角竟是当今圣上赵权的亲笔题名。

花千语在门前止步，望着这块牌匾若有所思。陈十六已欢快地跑了进去，边跑边喊。

“先生，先生，我回来了。”

陈十六？

沈爻正在书房研究冯迁的案子，突然听到外面传来陈十六的喊声，还以为听错了，正想不理继续研究案件，声音又传来。他确定就是陈十六，连忙放下手里的卷宗，走了出去。刚到门口，就见陈十六浑身血迹地跑了过来，脸上不由浮现担忧之色，问道：“这是怎么了？”

“没事。”

陈十六毫不在意地回了句，解释说道：“回京的路上，遭到一伙黑衣人的伏击，虽然凶险，不过已经没事了，就是受了点轻伤，先生别担心。”

沈爻已有猜测，恐怕这些黑衣人就是赵权所派，陈十六脱险可是芙蓉派人相救？那陈十六怎么还会受伤？他心中有疑，问道：“你只身一人杀出重围？”

“不是。”

陈十六回了句，继续说道：“我能杀出重围，多亏了花千语，要不是她，恐怕我已经死在那些黑衣人手中了。”

“花千语？”

“她就在后面。”

陈十六说了句，扭头朝外面喊道：“花千语。”

沈爻确定芙蓉并未按自己的吩咐行事，心中不由恼火，芙蓉竟令陈十六身处险境，她怎能如此？见陈十六带着花千语走来，他才收敛神情，面无表情地打量着走来的女子。

花千语亦是如此打量着他，二人四目相对，似乎都想通过对方眼神看透对方。

“先生，她就是花千语。花千语，快见过先生。”

陈十六并未注意到二人的神情，为二人介绍后，见花千语没向先生行礼，扭头望了她一眼，提醒道："花千语，快见过先生。"

花千语一脸漠然，傲气十足，眼神直直盯着沈爻，一动不动。

沈爻看出此女子似乎对自己颇有敌意，却未点明，将打量的目光从花千语身上收回来，笑着说道："别在外面站着了，进屋吧！"

二人跟着沈爻走进内堂，沈爻让二人随便坐，拿起茶具准备沏茶。陈十六眼疾手快抢过来帮忙，沈爻索性让他忙活，坐在椅子上，故作不知地打听道："十六，前段时间发生了何事？你怎么突然失了消息？"

陈十六边沏茶边讲述最近的经历，花千语多次想阻止他说十六院的事，可陈十六哪里管她，他相信先生，自然不会对先生有所隐瞒。

沈爻听着陈十六的讲述，心中泛起疑惑。他本以为陈十六被送出皇宫源于后宫争斗，先皇不知此事，甚至不知陈十六的存在，不承想他竟是被先皇派人送出宫，出宫又遭到黑衣人追杀。当年宫中到底发生了何事？

沈爻正想着，只听"扑通"一声，抬头一望，见陈十六跪在自己面前，不解问道："这是干吗？"

"求先生帮我查件案子。"

"案子？什么案子？"

"我母亲的案子。"

陈十六回了句，详细说道："十九年前，我母亲死于皇宫河里，发现时，身上缠满了头发，竟说母亲是被水鬼所害。"

"你说什么？你母亲死时身上缠满了头发？"

沈爻心里震惊，身上缠满头发，这不是与冯迁的死状类似吗？赵权命他查出将冯迁尸体抛至云水河的人，他便怀疑此案可能与皇宫有关，正让芙蓉打探二十年来皇宫里是否有人溺死时身上缠着头发，没想到竟真有此事，而且此事受害者还是婧妃——陈十六的生母。

冯迁的尸体被抛至云水河与婧妃之死必有关联，然而，两者会有何关联？

沈爻灵光一闪，立即想到卷宗记载，冯迁死前曾收到神秘东西，神情变得恍惚，难不成他与当年婧妃的死有关？抛尸者定是知晓当年婧妃死亡的内情，以此要挟冯迁，那他将冯迁尸体缠上头发抛至云水河难道是为了重翻十九年前的旧案？目的是什么？难不成是为婧妃鸣不平？可为何要等十九年？

不管此人目的为何，此举已将陈十六推到前沿，赵权迫切想要查出抛尸者，定不想此案重见天日，那他眼中如何容得下婧妃的孩子——陈十六？

“是啊！”

陈十六点头回了句，见先生神情奇怪，好奇问道：“先生，怎么了？”

“你可知我在办什么案子？”

沈爻问了句，见陈十六摇头，语带凝重地说道：“太医署冯迁的案子，冯迁被家中马夫所杀，尸体被埋在荒郊，此案凶手已认罪，可奇怪的是，他的尸体竟被人挖出来缠上头发抛至云水河。”

“什么？”

陈十六、花千语脸上尽是震惊之色。

沈爻将二人表情尽收眼底，又开口问道：“你可知何人找我查此案？”

陈十六摇摇头，眼神充满好奇地盯着沈爻。

“皇上。”

陈十六愈发震惊，这事怎么还跟皇上有关？

沈爻看透他的心思，缓缓说道：“皇上对此事颇为重视，迫切想要查出抛尸者是何人，可见这背后并不简单。而你母亲的死状与冯迁类似，我不说你也明白这其中的凶险了吧？你立即离开京城，去十六院。”

陈十六并非蠢笨之人，自然知晓先生话中意思，母亲的死可能与当今皇上有千丝万缕的关系，那他定会对自己斩草除根。然而，越是这样，陈十六越发肯定母亲绝非水鬼所害，他身为人子，就是拼死也要查明母亲被害的真相，于是语气坚定地回道：“我不走。”

“陈十六，难道你看不出你现在的处境吗？”花千语也嗅到危险信息，见陈十六不走，担忧地提醒道。

“这是我的命。”

陈十六冷冷回了句，态度坚决。

沈爻知晓陈十六会做如此决定，刚才也是关心则乱，以有危险借口令他离开，竟忘了他性情刚烈，知母亲枉死，就算前面是刀山火海，也会查明真相。劝说已无效，只能想其他方法送他离开京城，目前先了解婧妃当年的案子，于是问道：“你母亲的案子，你可有线索？”

“有。”

陈十六连忙应了句，回道：“花应天告诉我，当年大理寺查过母亲的案子，可得出的结果是水鬼所害。我怀疑调查此案的大理寺寺卿沈复不是昏庸无能就是被人买通，我们可先查……”

“住嘴。”

陈十六话尚未说完，沈爻满脸愤怒，猛然一拍桌子，从椅子上站了起来，将陈十六吓了一跳，差点打翻面前的茶具。

陈十六从未见过先生如此失态，慌张问道：“先生，怎……怎么了？”

“没事。”

沈爻察觉失态，愤怒的脸色立即恢复过来，缓缓坐下，说道：“无法查沈复了。”

“为何？”

“他死了，十二年前已经死了。”

沈爻语带哽咽地回了句，虽极力控制情绪，可双手不受控制地颤抖，他连忙双手紧握，手掌虎口的伤疤显得更加突兀。他稳了稳心神，继续说道：“十二年前，沈复与大理寺几名官员结党营私，查证属实，沈复一家被斩首示众。”

“先生，那就说明这沈复有问题。”

“你懂什么？”

沈爻狠狠训斥了句，冷冷说道：“沈复乃是当年第一神探，手中破获案件数不胜数，怎么可能糊涂昏庸？他对待冤案、错案绝不放过，怎么可能被人收买？”

陈十六从未见先生这般称颂他人，好奇问道：“先生很了解他？”

花千语也冷冷盯着沈爻，觉得沈爻此人并非陈十六说的那般泰山崩于前而色不变，情绪挺大，难不成这沈复跟他有关系？

“他以破案闻名，我也擅长破案，自然有些关注，看过他写的破案手札，颇为敬重罢了！”

沈爻淡淡回了句，发觉自己今日实在失态，可听闻陈十六如此诽谤祖父，他如何能镇定自若？他生怕自己的失态之举暴露身份，不愿继续谈及祖父，正想找话题转移，就听外面传来喊声。

“沈先生在家吗？”

第 14 章 徘徊

北定王?

沈爻听出喊话之人正是昨日奉命进京纳矿的北定王赵辰，心中泛疑，他为何来此？狐仙一案，真相掩盖，二人已暗中约定不对外人道也，赵辰如此聪慧之人定不会再谈此事，而且，他贵为王爷，若有事，直接派人请自己不就得了，为何亲自前来?

难道是……为了陈十六?

沈爻揣测着走了出去，见赵辰已到院中，与他同行的还有位长者。此人四十余岁，面色温和，气质儒雅，此人是谁？为何与赵辰同来？沈爻想着，迎上前抱拳行礼，道："见过王爷。"

"沈先生无须多礼。"

赵辰上前扶住沈爻双手，拉着沈爻走到长者面前，笑着介绍道："这位你可能不认识，我皇叔，安阳王。"

安阳王?

先皇的亲弟弟。

沈爻听闻过此人，太祖皇帝在世时，匈奴作乱，尚是皇子的先皇率兵抗击匈奴，安阳王赵晗协助太祖处理朝中事务，功绩卓越。可天有不测风云，太祖突发疾病，先皇当时尚未回朝，群臣拥戴赵晗称帝，赵晗本可顺势而为，却遵从太祖遗诏，等了皇兄半月有余，大开城门迎接凯旋的皇兄，尊奉为皇帝，此举实在令人敬仰。

"草民拜见安阳王。"

沈爻得知对方竟是安阳王，震惊不已，连忙上前行礼。两位王爷亲临，可以肯定是为了陈十六，只是不知这两位王爷的目的是何，是否与赵权一样想要陈十六的命。沈爻不能不多想。

安阳王温和地对沈爻点了点头，目光打量着他身后的陈十六，问道：“他便是陈十六？”

“没错，我就是陈十六。”

沈爻尚未来得及回话，陈十六已抢先一步答复，经历赵焕尔一事，又知母亲之死大有蹊跷，陈十六对宫廷皇室厌恶透顶，面对赵晗、赵辰两位王爷，也没啥好感，冷冷说道：“不管你们因何找我，我与你们皇室毫无关系，我只是陈十六。”

众人皆是一愣，没想到陈十六竟如此说。

赵辰回过神，微微一笑，率先说道：“十六，本王知你受尽委屈，心里有怨气，需发泄也是正常。然而，若你身上流淌着皇室血脉，怎么能说与皇室毫无关系？”

陈十六被驳哑口，犟着性子说道：“反正我现在跟着先生挺好，并不想成为什么皇子。”

“纵然你恢复身份，依旧可跟在沈先生身边。”赵辰笑着安抚道。

陈十六撇了撇嘴，不知该如何说，反正自己的意思已言明——对十六皇子的身份不感兴趣。沈爻深知陈十六性情耿直，也不知这两位王爷意欲何为，又不想令人知道他与陈十六关系深厚，趁机打断道：“两位王爷，里面请。”

“请。”

“请。”

赵晗、赵辰进了大堂，与沈爻一同围在桌前坐下，陈十六、花千语在一旁坐下，沈爻娴熟地沏茶，并未主动询问二人因何事前来。赵辰饮了杯茶，缓缓将手中茶杯放下，才开口道：“沈先生，实不相瞒，今日我与安阳王前来，主要是为了陈十六。”

沈爻做洗耳恭听状，并未搭话。

赵辰继续说道：“你也知皇室规矩，虽传闻陈十六皇子身份，但仍需有凭证。”

“十六。”

沈爻扭头喊了陈十六一声，陈十六领会。心中本就对皇子身份不感兴趣，此时赵辰竟提出“验明正身”，他实在不愿拿出玉扳指，可先生发话，他又不能违背，心不甘情不愿地从脖子上取下玉扳指递给赵辰。

赵辰接过玉扳指，仔细端详了一番，这玉扳指上的图案与先皇赠给自己的“春日狩猎图”一模一样，陈十六真是皇子。赵辰端详后，交于赵晗，赵晗又仔细观看了一番，点了点头，说道：“这确实是皇兄当年随身携带的玉扳指，他真是当年那孩子。”

“皇叔，那我们……”

“奏禀圣上，恢复陈十六皇子身份，皇室一脉，怎可不回归族谱？”赵晗掷地有声地说道。

“好，明日我与皇叔一同入宫。”

沈爻静坐饮茶，始终一言未发。他看得出两位王爷心有血脉之情；然而，赵权意图除去陈十六，这场恢复陈十六身份的谈判能否顺利？沈爻自然希望陈十六恢复身份，那时赵权纵有杀陈十六之心，也会有所顾忌。但他什么都不能说，什么都不能做，他知赵权心思，为进大理寺，他绝不能逆赵权所为，陈十六恢复身份之事只能靠两位王爷，不仅此事，还有婧妃的案子。

沈爻心思一动，扭头望向陈十六，说道：“十六，你不是想知你母亲的事情吗？两位王爷或许知晓。”

“对呀！”

陈十六当即回过神，问道：“两位王爷，我听说我母亲是被水鬼所害，这是怎么回事？”

“你如何得知？”

赵晗神情一惊，陈十六虽是皇子，可流落民间，此事又相隔十九年之久，他如何得知？

“赵焕尔说与我。”

陈十六灵机一动，立即推到赵焕尔身上，反正赵焕尔已被赐白绫，谁也无法证实，他添油加醋地说道：“赵焕尔说我母亲的死大有蹊跷，还说宫中尽出如此腌臜之事，话中之意，我母亲是被人害死，而非被水鬼所害。”

“此案确实存有疑点，不过，这案子乃是大理寺寺卿沈复调查，沈复是当时神探，应该不会出错。”赵晗话语含糊地回道。

“当时到底是怎么回事？”

赵晗沉思了一会儿，悠悠回道：“我记得你母亲死的那年是天宗十七年，是深秋，天气颇为寒冷。率先发现你母亲尸体的是巡夜的侍卫，听闻你母亲当时漂于河中，浑身缠满头发，打捞起来已断气。经太医检查，你母亲体内有大量积水，肢体扭曲，死前拼命挣扎，是溺水而死。后来，皇兄让沈复调查此案，并未发现人为迹象，与此同时，宫中接二连三地发生宫女被水鬼害死之事，皇后找来巫师作法，宫中才恢复平静，沈复最终以婧妃娘娘乃是被水鬼所害结案。”

“那我母亲可有仇家？”

“仇家？”

赵晗一愣，摇头说道：“应该不会，婧妃娘娘贤良淑德，与皇兄恩爱有加，怎会与人有仇？”

“当时的皇后呢？”陈十六冷冷问道。

此话一出，众人皆愕，任谁也没想到陈十六竟说出此话，当时的皇后，那不正是现在的太后吗？此话不正是指婧妃乃是太后害死的吗？这陈十六真是口无遮拦，沈爻也没想到陈十六敢如此说，立即训斥道：“十六，休要胡言。”

陈十六撇了撇嘴，不再说话。

“两位王爷，陈十六太过单纯，听风就是雨，思路免不了受人口舌影响，两位就当他胡说。”

沈爻笑着解释了一番，又推出赵焕尔做挡箭牌，话中之意是指赵焕尔当时的话对陈十六产生影响，没办法，谁让她死无对证呢？关键赵焕尔确实说过这种话，也并非全是冤枉她。

“焕尔已误入歧途，为达目的，扭曲或编造事实，她的话不可信。”

赵晗淡淡解释了一番，继续说道：“十六，若你心中有结，你母亲之死，你大可等恢复身份之后求皇上调取卷宗。”

陈十六一喜，连忙问道：“我能查看我母亲案子的卷宗？”

“可以，不过，需等你恢复身份之后才可。你身为人子，对母亲之死存有怀疑，自然可查看卷宗，若未恢复身份，你又以何种理由查看？”

“那得等到什么时候？”

陈十六不满地嘟囔了句，扭头望了一眼沈爻，见沈爻朝他眨了眨眼，立即领会过来，继续问道：“那王爷，你知不知道有什么人了解我母亲？比如当年伺候我母亲的太监、宫女。”

“这……”

赵晗想了想，说道：“婧妃死后，伺候她的太监、宫女都重新安排去伺候其他妃嫔，而且时间如此之久，有些太监、宫女已年迈，离宫回乡，查起来颇为困难……”

“求王爷劳心为我查一下。”陈十六不等赵晗说完，立即恳求道。

赵晗见他这样，理解陈十六身为人子之心，点点头表示答应他。二人又聊了一会儿，赵晗、赵辰二人起身告辞，沈爻、陈十六、花千语将三人送至门口，目送二人上了马车，马车远去，才返回大堂。

“先生，你说安阳王能查出熟悉我母亲的太监、宫女吗？”陈十六心里担忧地问道。

“纵然查出，怕是于你母亲的案子也没什么作用。”

沈爻没抱太大希望，当年祖父调查此案，祖父办案何等了得，竟未发现奇怪之处，或许此案真是水鬼杀人。

水鬼杀人？

世上真有水鬼吗?

沈爻一愣，若没有水鬼杀人，那祖父为何以此结案，难不成……他不敢往下想，祖父在他心中何等伟岸、何等了得，无论隐瞒真相还是未查出真相都令沈爻无法接受，他宁愿相信婧妃娘娘真是被水鬼所害。

那冯迁呢?

冯迁被马夫杀了，尸体却出现在云水河，这总不至于是水鬼所为吧?赵权迫切想查出抛尸之人，可见他是为了隐瞒一些与皇宫有关之事，目前唯一符合的就是婧妃的案子。

沈爻越想心中越乱，难不成祖父并非自己想象的那么伟岸?

那祖父是什么样的人?

十二年前沈家的案子的判决是否符合案情真相?

他必须查清婧妃的案子，无论是为了陈十六，还是为了自己。

第 15 章　天子执棋，苍生为子

“铛！”

“铛！”

“铛！”

兵刃相击，战况激烈。

两名侍卫手持利剑，连连过招，每一招都凶猛、霸道，直取对方要害，因为这场比斗只有将对方斩杀，另一方才可活命。二人已过了上百招，身上尽是血迹，狼狈不堪，一招相抗之后，二人各自退下来；一时间，谁也不敢贸然进攻，生怕露出破绽，令对方有了可乘之机。

他们本是好兄弟，如今却因皇上一句话必须做生死决斗，这已不仅是招式的考验，还有心理的考验。

远处，赵权半躺在华贵椅子上，侧目观望这场激战，随手捡了颗葡萄扔进嘴里，嚼了两口将葡萄籽吐出来，朝身旁的两名小太监勾了勾手，指着左侧的小太监下令道：“你告诉白毡，只要小心防范王洵左侧的进攻就稳胜。”

“是。”

赵权又对另一个小太监下令道：“你告诉王洵，白毡会防范他左侧的进攻。”

“是。”

两名小太监各自跑到白毡、王洵身旁，小声将赵权的话告知二人。

赵权满脸笑意地望着擂台，又惬意地拿起颗葡萄丢进嘴里，目光望去，只见二人又激战起来，王洵出招，白毡防范左侧进攻，可千钧一发之际，王洵手中的利剑突然从右侧进攻，如此突兀，白毡想改招式已来不及，只见王洵的剑已从白毡左侧划过白毡的脖颈。

血。

喷涌而出。

白毡倒地。

他的命只在赵权一句话。

赵权满意地笑了笑，他觉得面前的这场决斗实在太应景，谁输谁赢，全都是他说了算，他喜欢这种掌控全局的感觉，天子执棋，苍生为子，世人生死皆在他股掌之间。

赵权搓了搓手，从椅子上起身，居高临下地打量着擂台上跪地的王洵，淡淡问道：“你可知你为何能活下来？”

“皇上让卑职活下来。”王洵战战兢兢地回道。

“不对。”赵权懒散说道。

王洵脑袋压低，思绪万千，可实在想不通是怎么回事，老实回道：“卑职不知。”

“因为你罪不至死。”

赵权淡淡地说了句，继续说道：“你以为朕不知你们做的事？你们身上的侍卫服、腰间的佩刀都是朕给你们的，朕给你们做什么？难道就是让你们用这侍卫服吓唬、用这刀屠杀朕的百姓？”

王洵吓得浑身打战，匍匐在地，连忙求饶道：“卑职该死。”

“你若真该死，朕也不会留你，将白毡的尸体送回他家，让他家里人将霸占的房舍还给原来的人家。至于你……将白毡买通你的银两送给受害者，另外包了被打伤人的药费。”

“是。”

“滚。”

王洵立即爬起来，忍着伤，扛上白毡的尸体退了下去。王洵刚走不久，只见一小太监迈着小碎步走来，叩拜道：“皇上，万空求见。”

“宣。”

“宣万空。”

万空迈着步子走进练武场，在赵权面前止步，单膝跪地，道：“卑职叩见皇上。”

“起来说话。”

“谢皇上。”

万空答谢之后起身，回道：“微臣奉命击杀陈十六，将其打成重伤，并无人营救。不过，微臣察觉一直以来陈十六身边都暗中有人，只可惜这些人行踪隐秘，卑职怕打草惊蛇，不敢妄动，请皇上指示。”

赵权眉心一拧，冷冷下令道：“查。”

“是。”

万空应了句，继续说道：“皇上，派去监视沈爻的人来报，陈十六已回上爻堂，而且……”

赵权见万空欲言又止，满脸不悦，冷冷问道：“而且什么？”

“安阳王与北定王刚去了上爻堂。”

“皇叔、皇弟，朕对你们还是很了解嘛！”

赵权听闻此话，嘴角泛起一抹深邃的笑意，喃喃自语了句，下令道：“继续监视上爻堂。”

“是。”

“退下吧！”

赵权又令其他人退下，偌大的练武场一时只剩他一人，他又缓缓坐回椅子上，凝视着前方的眼神逐渐阴狠起来，脑海中不由想起冯迁尸体被发现之后母后惊慌来找自己，道出冯迁的死状与十九年前婧妃死状类似，可能有人要对付他们母子，令皇上早做打算；赵权大觉有事，询问之下，太后支支吾吾地道出十九年前婧妃被赐死之事，声泪俱下地表示所做的一切都是为了皇上。

赵权了解事情经过，肯定是有人特以此大做文章，心中便做了筹划，既然要闹，那就闹得大些，他故意召北定王入京便是如此。如此看来，这计划已经开始了。

“启禀皇上，安阳王、北定王求见。”

小太监前来禀报，打断了赵权的思路，他回过神，淡淡吩咐道：“召他们去御书房。”

“是。”

小太监退下，赵权起身，离开了练武场，走到御书房。安阳王、北定王已在门口候着，二人见赵权走来，连忙上前行礼，礼行了一半，赵权快步上前，将二人扶起，笑着说道：“皇叔，六弟，没有外人，这规矩就免了。”

“谢皇上。”

“走，到书房聊。”

赵权双手一左一右拉着赵晗、赵辰，热情似火地走向御书房，边走边拉家常似的道：“皇叔，你可许久没来宫里了。”

“皇上事务繁忙，臣怕扰了皇上。”

“皇叔还是如此善言。”

赵权笑着回了句，扭头望向赵辰，说道：“六弟，这些年来，皇兄不让你回京，心里可曾埋怨过朕？”

“臣弟从未有过如此想法。”

赵权止步，盯着赵辰，冷冷说道：“赵焕尔一事呢？”

“焕尔她误入歧途，犯下如此天理不容之罪，皇上对其处置于情于理均无不妥，臣弟怎会心生埋怨？”

“好了，不说她了。”

赵权将目光从赵辰身上收回，笑着说了句，继续问道：“皇叔与六弟今日一同入宫实在罕见，怕是有事要与朕讲，说说吧！”

“是。”

赵辰应了句，开门见山说道：“今日臣弟与皇叔一同前来，乃是为了陈十六的事。”

“陈十六？”

赵权一脸诧异，问道：“他怎么了？”

“皇上知晓此人？”

“知道，赵焕尔死前与朕说，他是我皇室一脉。”

赵辰心中一喜，赵权并未否认陈十六的身份，难不成打算令其恢复皇子的身份？连忙说道：“臣弟刚刚已见过陈十六，查证其身份真是皇室一脉，其生母乃是已故的婧妃娘娘。”

“皇六弟打算如何做？”

“皇上，皇族之人，怎可流落民间？应打造玉牒，重归族谱。”赵辰激动回道。

“皇叔与六弟真的确定这陈十六就是当年的十六皇子？”

赵权懒懒地问了句，不等二人开口，继续说道：“宫中史官已有记载，十六皇子在婧妃死后不久染病身亡，如今突然冒出个陈十六便说是当年的十六皇子。此传闻起先来源于赵焕尔，赵焕尔乃是大逆不道之人，她所言所行能信则有几分？皇叔、六弟说已查证其身份？如何查证？人证是谁？物证又是什么？”

“回皇上，并无人证，至于物证乃是父皇当年最喜的玉扳指，臣弟已看过此物，确实是父皇之物。”

“六弟，此事你可好好想想，若这陈十六真是十六皇子，那十九年前染病而死的十六皇子又是何人？若是被人调包，父皇岂能不知？容皇兄大逆不道地推测，此事若父皇为之，那是为何？”赵权冷冷问道。

赵辰一时哑口无言，他也想过这个问题，不理解父皇当年为何将陈十六送出宫，还以“春日狩猎图”如此机密的方式告知自己。当年到底发生何事？正打算想办法好好查查，没想过此点正是赵权用来阻碍恢复陈十六身份的武器，而父皇死前对自己的嘱咐纵然说出，也无法令赵权松口，还会令其对自己起疑，他只好闭口不言，静静聆听。

“六弟。”

赵权见赵辰一时无言，继续说道：“当年发生何事，你我都不知，既然十六皇子已死，那就是死了，若非要在当年的事上弄个究竟，牵扯到父皇的名声便不好了；就皇兄来说，此事无须想得过于复杂，或许当年有宵小之人偷走了父皇的玉扳指，最后流落到这陈十六的手中，六弟不觉得，如此更令人相信吗？”

“皇兄……”

赵辰还想说，赵权已抬手制止，继续说道：“仅一枚玉扳指实在不足以证明这陈十六的身份，若六弟找到人证，确定当年的十六皇子未死，而陈十六就是十六皇子，朕保证恢复其身份。”

“臣弟明白了。”赵辰无奈回道。

“如此便对了。”

赵权微微一笑，继续说道：“对了，六弟，朕之所以召你入京，乃是因为近日来刘妃娘娘思子心切，如今赵焕尔已不在，你又不能经常来京，此番回去就将刘妃娘娘接入你封地，尽尽孝道。”

“谢皇上。”

赵辰满脸欢喜，他此番前来就想向赵权求情，容许他带母妃回封地，没想到此事未先开口，皇上就主动提出。

“起来吧！咱们一同去见刘妃娘娘。”

赵权说了句，迈着步子走了下去，扭头望了一眼站在一侧的赵晗，说道：“皇叔，一起吧？”

“是。”

赵权迈步率先走出御书房，赵晗、赵辰二人跟在后面，彼此相互观望，大有败北之感，这赵权实在厉害，三言两语就将恢复陈十六身份的事阻了，还令他二人说不出不满。如此看来，只能仔细查当年到底怎么回事，陈十六为何被送出宫，何人所送，只有找到证人，才能恢复其身份。

第 16 章　危棋

婧妃之案，必须查，可沈爻也知，此案已过去十九载，涉及皇宫内苑，又无证据指证此案存有问题，哪能说查就查？最直接的办法就是面见赵权指出冯迁案与此案的相似之处，为查冯迁案先查婧妃，请皇上允可；可如此一来，免不了被这疑心病重的皇上怀疑——查婧妃是为了陈十六还是为了冯迁的案子？而且婧妃之死与皇上到底有无关系？沈爻不知，他不能冒险，不到万不得已实在不宜如此行事。

沈爻又反复翻阅了几遍冯迁案的卷宗，在许慎的陪同下去了趟刑部大牢亲自询问张赟，之后又去了趟冯太医府询问府中之人，结果与许慎之前所说完全一致。

此案最大的线索便是冯迁死前收到的神秘东西，若推断无误，应是抛尸者所为，可没有一丝关于此人的线索。沈爻实在想不通此人到底如何隐瞒视听，将东西送至冯迁手上，又没有查到新线索。此案目前已查无可查。

转眼间，赵权给定日期已过三日。

沈爻心中烦乱，正纠结要不要求见圣上，突然外面传来急促的脚步声，抬头望去，见许慎着急忙慌地跑来。沈爻尚未来得及开口，许慎已迈入大堂，急切说道："沈先生，冯太医的案子不能再查了。"

"怎么了？"

"先生之前怀疑此案可能与皇宫有关，让我打听宫中可出现过类似事件，先生可知我打听到什么？"

许慎神情焦虑地问了句。沈爻看在眼中，并不回话，心中已猜出许慎查出婧妃案了。许慎继续说道："十九年前，宫中确实出现过此类事件，死者是当年的婧妃娘娘，如今此案重演，确定人为，皇上又命你我二人调查，恐怕这当年的案子……”

许慎说到此处，不再言语，他不敢再说，这牵扯到皇宫内苑，一语不慎，传到皇上耳中，有可能就是杀身之祸。

沈爻自然知道他是何种心态，淡淡回道：“此案是皇上命你我调查，难道许大人想抗旨？”

“这……”

许慎一时语塞，脸上尽是焦虑之色，有种进退两难的感觉，此案现在查也不是，不查也不是，真不知如何是好，开口问道：“沈先生，那该如何是好？”

“之前我便与大人说过，此案乃皇上命你我二人调查，必须得查出抛尸者是谁，至于其他，充耳不闻、闭目不观。”

沈爻悠悠回了句，抬起眼皮瞥了许慎一眼，见他似乎正在琢磨自己的话，心思一动，继续说道：“大人，皇上给你我的时间已经不多了，大人最关心的不应该是如何查出抛尸者吗？”

“沈先生说得对。”

许慎想了想，赞同地点点头，又问道：“先生可有头绪？”

“皇上。”

“什么？”

许慎还以为听岔了，满脸疑惑地问道：“先生说的可是皇上？那……那是什么意思？”

“向皇上打听婧妃当年的案子。”

“这怎么能行？”

许慎大吃一惊，没想到沈爻的想法竟如此大胆，之前沈爻便暗示自己此案恐怕牵扯宫中之事，如今查出当年婧妃与冯迁死状类似，已肯定这点。皇上定知晓两者间的相似，却不告知二人，还命二人调查，想必其中定有缘由。如此贸然询问皇上，不正是掀皇上的底吗？沈爻不可能想不到这点，此举实在不妥，许慎忍不住问道：“先生不怕皇上降罪？”

“降罪总比掉脑袋强。”

沈爻悠悠回了句，继续说道：“皇上命你我二人查此案，如今查到婧妃，我们理应向皇上禀报。大人应该知道，此案现在唯一的线索就是冯迁死前收到的东西，可何人为之，我们毫无头绪，难以再查，婧妃案是条线索。大人，皇上给我们的时间已经不多了。”

许慎一时犹豫不决，想了好一会儿，才痛下决心，说道：“走，我俩一同求见圣上。”

…………

沈爻、许慎各怀心思地坐在前往皇宫的马车上，沈爻手指摆弄着皇上御赐令牌，思考该如何表述不令皇上心生怀疑。许慎神情淡然，双手不由紧握，虽极力控制却难以掩盖内心的紧张。他自然紧张，这可是向皇上打听皇宫内苑之事，这好比向人打听对方家中私密之事，谁心中都会不满。

许慎向来谨慎，可一来京城，各种糟心事纷至沓来不说，竟还将查案一事应了下来。突然，他脑海里不由浮现出一个离奇的想法——他来京城是不是别人走的一步棋？想到这儿，许慎不由惊出一身冷汗。

沈爻瞥了许慎一眼，见他额头满是汗滴，关切地问道：“许大人，怎么了？身体不舒服？”

许慎连忙回过神，擦拭掉额头上的冷汗，笑着说道：“没事，之前感染风寒，还没好利索，沈先生无须担心。”

“没事就好。”

二人说着，马车已到宫门口。下了车，沈爻向侍卫出示了皇上先前御赐的令牌，与许慎迈着步子走进皇宫，经一段路，由太监引领，来到内廷。太监前去通报，沈爻、许慎在外候着。

许慎心中难安，望了眼沈爻，见对方气定神闲，又见四下无人，小心凑到沈爻身边，低声问道：“沈先生，我们该怎么向皇上说？”

“实话实说。”

沈爻回了句,缓缓扭过头望着许慎,提醒道:“许大人,欺君可是大罪。”

“我知道，我是说……”

许慎话尚未说完，前去通报的太监已回来，扯着尖嗓打断道：“二位大人，请吧！”

许慎只好将快到嘴边的话咽了回去，与沈爻相视一眼，一同走向御书房。二人进入御书房，赵权正伏案批阅奏折，两人连忙上前拜见。

“微臣参见皇上。”

“草民参见皇上。”

“起来吧！”

赵权头也没抬，淡淡回了句，过了好一会儿，他似乎将手上的奏折处理完了，放下手中的笔，抬起头望向沈爻、许慎，说道：“来见朕，是查出抛尸者了？”

“回皇上，尚未查到。”沈爻老实回道。

“沈爻，你以为朕很闲？”赵权微怒道。

“草民不敢。”

“说，为何来见朕？若是浪费朕的时间，也别两日之后了，朕现在就命人将你二人杖毙。”赵权帝王之气尽显，不怒而威道。

“许大人查出冯迁案的线索，可关乎宫里，草民与许大人不知如何再查，特来请示皇上。”沈爻低头回道。

赵权眼神一凛，冷冷问道：“什么线索？”

许慎虽心中担忧，可到了这个时候，知道已无退路，只能硬着头皮回道：“回皇上，冯太医死后被缠满头发扔至云水河，而十九年前，婧妃娘娘也是浑身缠满头发死于宫中河里，沈先生与微臣认为两起案件或许有联系。”

“婧妃娘娘？两起案件相隔十九年，你们不说，朕都不清楚婧妃的案子，如何就肯定两起案件有联系？”

赵权淡淡回了句，语气愈发冷漠起来，问道："那你们想请示朕什么？"

"查婧妃。"沈爻回道。

赵权眼神猛然变得凌厉起来，拍案而起，厉声喝道："大胆，婧妃乃先皇妃嫔，岂是你想查就查的？"

"皇上息怒。"

沈爻、许慎吓得连忙跪地，沈爻立即回道："草民并非此意，草民只是认为两起案子颇为相似，婧妃乃是被水鬼所害，而抛尸之人却用此方法将冯太医尸体抛至云水河，或许是熟知婧妃之事的人所为。"

"朕听闻水鬼杀人，不仅在宫中，市井也有流传，你为何单单怀疑熟知婧妃之事的人？"

赵权淡淡问了句，命令道："沈爻，抬起头来，朕问你，你知不知道婧妃是陈十六的生母？"

"草民知道。"

"那你想跟朕对着干？"赵权冷冷问道。

"草民不敢。"

沈爻神色如常地回了句，继续说道："草民只是为皇上办事，草民之所以如此怀疑，是因草民查过市井遇难的几人，他们与冯太医没丝毫联系。而冯太医十九年前就在太医署，草民这才想到婧妃案，这是条线索。皇上，细微的线索都有可能是破案的关键。"

"那你想如何查？"

"先查与冯太医、婧妃都有关联之人。"

"好，朕让你查，来人。"

赵权面无表情地答应下来，冷冷喊了句，又望向沈爻，说道："不过，沈爻，你只剩下两日时间，到时还没查出抛尸者，朕也不会惜才。"

"草民定竭尽全力。"

门外太监听闻喊声，迈着小碎步走了进来，跪拜道："参见皇上。"

"沈先生要查些事，你为沈先生开路。"

“是。”

太监应了句，缓缓起身，说道：“沈先生，请吧！”

“草民告退。”

“微臣告退。”

赵权凝望着太监带领沈爻、许慎走出御书房，他冰冷的脸上浮现出一抹阴森的笑意，喃喃自语道：“这局棋，开始了。”

第 17 章　病人

太监姓王名贵，年龄不大，二十多岁，入宫时间不长，不过，此人颇受皇上喜欢，入宫才七八年，便已是少监；虽少年时经历阉割之痛，入宫后却算得上平步青云，骨子里免不了偏激几分。沈爻如今并无官职，许慎只是六品小官，他自然不放在眼里。出了御书房，王贵走在前面，头也没回，冷冷说道："皇上命大家为沈先生开路，大家自然得听从皇上，沈先生希望大家如何开路？"

沈爻神色如常，丝毫不在意对方狗仗人势的恶心姿态，淡淡问道："公公可知十九年前婧妃娘娘遇害之事？"

"婧妃娘娘？"

王贵止步，扭过头，眉毛一挑，回道："大家听说过，婧妃娘娘乃是被水鬼所害，这水鬼搅得宫中不得安宁，后来找了位大巫师，才灭了水鬼，使得宫中恢复安宁。"

"在下想阅览婧妃娘娘的卷宗。"

"卷宗？记载、典籍都在天章院，洒家带先生去。"

"多谢公公。"

沈爻答谢了句，与许慎一同跟着王贵前往天章院，走在路上，沈爻不动声色地继续打探道："公公，你可知道婧妃娘娘死后，她娘家人都怎么样了？他们又住在什么地方？"

"好像都死了。"

王贵淡淡地回了句，详细说道："大家听说，好像十七年前，蛮辽来犯，陈国丈请命领军迎击，与其子陈象龙双双战死沙场。婧妃娘娘母亲得知此消息，伤心过度，不久也去世了，一家人就这么没了。陈家的宅子就在京城，现在都成荒宅了，就在柬流街，先生打听一下就知。”

去世了？

沈爻听闻此消息，颇为意外，没想到陈十六母亲这边的亲戚竟全已故去，那谁还最有嫌疑？如此想着，沈爻三人已来到天章院，王贵向管事人交代一番，管事人带着沈爻三人进了天章院，只见里面一排排填满书籍的高耸书架整齐排列，实在壮观。

管事人边在前带路，边回头说道：“婧妃娘娘？小的从未听说过，宫中卷宗每年都会归档，若是十九年前，卷宗应都收藏、封存起来。大人先喝茶等会儿，小的派人为大人查找。”

“嗯。”

王贵高傲地冷哼了句，管事人将沈爻三人带进房间，吩咐小太监沏茶，待沈爻几人用茶，他才退了下去。不到两盏茶的时间，管事人又回来了，身后跟着几个怀中抱书的小太监，管事人边进屋边激动地喊道：“大人，找到了。”

书，至少上百本，全是与婧妃有关的内容，她何种出身、何时入宫、何时诞下十六皇子、何时故去等等都详细记录在内。不仅如此，与婧妃相关之人几乎也都有所记录，上到与婧妃有血脉之缘的亲人，下到服侍婧妃的下人。如此众多书籍对沈爻、许慎二人来说任务量实在庞大，不过，越是这般，越不会遗漏线索。

沈爻、许慎一目十行，快速翻阅着记录，不到半天时间，二人已将上百本书阅览了一遍，最令二人关注的便是婧妃遇害的经过，上面如是写道：婧妃娘娘诞下十六皇子之后，身子虚弱，一直用药调理，不常出寝宫。天宗帝十七年十月初三夜，娘娘心血来潮，便出去走走，走到宫中未央河附近，丫鬟浣灵觉得天气过凉，去寝宫为娘娘取衣，回来之后便找不到娘娘，于是告知侍卫，一同寻找，直到次日寅时，侍卫在未央河中发现身上缠满头发的婧妃娘娘已断气而亡。

沈爻又在另一本记录中找到当年服侍婧妃的太监、宫女的动向，其中两名分别叫芸衣、紫兰的宫女已死，记录是死因不明，其他宫女、太监已年迈离宫。沈爻抬头望了一眼管事人，问道："这宫女死了，怎么就一句死因不明？"

管事人脸上泛着尴尬笑容，回道："沈先生，宫中每年死的宫女、太监没有上千也有几百，哪能一一查证？"

沈爻没心思感慨人命贱如草芥，继续说道："那麻烦你查一下服侍过婧妃的太监、宫女离宫之后的地址。"

"好，小的这就命人去查。"

管事人应了声，命人去查，大约过了半炷香的时间，派去的小太监便带来消息，这些宫女、太监有的已回祖籍，有的留在京城。留在京城的有两名宫女，其中之一是浣灵，另一人叫红缨，沈爻记下这二人地址，见无其他收获，便告辞离开。

沈爻、许慎各怀心思地朝宫门外走，一路无话。许慎一直在犹豫，最终忍不住说道："沈先生，在下对先生怀疑冯太医抛尸案与婧妃娘娘有关颇为赞同，可觉得先生这般查法如大海捞针，不如直接从冯太医身上入手。"

"许大人说什么？"

沈爻沉浸在自己的思路中，一时没听清许慎说什么。

"哦！"

许慎一愣，不好意思重提，对沈爻的能力心生怀疑，随口问道："沈先生可有发现？"

"没什么发现。"

沈爻淡淡回了句，继续说道："先找到这两位宫女再说。"

许慎听闻沈爻安排，刚刚压制下去的怀疑想法又浮上心头，不由止步，纠结片刻，喊道："沈先生。"

"嗯？"

沈爻注意到许慎留在后面，也停下脚步，不解地望着对方。许慎快跑几步迎了上去，认真说道："沈先生，在下对先生怀疑冯太医抛尸案与婧妃娘娘有关颇为赞同，可觉得先生这般查法如大海捞针，不如直接从冯太医身上入手。"

"许大人认为如何从冯太医身上入手？"

沈爻淡淡反问了句，继续说道："之前府衙、刑部都查过，冯太医死前收到过神秘东西，可何人所为，什么东西，无法查到，这条线已断，许大人打算如何查？"

"确实很难，可这是直接的线索，查下去说不定有所发现。"许慎激动地回道。

"许大人说得没错，可皇上给我们的时间已经不多了。"

沈爻淡淡回了句，瞥了许慎一眼，见对方似乎未被说服，笑着说道："不然这样，你我分头行动，许大人去查冯太医，我去查这两名宫女，这样能节省不少时间。"

"沈先生真认为能从这两名宫女身上查到线索？"许慎激动地问了句，继续说道，"沈先生，我们之所以怀疑冯迁被人抛尸至云水河与婧妃娘娘的案子有关，是因皇上命我们查证此事，我们怀疑到宫中，又查到冯迁死状与婧妃娘娘的死状一致，将两者联系在一起，可仔细一想，抛尸者若是为了给婧妃娘娘翻案，仅靠这点，如何能翻案？"

这是沈爻一直想不通的问题，也是他想查清婧妃案的原因。婧妃娘娘乃是先皇妃子，身份何其尊贵，若是当年之死存有问题，祖父沈复怎会没查出来？若是查出来未曝光，可见幕后黑手何其厉害，仅靠冯太医死状与婧妃死状一致就想让婧妃案大白天下，实在妄想，难道抛尸者不惜以卵击石，倾其全力而为？

沈爻一时无法给出答案，淡淡回道："这是条线索，许大人，我们是查案者，并非施暴者，我们尽可能去想象施暴者行凶的动机，却不一定做出十足的肯定，只能一步步查清案件，最终才能知道施暴者真正的动机。"

"若先生错了呢？"

“在下与大人说了，你我可分头行动，你查冯太医，在下查两名宫女。”

沈爻脸色不悦，冷冷回了句，不理许慎，迈着步子朝宫门外走去。

许慎伫立凝望着沈爻逐渐远去的背影，心里有些内疚，可他实在不希望沈爻错下去，刚刚皇上口中之言，他听到几分，婧妃娘娘乃陈十六生母，他怀疑沈爻坚持查婧妃娘娘的案子是在感情用事，这才不顾沈爻生气口吐真言。

…………

夕阳余晖，洒满京城。

马夫驾着马车在街上前行，行至狭窄的巷口，马夫见难以前行，拉住缰绳令马停下，扭头说道：“先生，到了。”

车帘掀开。

陈十六跳下车，四处望了望，边伸手扶沈爻下车，边问道：“先生，咱们来这儿干吗？”

“找人。”

沈爻随口回了句，目光四处望了望，见巷口石壁上写着“乌衣巷”三字，迈着步子走进巷子。

巷子狭窄，顶多六尺宽，地面脏乱、垃圾满地，充斥着刺鼻的腥臊味，没想到京城之中竟还有如此恶劣之地。沈爻面色不改，陈十六皱着眉心中猜想先生来此要见何人。二人在衣着寒酸的路人怪异的目光中前行，来到拾贰号门前，门没锁，沈爻朝里面望去，见庭院中一位大约四十岁的妇人正坐在板凳上缝补衣服，妇人咳嗽声不断，脸色憋得发白，却没放下手中的针线活。

沈爻收回目光，示意陈十六敲门。

陈十六上前敲了敲门。

妇人扭头，看到门口的沈爻、陈十六，问道：“你们找谁？咳咳咳……”

沈爻走进院子，礼貌地问道：“请问，您是浣灵吗？”

妇人双手忍不住一抖，右手捏着的针扎进左手拇指，她似乎不知疼痛，泛白的脸色毫无反应，只是悄悄垂下左手，用食指搓着拇指减轻疼痛，望着沈爻、陈十六，又忍不住咳嗽起来，过了好一会儿，才恢复，开口问道："咳咳……你们是谁？"

沈爻将妇人反应尽收眼底，盯着妇人，回道："他是陈十六，婧妃娘娘的儿子。"

"婧……婧妃娘娘？"

妇人满脸惊讶，身子颤抖地站起来，目光死死地盯着陈十六，似乎想确定真伪。如此盯了一会儿，妇人摇起头，苦笑着说道："不，不可能，十六皇子十八年前就已经死了。"

沈爻解释道："他没病故，当年皇上送他出宫了。"

陈十六一脸茫然，他尚不知眼前这位妇人到底是谁。不过，先生说出自己的身份，妇人如此反应，定与母亲相识，忍不住问道："您认识我母亲？"

妇人紧盯着陈十六，双目泛泪，声音颤抖地问道："你……你真是十六皇子？"

陈十六点头回道："是。"

妇人神情愈发激动，泪水从眼眶中涌出，自言自语似的嘀咕道："娘娘，十六皇子他……他还活着。"

妇人说完，突然双膝一弯，跪在地上，喜极而泣地说道："民妇浣灵叩见十六皇子。"

陈十六被民妇突如其来的大礼吓了一跳，连忙上前搀扶，问道："您真认识我母亲？"

"民妇当年是婧妃娘娘身边的丫鬟，浣灵。"

浣灵回了一句，才想起来二人都在庭院，连忙邀请道："十六皇子、这位公子，屋里请。"

沈爻、陈十六跟着妇人朝屋里走，刚到门口，刺鼻的药草味扑面而来，沈爻不由想起妇人连连咳嗽，看来这妇人是生病了。如此想着，已走进屋子，只见里面放着不少衣服，想来浣灵离宫之后日子过得并不好，靠为人缝补衣服为生。

“皇子、公子，你们随便坐，民妇给你们沏茶。”

“不用如此麻烦。”

沈爻话尚未说完，浣灵已进里屋去沏茶。陈十六对发生之事一头雾水，见妇人离开，小声问道：“先生，你怎么知道我娘亲身边的丫鬟？”

“查的。”

沈爻淡淡回了句，不想陈十六多问，目光打量了一番这简陋的房舍，走到窗前，见窗台上放着一包包的草药，他打开闻了闻，里面有桔梗、当归、白前、甘草、百合、贝母、人参、二冬、生地，沈爻脸色不由一变。

他对医术有所涉猎，这是治疗痨病的药方。

这妇人得了痨病。

第 18 章　一步之差（上）

痨病。

一种难医的疾病。

全国每年至少上千人死于此病。

沈爻之所以知晓这些，是由于调查冯迁的案子——冯迁所著《医者笔录》有对此病的详细介绍以及医治之法，沈爻翻阅过此书，书中记载医治此病的药方中正有这些草药。此书在市面流传多时，这药方许多医师知晓，浣灵若患痨病，生病抓药这并不奇怪，可不知为何，沈爻总觉得哪里有些不对劲。

“咳咳……皇子、这位公子，请用茶。”

沈爻正想哪里不对劲，浣灵的声音从身后传来，他转过身，见浣灵双手端着茶杯走来，连忙伸手接过茶杯。

“多谢。”

沈爻谢了句，主动问道：“您生病了？”

“老毛病了。”

“痨病？”

“公子真厉害。”

浣灵一脸惊讶，问道：“难不成公子是大夫？”

“不是，只是识得窗台上的草药，凑巧知道这是治痨病的药方。”

浣灵听闻此话，面色不由一变，却在瞬间便恢复过来，笑了笑，回道：“原来是这样。”

沈爻将浣灵的神情尽收眼底，心中纳闷她为何如此反应，说到她所患之病都毫无反应，提及药方，反而变得神情古怪，慌忙掩饰，莫不是这药方有什么问题？这药方又出自冯迁的《医者笔录》，莫不是与冯迁有关？沈爻心中想着，故意说道："以前，这病难以医治，患病者几乎可准备后事了；不过，几年前，太医署副院使冯迁对此病专注研究，找到医治之法，这药方正出自他之手，听闻治愈了些患者，您别太担心，会好的。"

"多谢公子宽慰，所谓生死有命，富贵在天，民妇早就想通了。"

浣灵神情坦然，扭头望了一眼陈十六，继续说道："如今得知娘娘之子尚在人间，民妇更是心中了无遗憾了。"

沈爻见浣灵一脸欣慰之色，对自己说出冯迁的名字并无丝毫反应，似乎根本不认识此人，难不成自己猜错了？他又继续说道："看来您与娘娘的感情很深。"

"民妇从小入陈家为婢，娘娘从未嫌弃过民妇出身，待民妇如亲妹妹般，娘娘的这份恩情民妇这辈子都无以为报。"

"那您若知娘娘是被人害死，定会为婧妃娘娘报仇吧？"沈爻试探地问道。

"啊？咳咳……娘娘被人害死？"

浣灵一脸惊讶，又忍不住咳嗽了几声，连忙问道："公子，你何出此言？娘娘不是被水鬼害死的吗？"

"大娘也觉得我娘是被水鬼害死的？"陈十六插话问道。

"这……"

浣灵似乎不知如何回答，犹豫了一会儿，才开口说道："我也不愿相信娘娘是被水鬼害死，可娘娘死后，也有宫女死于河中，死状与娘娘一致，直到请来巫师作法，此事才消停，而且大理寺也查了，给出的结果也是这样。"

"大娘对这个结果就没怀疑过？"陈十六继续问道。

沈爻一直默不作声，对陈十六近乎逼问的方式并不阻止，目光始终凝视着浣灵，似乎想从对方的反应看出对方内心想法。

“这……”

浣灵一下被问住了，不知如何回答，脸上尽是尴尬之色，过了好一会儿，她才反应过来，激动地问道:“皇子，你为何认为娘娘是被人害死的？莫不是你发现了什么？”

“我……”

陈十六一时语塞，强词回道：“我不相信我娘是被水鬼害死这种荒谬的事。”

“可大理寺……”

“大理寺都是酒囊饭袋。”陈十六置气地说道。

“十六。”

沈爻知道陈十六这话表面说的是大理寺，实则是在说祖父沈复，虽说陈十六只是置气之言，可沈爻心中很不是滋味，他不允许任何人侮辱祖父之名，冷冷喊了句，见陈十六扭头生闷气，不再说话，又对浣灵说道:“我刚才的问题你还没回答，若你知娘娘是被人所害，你又知道凶手，你会杀了凶手为娘娘报仇吗？”

“会。”

浣灵掷地有声地回道：“只要我知道凶手是谁，有这个机会，我定会杀了凶手为娘娘报仇。”

沈爻没想到浣灵回答得如此干脆，继续问道：“那你觉得除你之外，世上还有谁会为娘娘报仇？”

“这谁说得清，人心隔肚皮，娘娘对人好，可并不是谁都知道感恩。”浣灵毫不掩饰内心的不满，愤愤回道。

“红缨呢？她也是娘娘身边的丫鬟吧？”

“红缨？娘娘出事没多久，她就为了谋个好差使，巴结其他嫔妃，您觉得这样的人会冒着危险为娘娘报仇吗？”浣灵冷哼一声，讥讽地反问道。

“你认为只有你愿意冒着危险为娘娘报仇？”

“说是这般说，但如果真发生了，我也不确定我会不会做到不顾性命为娘娘报仇。”浣灵底气不足地回道。

“你还记得当年为娘娘送药的太医吗？”

浣灵想了一会儿，摇了摇头，回道：“想不起来了，都过去这么久了，娘娘过世之后，民妇被分配到浣衣坊，再也没见过那位太医，哪里还会记得。”

“他就是太医署副院使冯迁。”

“副院使？那真是厉害，嗳，公子刚才说那药方出自他之手？”

“对。”

“难怪他能如此升迁，不仅医术了得，还医者父母心，肯将如此贵重的药方公布于众，救治更多病人。”

“可惜他死了。”

“死了？怎么会死了？”

“死于云水河，而且与婧妃娘娘的死状一致。”

“什么？”

浣灵大吃一惊，连忙问道：“怎么会这样？难道又是水鬼杀人？”

“不是，他是被杀。”

“被杀？那怎么会与娘娘的死状一致？这到底是怎么一回事？”浣灵不解地问道。

“他被家中马夫所杀，尸体被埋于荒郊，可尸体却被人挖了出来，缠上头发扔到云水河。”

浣灵一脸吃惊地说道：“竟有这种事？”

“冯迁被杀，身上被砍得尽是伤口，如何也无法做成水鬼杀人，可有人却冒着危险将尸体挖出，将其尸体缠上头发抛至云水河做成水鬼杀人的假象，抛尸者为何这么做？”

沈爻缓缓说着，目光凝视着浣灵，见浣灵脸上除了好奇并无不安之色，继续说道：“若我猜测没错，抛尸者应该知道当年娘娘的死与冯迁有关，所以才想出利用冯迁之死令婧妃娘娘的案子重查，可只是将冯迁的死制造成与娘娘的死状一致，根本无法令此案重查。”

浣灵一脸不解，问道：“娘娘的死怎么会与冯迁有关？他为何要害娘娘？”

“这需从娘娘当年的案子查起。”

沈爻淡淡回了句，继续说道：“娘娘命案的卷宗，我看过，卷宗记载您是最后一个见到婧妃娘娘的人？”

“是。”

“那晚的事您还记得吗？”

“我这辈子都忘不了。”

浣灵幽幽回了句，便不再说话，似乎在回忆那晚的经过，过了好一会儿，才开口说道：“那是天宗帝十七年十月初三的晚上。婧妃娘娘诞下十六皇子，身子很虚，一直用药调理，可并不见好转，所以，娘娘很少出寝宫。那天晚上，娘娘用药之后，精神大好，说想出寝宫走走，民妇从旁伺候。走了一半，娘娘感觉天有些凉，又不想回去，民妇就回寝宫取衣，可回来却见不到娘娘。民妇很担心，连忙告知侍卫，大家分头找，找了三四个时辰，竟然发现娘娘的尸体……漂浮在未央河面，而且……而且娘娘的身上缠满了头发。”

“您说娘娘那晚精神大好，那在您的记忆中，娘娘那晚是怎么个状态？”

“怎么个状态？”

浣灵止住抽泣，满脸不解，继续说道：“与平日差不多，娘娘性子温婉，喜怒不表于色，奴婢伺候娘娘多年，从未见过娘娘暴跳如雷，也未见过娘娘欢喜雀跃。这位公子，你为何这么问？”

“没事。”

沈爻淡淡回了句，继续问道：“那日也是冯迁送药？”

“对。”

“娘娘的用药可有检查？”

“肯定检查，太医署送来药，寝宫必须由太监、宫女先试。”

“谁负责？”

“好像是芸衣，也好像是紫兰。”

“她俩食过药之后，与平时可有不同之状？”

“好像没有，她俩都很正常。”

浣灵想了想，回了一句，似乎明白沈爻此话意思，继续说道：“难道公子觉得娘娘平时吃的药有问题？可当年大理寺查过娘娘用的药，一切正常。公子，您是不是想多了？就算冯迁真在娘娘吃的药中下毒，可他又怎么知道娘娘何时出寝宫？那晚是娘娘自己提出出寝宫走走，这才出了事。”

浣灵这话不无道理。

难道自己的思路一开始就偏了？

沈爻感觉这起案子已经成了死扣，似乎怎么都解不开，若说冯迁与娘娘的死有关，可他当时只是个医师，纵然能给婧妃下毒，可如何保证婧妃出寝宫，从而制造水鬼杀人的假象？沈爻见无法从浣灵口中问出有用的线索，起身告辞道：“今日打扰了，我们先告辞了。”

“先生。”

陈十六见沈爻离开，连忙站起来，向浣灵告辞道：“大娘，我们先走了。”

“皇子。”

浣灵喊了一句，慌忙从椅子上站起来，跟了上去，直至将二人送出门，真诚嘱咐道：“皇子，多保重，照顾好自己。”

“多谢，您也是，早日康复。”

陈十六感谢地回了句，加快脚步追上沈爻，问道：“先生，刚刚听浣灵大娘这么一说，我怎么感觉冯迁这起案子与我娘的案子似乎并没什么关系。”

第 19 章　一步之差（中）

沈爻一回上爻堂，就钻进书房。纵然浣灵提出的疑问一针见血，可他还是认为冯迁的尸体被缠上头发抛至云水河与婧妃案有关，他甚至怀疑浣灵那些话是在影响自己的断案方向，可浣灵乃一介妇人又身患痨病，能挖尸、运尸吗？而且，冯迁死前收到神秘东西，以浣灵的身份，很难接触到冯迁，她是如何神不知鬼不觉地送至冯迁手上的？

沈爻反复思考着这些疑点，不知不觉，一夜已过，天际泛白。猛然，他脑中灵光一闪，难道……他急切地翻开冯迁案的卷宗，找到张赟的认罪书，盯着上面的一行字——吾之所以杀冯迁，乃是因此人该死，二十二年前，吾妹因他误诊、误治丢了性命。

药方？

若推断没错，那就明白浣灵为何听到药方会那般反应，可现在沈爻还无法肯定，他不由埋怨自己竟忽略了这么重要的线索。得知冯迁死状与婧妃娘娘一致，他便将重心放在婧妃娘娘的案子上，却忽略了冯迁本身的案子，得立即找许慎求证这点，沈爻想着，起身走了出去。

…………

书房的油灯一直亮着，陈十六知道先生是在为自己娘亲的案子忙碌，不好打扰，也不好去休息，就坐在大堂等先生，不知不觉竟坐在椅子上睡着了。

花千语晨起来到大堂，见坐在椅子上睡着的陈十六，又朝书房望了望，见书房亮着灯，再望向陈十六，他已醒过来，粗鲁地用手抹了把嘴角的口水。

花千语面带厌恶地说道：“醒了？”

“什么时辰了？”陈十六迷迷糊糊地问道。

“快到辰时了。”

花千语淡淡回了句，抬头示意了一下书房，问道：“他一夜未睡？”

“嗯。”

陈十六点点头，站起来伸了个懒腰，说道：“先生一夜未眠，定然很饿，你去厨房为先生准备些吃的。”

“我……”

花千语一脸郁闷，自己啥时候成了这两个大男人的丫鬟了？她懒得跟陈十六一般见识，正要去厨房准备吃的，突然，书房的门被打开，沈爻着急忙慌地从里面出来。

“先生。”

陈十六打了声招呼，后面的话还没来得及说出口，沈爻就直接越过他，说了个“走”字，出了大堂。陈十六见状，连忙跟了上去，边走边问道：“先生，咱们这是去哪？”

许府。

沈爻、陈十六站在许府门前，天刚亮，许府的大门还没开，沈爻抬了抬下巴示意道：“敲门。”

“先生，咱们来这儿干吗？”

“哪儿那么多废话，让你敲门就去敲门。”沈爻没好气地骂道。

陈十六一脸幽怨，知道先生一夜未眠，脾气才如此暴躁，什么也没说，乖乖地上前敲门。不一会儿，家丁打着哈欠开了门，见沈爻、陈十六眼生，语气不善地埋怨道：“一大早就敲门，你们找谁？”

今个怎么脾气都这么暴？

“许慎。”

沈爻冷冷回了句，犹豫了一下，又说道：“你就说沈爻来找。”

家丁打量了沈爻几眼，关门回去。过了没多久，大门再次打开，许慎一脸困倦地走了出来，他也一夜未眠，研究案情。

“沈先生，这么早来找在下，莫不是有什么急事？”

“很重要的事。”沈爻认真回道。

“那进府说。”

“不必如此麻烦，就向你求证点事。”

沈爻回了句，见许慎正色起来，继续说道：“当初你们调查冯迁被杀案，可查到有其他嫌疑人？此人在太医署任职。”

“先生此话何意？冯迁被杀案不是已经结案了吗？凶手张赟已认罪。”许慎不解地问道。

“许大人只需回答在下即可。”

“有。”

许慎见沈爻一脸严肃，猜测沈爻或许查到些线索，连忙回道：“我接手此案后，问过衙门的捕快，后又查证过，冯迁与太医署的方正不和，不过，案发当夜方正与人在芙蓉栈，没有作案时间。”

“二人什么关系？如何不和？”

许慎将方正与冯迁的关系以及不和之事一五一十说与沈爻，见沈爻脸上逐渐泛起笑意，不解地问道：“沈先生，莫不是你查到什么线索？”

“线索是有，至于结果，还需确定。”

沈爻淡淡回了句，实则，他已确定谁是凶手，如何作案，却不说与许慎。他不确定许慎是不是赵权的人，他必须赶在所有人前面先找到凶手，只有如此才能计划如何调查婧妃的案子，才能揭开当年先祖沈复对婧妃案调查的真相。

“许大人，告辞。”

“沈先生。”

许慎一脸茫然，想问怎么回事，可沈爻已带着陈十六远去。

…………

玉扳指为凭，身份乃定，却被赵权三言两语给打发了；然而，赵权所言并非强词夺理，纵然有意阻拦，却令人挑不出一丝毛病。看来只能从先皇当年送陈十六出宫查起了，查清先皇当年为何送陈十六出宫，可有证明陈十六身份的人证。

宫中之事，皆有史官记录，收于天章院；然而，赵权有意阻拦，定不会让进天章院查阅；赵辰与老王爷赵晗商议，认为找到当年记录的史官不失为一个好办法，赵晗虽不问政事，却久居京城，打听个人不是问题，不到一日便查出当年的史官。

此人姓文名征，曾任史官，这人的脾气如茅坑里的石头，又臭又硬，十八年前因惹怒先皇，被罢官，生活一时潦倒。先皇本以为困顿的生活能抚平他的臭脾气，待他脾气锐减，再召回，不承想此人脾气不减反增，凡是不平之事，必定用笔杆子记上一笔。先皇不想朝廷失去这人才，又不想留在身边添堵，后来任命其为刑部主事，没想到此人不仅耍得了笔杆子，还办得了案子，逐渐由主事升迁至郎中。

赵辰得知此人，想立即拜访，却被老王爷拦下来，此人颇为古板，从不在家中见客，想要与他见面，只能去刑部。如此拖了一夜，两位王爷今日一早来到刑部门前，只见刑部门口两侧放着两个百姓喊冤的大鼓，两名身材挺拔的侍卫伫立在门前。

“百姓有冤，都去衙门击鼓鸣冤，这刑部的两只大鼓就是花架子。”赵晗讥讽道。

“这花架子该做的还得做，至少让百姓图个心安。”

赵辰笑了笑，回了句，对门口的守卫自报家门道:“我是北定王赵辰。”

守卫得知来人是王爷，哪敢阻拦，立即在前带路。

赵晗、赵辰在守卫领路下来到刑部官员公干之地，众官员有的奋笔疾书，有的整理文件，有的饮茶享受，看到两位王爷，都连忙起身行礼。

“参见安阳王。”

“参见北定王。”

“各位大人，请起。”

赵辰温和地说了句，顺着老王爷眼神示意的方向望去，见一位四十余岁、文人气息颇重的中年男子，知晓此人应该就是文征，开口说道：“文大人，可否借一步说话？”

“王爷找我？不知有何要事？”文征一愣，问道。

这文征实在不会做人。

“谈不上要事，只是有点小事询问一下文大人。”

“王爷请。”

文征想了想，领着赵辰、赵晗走进里屋的会客房，待两位王爷落座，文征开门见山地问道：“两位王爷，不知想询问下官何事？”

“十八年前，你尚是宫中史官，可还记得十六皇子染病去世一事？”赵辰知晓他是直言之人，也不拐弯抹角，直接问道。

“十六皇子？记得。”

“当时还发生了什么事？宫中可有人无缘无故失踪？”

十八年前，十六皇子年幼，若是被送出宫，先皇定派人护送，赵辰才如此一问。

“没有。”

“没有？”

赵辰一脸惊讶，他觉得自己的推断没有问题，可为何没人失踪？那由谁护送十六皇子出宫？

“不过当时宫中确实发生了件怪事。”

“什么事？”

“殿前司都检点首领花应天，殿前司副都检点胡海、王天、杨道客，共计十三人不知执行何种任务，全都死于非命，尸骨无存。”文征回道。

赵辰一听，与赵晗相视一眼，二人当即明白怎么回事，看来花应天等人死于非命是假，实则是护送十六皇子出宫。若是如此，只要找到花应天几人，有他们为证，赵权便不能阻止陈十六恢复身份。可一想又不对，陈十六说他从小是由个落魄书生抚养长大，书生被当地恶霸打死，陈十六一直流浪街头，若是花应天几人护送，怎会不管陈十六？

莫不是当年还发生了什么事？花应天几人……

“咚咚咚！”

突然，外面传来剧烈的鼓声。

刑部门前的大鼓被人击响了。

文征连忙起身，向赵辰、赵晗抱拳致歉告辞。赵辰、赵晗相视一眼，也跟着走了出去。刚走到门口，刑部尚书关玉琪与几名官员也走了过来。

“参见安阳王、参见北定王。”

关玉琪连忙行礼，赵辰、赵晗摆摆手示意他无须多礼，关玉琪面带歉意地点了点头，一同朝门口走去，厉声问道：“何人击鼓？”

浣灵放下手中的鼓槌，转过身，跪在地上，回道：“民妇浣灵击鼓。”

“为何击鼓？”

“民妇之所以击鼓，一是自首认罪，一是击鼓鸣冤。”

关玉琪一愣，随后问道：“认什么罪？鸣什么冤？”

“认抛冯迁尸体之罪，鸣十八年前婧妃之死之冤。”浣灵抬起头，坚定地回道。

冯迁尸体被抛？

犯人主动来自首？

婧妃之死？

十八年前已定的旧案？

关玉琪喜忧参半，婧妃娘娘的旧案可是烫手山芋，谁敢接？可门前已站满了围观百姓，浣灵之言已人尽皆知，隐瞒是隐瞒不了，再加上有两位王爷在场，若将这民妇轰走，自己名声必然受损。

关玉琪无奈，愤愤说道：“升堂。”

第 20 章　一步之差（下）

沈爻、陈十六告别许慎，来到乌衣巷。

陈十六见这熟悉之地，心中不由猜想，先生口中的凶手莫不是昨日见的浣灵大娘？

路上，陈十六问过先生犯人是谁，可先生不作回答，他不好再问，此时心中疑惑丛生，实在忍不住了，又问道："先生，您认为的凶手不会是大娘吧？"

沈爻并不答话，默默往前走。

陈十六快走几步，追上沈爻，焦急地说道："先生，您就告诉我吧！"

沈爻依旧不理，走到浣灵家门前止步，吩咐道："敲门。"

"先生。"

"敲门。"

沈爻不耐烦地重复了句，陈十六无奈，只得上前敲门，可敲了许久，也不见有人开门。

"先生，没人。"

"将门撞开。"

陈十六一脸为难，说道："这样不好吧？"

"你不是想知道浣灵是不是凶手吗？门不开，怎么见她？不见她，又怎么知道？"

陈十六仔细一想，先生说得也对，走上前，抬脚将门踹开，空荡荡的小院映入眼帘，哪有半个人影？

陈十六喊着"大娘"往屋里走，推了推门，发现房屋的门没锁，走了进去。

沈爻迈着步子走了进去，在小院中止步。

小院不大，一眼便可看清全貌，院子打扫得干净，东西摆放得整齐，墙边的花盆种着几株盛开的海棠花，花盆旁边放着松土的小锄头，小锄头的锄刃沾着少许的泥土，靠大门的墙角竖着一柄大锄头，大锄头的锄刃干净锃亮。

沈爻注意到大锄头，走了过去，将锄头倒拿起来，盯着锄刃与木柄相连的部位看了一会儿，又放在鼻前嗅了嗅。

“先生，大娘不在。”

陈十六将屋里找了个遍，没发现浣灵，从屋里走了出来，见先生拿着锄头在闻，疑惑地问道：“先生，您在干吗？”

沈爻并未回答，若有所思地反问道：“不在？”

浣灵费尽心思将冯迁的死状布置成与当年婧妃娘娘一致，无非是想让婧妃案得以重查；可如今除了沈爻，唯有知晓婧妃案真相的人才会认为两起案子存有联系，目前来看婧妃案不可能重查，也就是说浣灵的目的并未达到。

那她接下来会怎么做？

此案并非她一人犯下，可另一人若是知道浣灵的打算会与她合作吗？

应该不会。

浣灵的计划牵扯宫中，另一个人应该只是单纯对付冯迁，才被浣灵利用，他应该都没想到冯迁并非浣灵所杀，更没想到浣灵会将冯迁的尸体挖出来，制造成与婧妃娘娘的死状一致。

那后面揭开婧妃案，浣灵会独自完成。

她会怎么做？

沈爻一时也想不通，不过，无论浣灵怎么做，必须在皇上知晓浣灵是抛尸者之前找到她；不然，皇上的人先找到，杀她灭口，婧妃案就会彻底石沉大海，杀死婧妃的真凶也会永远逍遥法外，当年祖父未查明这起案子真相的原因也不得而知。

“带上这个。”

沈爻从思绪中回过神，将手里的锄头丢给陈十六，说道：“走了。”

“先生，拿它干什么？”

沈爻头也没回，淡淡回道：“物证。”

“物证？”

陈十六一脸不解，想了想才反应过来，物证都有了，那就彻底证明大娘是抛尸者？可他想不明白，纵然如先生推测，抛尸者的目的是揭开娘亲的案子，大娘有作案动机，可大娘是如何作案的？关键的一点，冯迁死前曾收到神秘东西，以大娘的身份难以接触冯迁，如何神不知鬼不觉地将东西送到冯迁手上？他从思绪中回过神，见先生已出了院子，连忙追了上去，问道：“先生，我还是想不通，您怎么就肯定大娘是抛尸者？”

“这锄头就是挖尸的工具，她有作案动机，又有物证，她就是抛尸者。”沈爻淡淡回道。

“可她怎么接触到冯迁？怎么将神秘东西送到冯迁手上？”陈十六不甘心地问道。

“她不用接触，有人会帮她。”

“谁？”

“太医署方正。”

“方正？方正为什么帮她？”

“方正与冯迁有私人恩怨，冯迁所著的那本《医者笔录》并非出自冯迁之手，而是方正所著。”

“先生为什么会如此认为？”

“因为张赟认罪书上写了一句话——吾之所以杀冯迁，乃是因此人该死，二十二年前，吾妹因他误诊、误治丢了性命。我推测以冯迁的医术不可能著《医者笔录》，之后又向许慎求证，冯迁是方正举荐进太医署的，又收其为弟子，传授医术，可起先冯迁在太医署只是个医师，只负责煎药、送药，之后平步青云，以他的医术不足以著《医者笔录》。”

“这未免有些太牵强了，说不定冯迁进太医署之后医术突飞猛进呢？”

“不牵强，冯迁入太医署没多久，就获得太后赏识，平步青云，冯迁此人追求权力，志在为官，如何潜心研究医术？”

“就算如此，那如何肯定大娘与方正合谋？”

“药方。”

“药方？什么药方？”

“浣灵身患痨病，窗台放着治疗痨病的草药。”

“这又怎么了？生病吃药，不正常吗？”陈十六不解地问道。

“问题就在于其中一味草药。”

“哪味草药？”

“人参。”

“人参怎么了？难道不是药方的药？”

“是。”

“先生，您就直接说吧！”

“浣灵离宫，靠给人缝补衣服为生，她家中情况你也看到，生活拮据，如何能买得起人参？这药方确实需要人参，不过，亦可用党参，虽然药效差些，却是普通人能吃得起的，那就说明那些药草并非她所买，而是有人赠予她。”

“那人就是方正？”

“对。”

陈十六琢磨了一番，先生的推断确实在理，连忙问道：“那大娘现在去找方正了？”

“不会，方正的计划应该只是利用浣灵杀死冯迁，没想到浣灵还瞒着他将冯迁的死布置成与你娘亲的死状一致，浣灵绝对不会去找他。”

“那大娘会去哪儿呢？”陈十六喃喃道。

“那就得问她自己了。”

沈爻淡淡回了句，他心里已想好，找人，谁能比得上芙蓉？

先前陈十六回京，沈爻特意嘱咐芙蓉不惜一切代价保护陈十六安全，芙蓉并未执行，沈爻知道她是怕自己多年的布局功亏一篑，可心里对芙蓉不执行命令颇为不满，这几日晚上芙蓉悄悄去上爻堂请罪，沈爻并未理她，晾了她几日，气也消了，之前的事该是翻篇的时候了。

…………

芙蓉栈。

芙蓉神情焦虑、坐立不安，时不时地起身踱来踱去，送信的人未归，她的心情无比烦躁。

芙蓉栈的情报网遍布京城，浣灵去刑部自首没多久，芙蓉便得到消息，她知道皇上命沈爻调查冯迁抛尸案，此案对先生意义重大，可如今犯人已自首，先生还不知情，那先生不单单是无法进大理寺，说不定皇上一怒之下，先生会有性命之忧，必须让先生尽快知道此事。

“砰砰！”

敲门声传来。

“进来。”

芙蓉立即喊了声，从椅子上站起来，见派去送信的人回来，连忙问道：“告诉沈先生了吗？”

“回栈主，沈先生不在上爻堂，花千语姑娘说先生昨夜通宵研究案子，今日一早便急匆匆出去了。”

“不在上爻堂？”

芙蓉担忧地重复了句，努力令自己镇定下来，先生整夜研究案子，一早急匆匆出去，说不定已查出浣灵是抛尸者，那定是去浣灵家抓凶手。

“你现在立即前往……”

芙蓉想了想，说道：“算了，我亲自去。”

“栈主。”

芙蓉说完，不等下属劝阻的话说完，已走出房间。她离开芙蓉栈，直奔浣灵家，刚走到半道，远远看见沈爻、陈十六迎面走来，喊道：“沈先生。”

沈爻闻声望去，见竟是芙蓉，心中充满疑惑，他之前已与芙蓉约好，二人尽量隐藏旧识的关系；虽在外人看来，二人已相识，见面打招呼实属正常，可敏锐之人说不定嗅出不寻常。

“芙蓉姑娘，不知芙蓉姑娘这是去哪儿？”沈爻故意问道。

“前些日子冯太医被杀闹得人心惶惶，说什么水鬼杀人，刚刚听说有位妇人去刑部自首，这不，我也去瞧瞧，看看到底怎么回事。”芙蓉笑着回道。

沈爻当即明白芙蓉这是向自己传递浣灵自首的消息，不对，若是自首，浣灵应去衙门，为何去刑部？沈爻恍然大悟，终于明白浣灵下一步计划，她要闹得人尽皆知，当众说出婧妃案，可刑部能容许她说完吗？此案关乎皇室，一旦刑部发现她暗示皇室，定会立即将其收监，封其口。不行，必须尽快赶到刑部。

“先生？”

陈十六也明白过来芙蓉口中的妇人应该就是浣灵，扭头看着沈爻喊了一声，沈爻回过神，说道：“在下与芙蓉姑娘一同前往。”

“求之不得。”

“走。”

沈爻说了句，三人朝着刑部走去，走到刑部门口，只见门前已聚满了围观的百姓，刑部已开堂审案了。陈十六拿着锄头在前挤出一条道，沈爻、芙蓉顺着空隙走了进去。走到前面，看到大堂内的情景，沈爻不由一愣，安阳王、北定王竟然也在。

第 21 章 刑堂之上，内心之戏

刑堂内外尽是人，刑部尚书关玉琪是此案主审，坐于正堂，安阳王、北定王旁听，坐于两侧，堂下众官差手持杀威棒立于两边，堂外百姓聚集，无一人窃窃私语，皆认真聆听跪在堂下的浣灵讲述犯案经过。

“民妇曾秘密威胁过冯迁，后以……咳咳……以书信约他见面，怕当日事出有变，便在太医署外监视，见冯府的马车出了太医署，一路跟随。没想到马车进了山，民妇跟了上去，正见马夫拖着冯迁，民妇……咳咳……民妇趁机将马车牵走，待马夫慌乱离开后，找到昏迷的冯迁，民妇虽不知马夫要如何处置冯迁，可也猜到他欲对冯迁不利，便留在附近观察。直到深夜，民妇……咳咳……民妇见马夫冒雨前来，将冯迁砍死，埋了。随后，民妇将冯迁的尸体挖了出来，用冯府的马车将尸体运到云水河。”

浣灵神情漠然、语气平淡地讲述犯案经过，似乎对于那夜的经历没有一丝恐惧，对于那夜所做之事没有一丝后悔。

冯迁案由府衙移交刑部，关玉琪梳理过此案，颇为了解，浣灵讲述的经过确实合情合理。然而，办案必须证据确凿，才能定案，此案尚有疑点，须当堂问清。

若只是如此，倒也简单了，关键是皇上关注此案，浣灵刚刚又说她一是自首认罪，二是为婧妃娘娘喊冤，可想而知，这其中纵横交错，可能与深宫内苑有莫大关系。

关玉琪回过神，一脸威严地问道：“你说你威胁冯迁？那便表示你手中有冯迁的把柄，你是如何将把柄送至冯迁手上的？”

“民妇自有办法。”

“什么办法？”

“民妇……咳咳……民妇曾伪装成菜贩给冯府送菜。”

这与先生推测不同。

陈十六心中纳闷，扭头望了眼沈爻，喊了句“先生”，似乎在询问。沈爻面色如常，头也没转，低声说道：“别说话。”

“移尸的工具是冯府的马车，那你挖尸的工具又是什么？丢在哪里？”关玉琪继续问道。

“锄头，就在民妇家中。”

“来人。”

关玉琪喊了声，见两名官差听命上前，命令道：“你二人去她家中将锄头取回。”

“不用了。”

沈爻喊了声，拿过陈十六手中的锄头，迈向大堂，说道：“大人，这便是挖尸的工具。”

浣灵听到沈爻的声音，微微转动了身子，见沈爻手持锄头走进来，没丝毫惊讶，淡淡一笑，说道：“公子还是发现了。”

“可惜一步之差。”

“或许时机刚刚好。”浣灵意味深长地说道。

沈爻明白她话中何意，她要揭开婧妃案，陈十六也想查婧妃案，二人目的相同。她又认为自己与陈十六交情匪浅，定会帮陈十六查案，才如此一说。如此想着，官差已接过沈爻手中的锄头递给关玉琪。

关玉琪打量了一番锄头，将锄头放在堂上，惊堂木一拍，厉声说道：“犯人当堂认罪，证据确凿，先将……”

此话一出，浣灵神情慌乱，她没想到关玉琪未询问婧妃案便给自己定罪，正要开口打断。

沈爻将她的神情尽收眼底，立即转身，抱拳插话道：“大人，此案还不能定案，犯人并未讲述实情。”

此话一出，众人皆惊。

关玉琪抓着惊堂木的手悬浮在半空，一脸疑惑地问道：“沈爻，你此话何意？”

“犯人说她假装菜贩进入冯府，将威胁冯迁的把柄送至冯迁手上，但事实并非如此。”沈爻自信满满地说道。

“沈公子。”

浣灵语气祈求地喊了沈爻一声，沈爻缓缓扭过头，说道：“我知你不想牵连他人，可事实就是事实，你心中的执念不就是为了追求事实吗？说出一个谎言可令人怀疑所说的话都是谎言。”

浣灵一时瘫软坐地，脸上尽是愧疚之色，她明白沈爻的意思，若自己对此案细节撒谎，那对其他事亦可撒谎，她如何为娘娘喊冤？她的话还有谁会相信？可她心中不是滋味，终究还是牵扯他人。

“沈爻，你说，到底怎么回事？”关玉琪焦急地问道。

“此人并非单独犯案，她有同谋。”

“同谋？谁？”

“太医署方正。”

“方太医？”

关玉琪反问了句，方正与冯迁师徒二人不和几乎众人皆知，可如此便说方正与浣灵合谋，实在武断。关玉琪沉思片刻，厉声说道：“沈爻，你说方正与浣灵合谋可有证据？方正乃是朝廷命官，你若没有证据，便是污蔑朝廷命官，其罪当诛。”

“草民明白。”

沈爻自信满满地说道：“大人，传方太医前来，一问便知。”

“来人，传方正。”

官差上前领命，去请方正来堂。

方正府邸离刑部不近，这一来一去少说得半个时辰，让两位王爷在此干等，实在不妥。

关玉琪想了想，抱拳说道：“两位王爷，不如先去内堂歇息。”

“也好。”

安阳王、北定王相视一眼，二人心中都疑惑浣灵口中为婧妃喊冤一事，可这是刑部的案子，他们无权插手，也不好主动询问，关玉琪如此说，他们也只好应下，从座位起身准备离开。

沈爻知道浣灵当堂说出婧妃案的计划，此时冯迁案中断，两位王爷在场，正是浣灵为婧妃喊冤的最好时机，可这话他不能说，只好微微转头，暗中向浣灵示意。

浣灵当即明白过来，大喊道：“大人，民妇全部交代。”

关玉琪不由一愣，与两位王爷相视一眼，两位王爷见此情景，也不好中途退场，又坐回座位。

关玉琪不耐烦地说道：“说。”

“大人，沈公子说得没错，民妇确实与方太医合谋。”

浣灵此言一石激起千层浪，刚才沈爻说浣灵与方正合谋，并未拿出证据，众人还心存怀疑；然而，现在犯人亲口交代，众人都已信上七分，交头接耳议论起来。

“肃静。”

关玉琪厉喊一声，惊堂木一拍，见刑堂内外安静下来，这才继续说道：“将你二人如何合谋，以及其中计划一五一十地交代清楚。”

“是。”

浣灵点头应了声，缓缓说道：“民妇知道冯迁与方太医不和，便暗中找到方太医，告诉他民妇想杀冯迁，希望他能帮忙将威胁冯迁的把柄秘密交给冯迁。最后，方太医答应了，民妇见时机成熟，秘密约冯迁见面，伺机杀他。民妇告知方太医计划，方太医制造那夜的不在场证明。只不过，民妇骗了方太医，方太医只知民妇杀冯迁的计划，并不知道民妇早就打算将冯迁的尸体抛入河中。”

“那本官就想不通了，你到底与冯迁有何仇怨？纵然仇恨似天，他人已死，你算大仇得报，为何非得将尸体挖出来抛入河中？”关玉琪不解地问道。

“民妇就是让人知道水鬼杀人只是假象。”

“所以你挖开马夫埋尸的血坑不填，以冯府的马车运尸，又将马车丢弃在荒郊都是故意为之，就是为了让官府发现，从而找到凶手张赟？”

“是。”

“你为何要这么做？”

“为了婧妃娘娘。”

浣灵语调激动地回了句，她极力地吸了口气，努力令自己平静下来，继续说道：“当年，娘娘也是死于河中，身上缠满头发，此案查到最后，结果说娘娘被水鬼害死。可事实并非如此，娘娘不是被水鬼害死，而是被人害死。”

“荒谬。”

关玉琪不满地骂了句，继续说道：“婧妃娘娘的案子乃大理寺亲查，先皇关注，若娘娘是被人害死，为何没一丝线索？更何况，此案与冯迁有何关系？”

“冯迁当时在太医署，是专门为娘娘煎药、送药的医师，他在娘娘的药中下毒。”

浣灵声音几近嘶哑地喊出这句话，她隐忍了多少年，终于将心中最深的秘密说出来。她的声音中充满着愤懑、愧疚、同情——对凶手的愤懑、为自己如今才能说出真相的愧疚、对娘娘遭遇的同情。

“浣灵，你应该知道娘娘当年是溺死水中，并非中毒而亡，你却说冯迁当年在娘娘药中下毒，这与案情相违背。”

“娘娘确实溺死水中，可冯迁也确实在娘娘药中下毒。”

“本官对此案略知一二，当年太医检查过婧妃的尸体，并未有中毒迹象，更何况，此案已过去十九年，你为何当时不说？”

“民妇当时也不知道，直到两年后，宫女芸衣、紫兰双双得病，更奇怪的是两人突然死不见尸。民妇暗中调查，发现她俩的尸体被人丢在枯井之中，她俩并未得罪过什么人，谁会如此残忍？民妇又发现她俩并非死于疾病，而是中了慢性的毒。民妇问过懂医之人，这种毒食少量，几年后才会发作，症状与疾病相似，后来又查到对她俩抛尸的人正是受了冯迁的指示，冯迁为何这么做？芸衣、紫兰曾为娘娘试药，冯迁令两人死不见尸就是为了隐瞒他当年为娘娘下毒的真相。”

“那你当时为何不揭发冯迁？”

“呵……”

浣灵冷笑一声，继续说道：“芸衣、紫兰的死可以指认冯迁，但只能指证他买凶抛尸，娘娘已入土为安，无法查证是否中毒。更何况，冯迁与娘娘无冤无仇，为何给娘娘下毒？恐怕受人指使。民妇只是小小的宫女，就算揭发，也会不了了之，说不定民妇不知哪天也死了。民妇可以死，但不能看着娘娘冤死。”

关玉琪若有所思，浣灵的推测、考虑确实合乎情理，只是证据呢？如今冯迁已死，他是否给娘娘下毒，谁确定？关键此案关乎深宫内苑，实在难以处理。正在关玉琪忧愁之际，外面传来声音，官差带着方正进了大堂。

方正走进大堂，看都没看浣灵一眼，拱手说道：“下官拜见安阳王，拜见北定王，拜见尚书大人。”

“方太医无须多礼。”赵辰点头说道。

“方太医，堂下之人你可认得？”关玉琪开口问道。

方正扭头，望了一眼跪在地上的浣灵，摇头说道：“下官不认得。”

“此人交代曾与你合谋意图加害太医署副院使冯迁，由你负责将威胁冯迁的把柄送至冯迁手上，你可认罪？”

“大人，下官根本不认识此人，如何与她合谋？大人说这话可有证据？”方正笑着问道。

关玉琪一时语塞，不知如何再问，他并无证据证明方正参与此案，面色不由难看起来，扭头望了一眼沈爻。

沈爻点了点头，开口说道：“方太医，容许草民问你个问题。”

“你想问什么？”

“方太医一生可曾失去过什么宝贵的东西？若是有机会拿回，方太医该如何选择？”沈爻笑着问道。

众人皆听得云里雾里，不知沈爻此话何意。

方正神情一时变化不定，犹豫了一会儿，点头说道：“下官认罪，下官确实帮助浣灵将威胁冯迁的把柄送至冯迁手中。”

第22章 命不由己

这方正到底怎么回事？怎么前边刚说不认识浣灵，就因沈爻说了一句话，后脚便承认与浣灵合谋？沈爻说的那番话到底什么意思？方太医失去了什么宝贵的东西？

众人都一头雾水，不知沈爻那话对方正有何魔力，堂外一时议论纷纷，吵闹纷杂。

“肃静。”

关玉琪厉喊一声，见百姓不再议论，严肃问道：“方正，你真承认与浣灵合谋，帮浣灵威胁冯迁？”

“是。”

“那你为何前后证词不一？”

“下官……”

方正一时不知如何回答。

沈爻望了一眼纠结的方正，上前一步，说道：“大人，此事方太医不宜讲，还是由草民来说吧！”

“你？”

关玉琪疑惑地打量了沈爻一眼，心中纳闷这沈爻怎么什么都知道？又看了看方正，视线回到沈爻身上，淡淡说道：“那你说吧！”

“方太医之所以要杀冯迁，那是因为冯迁做了件比杀了方太医还要残忍的事。”

“比杀了方太医还要残忍的事？冯迁做了什么？”

“冯迁将方太医所著的《医者笔录》据为己有。”

沈爻掷地有声地回了句，目光扫视了一番众人，见众人脸上满是惊诧之色，继续说道：“对，《医者笔录》的真正作者乃是方太医。”

“方太医？”

关玉琪望向方正求证。

“他说得没错。”

方正坦然承认，继续说道：“冯迁那奸佞小人根本不配学医，医者要有济世之怀，要有研究医理的恒心，他一样也没有。当初，我瞎了眼，收他为徒，这些年来，他医术毫无增进，为人治病全靠太医署的同僚。更加可恶的是他故意陷害我，宫中曾有位冷宫的贵妃重病，冯迁一开始安排我去医治，可后来又悄悄派他手下的医师诊治，结果，贵妃身亡。这本与我无关，可冯迁手中握有我诊治的证据，以此威胁我，将我一生钻研据为己有，若非我态度强硬，他已私底下将其中药方高价卖给他人。为了能让大多数病人受益，我便与他约定，只要他将《医者笔录》公布，就不说这《医者笔录》是我所著。可我心中不忿，冯迁这种草菅人命、欺世盗名之辈竟名利双收，天道不公。直到浣灵找到我，说她想杀冯迁，问我愿不愿意帮她，我答应了。刚才沈先生问我若有机会拿回宝贵的东西，我该怎么做。我承认罪行，这些就是我杀他的动机。”

…………

冯迁案至此彻底真相大白，然而，宣判却是个难题。

浣灵、方正虽有杀人想法却未实施，方正更与抛尸都无关，浣灵虽抛尸影响查案，可她留下的诸多线索都在帮官府指向凶手。如此案例，前所未有，如何宣判？至于婧妃案，也只是浣灵一人所言，并未有确实证据证明此案有凶手。至于是否重查此案，关玉琪也只能如实上报，只好下令先将二人收监，商讨之后再行判决。

案审结束，浣灵、方正被衙役押着，准备带去大牢。

沈爻心里还有些疑点想不通，可此时在大堂之上，不宜多问，只能在探视时向浣灵求证。

“大娘。”

陈十六见浣灵被押走，连忙迎上前。

浣灵脸上浮现出欣慰的笑容，嘱咐道："十六，能见到你还活着，民妇此生已无憾，不要为民妇难过，娘娘在那边没人照顾，民妇去照顾她了。"

"大娘。"

陈十六有太多的话想说、想问，可一时不知说些什么。

浣灵望着他，笑了笑，她能感受到陈十六真心实意地关心自己，她所做的一切没有白费，如此已足够了。她扭头望向沈爻，语带祈求地说道："沈公子，以后十六就劳烦你照顾了。"

"他是我的人。"陈十六淡淡回道。

浣灵脸上露出满意的笑容，又朝陈十六说道："十六，以后照顾好自己，听沈公子的话。"

"我会的。"

陈十六郑重地点了点头，说道："大娘，我一定会救你。"

"走吧！"

衙差不耐烦地催促了句，推着浣灵离开。

陈十六望着渐渐离去的浣灵，心里不是滋味，大娘所做的一切都是为了自己娘亲，若娘亲的死真与皇上有关，那她定凶多吉少，该怎么办？

"走了。"

沈爻唤了陈十六一句，迈着步子朝刑部大门走去，陈十六抑制住心中的难过追上沈爻，说道："先生，大娘她……"

"她有罪没罪，刑部自会定案。"

"可就怕皇……"

陈十六这话尚未说完，沈爻突然止步、转身，压低声音冷冷说道："你想死吗？"

"我……"

陈十六满腹委屈，不知该说些什么。

沈爻见他这般，心中无奈，劝慰道：“我会想办法。”

“我就知道先生宅心仁厚。”

陈十六听闻这话，一脸欢喜，先生足智多谋，如果真想救大娘，定有办法。

“走了。”

沈爻没好气地说了句，迈着步子出了刑部大门。主仆二人刚出大门，站在门口的三人就拦了上来。这三人虽穿常人服饰，可气度不凡，一瞧便是练家子。堂审刚刚结束，三人就出现在刑部门口，不用猜也知道他们是皇上派来的。

领头一人上前，亮出侍卫的令牌，语带命令地说道：“沈先生，皇上召见。”

皇上命自己暗中查抛尸者，其意不言而喻——杀人灭口，隐藏婧妃案。如今浣灵自首，闹得人尽皆知，与皇上初衷不符，皇上定会恼怒，不知这一去还能不能回来，如何才能化解这场危机？沈爻心中也没底。

“十六，你先回去。”

“先生。”

陈十六担忧地喊了句，他知皇上命先生查抛尸者，这其中可能与娘亲的案子有关，可现在大娘自首，皇上几乎最后一个知道事情真相，案审刚结束，皇上便派人请先生进宫，难道是要对先生不利？

“回上爻堂，哪里都不准去。”

沈爻厉声说了句，朝三人说道：“走吧！”

“沈先生，请。”

领头一人在前领路，其余二人一左一右地“带”着沈爻朝停在前面的马车走去。沈爻上了马车，领头那人跟了进去，其余二人动作利落地跳上马车，挥鞭驱马，马车扬长而去。

陈十六满腹焦虑地凝望着远去的马车，不停地责备自己无能。

…………

马车飞速前行。

沈爻气定神闲、稳坐于位，可心情却非表面这般平静，他一直在思考若赵权真对自己治罪，该如何应对。如此想了一路，也没想到应对之法，目前只能走一步看一步了。

马车行至宫中。

沈爻随着三人下了车，踏着青石板往前走，这路越走越陌生，沈爻心中不由忐忑起来，走了约莫半炷香的时间，三人在一处幽静的别院门前止步。

“沈先生，皇上在里面等你。”

沈爻心中不安地点了点头，迈着步子走了进去，只见这院子实在惬意，满地翠绿新竹，远远一座凉亭，凉亭被小湖包围，只有一座竹桥通往其中。赵权一脚踏着凉亭栏杆，弓着腰正往水里丢食，水里的鱼蹿腾而起，一口咬住抛下的食物，没入水中。

沈爻隔着小湖，距离稍远，喊道：“草民沈爻参见皇上。”

“过来说话。”

赵权头也没抬，淡淡说了句，继续丢手里的食物，将最后一块肉丢掉后，他拍了拍手，转身凝望着踏着竹桥走来的沈爻。这竹桥与水面齐平，身子上去，湖水漫上来，脚底如浮在水面一般。

沈爻稳步走着，突然，一条张着大口、露出锯齿的鱼从水下蹿了出来，朝沈爻直飞而去，锯齿发出“咔咔咔”令人发毛的声响。沈爻慌乱中稳住心神，脚尖轻点竹桥，身子凌空跃起，抬脚踹去。

“砰！”

一脚击中。

鱼儿被踢入水中。

沈爻尚未站稳，水下又蹿出一条，他哪里有丝毫迟疑，又是一脚，身影快速地踏过竹桥，跳上凉亭，望着不断从水中冒起的鱼头，心里发毛。

“知道这玩意儿吗？”赵权淡淡问道。

“草民才疏学浅，从未听闻。”

“这并非我朝境内之物，古人书中也未有记载，你不知并不为奇。此物能食人，故而叫作食人鱼。”

赵权嘴角泛起一抹笑意，意味深长地瞥了沈爻一眼，继续说道：“食人，实在凶残；不过，在朕这儿，它还没吃过人。沈爻，你不会想成为它们吃的第一个人吧？”

“草民不明白圣上何意。”沈爻惶恐道。

“不明白？”

赵权淡淡问了句，笑着说道：“那朕告诉你，昨日你查到那老宫女，又去她家，说明你已查到线索，为何昨日不将那老宫女带来见朕？却让她今日在刑部大堂信口雌黄？”

“草民冤枉，昨日草民确实查到浣灵，可并无证据，直到今日一早才罪证确凿，可晚了一步。”

“那便是你办事不力。”

赵权一脸漠然，脸色突然阴冷起来，继续说道：“朕容不下蠢材，更容不下坏朕事的蠢材。”

沈爻心中冷汗直流，听皇上这话，已动了杀心，他拼命地思考应对之策，各种想法从他脑海中一一闪过，却都被推翻。

这里是皇宫。

皇上想杀他，他无路可走。

第 23 章　皇命

一念是生，一念是死，这一念全取决于皇上。世上最难之事莫过于改变他人的想法，况且要改变的是拥有至高无上权力之人的想法。

这简直比登天还难。

沈爻压着脑袋，表面看似波澜不惊，内心早已翻江倒海。终于，他想起先前的猜测，他肯定皇上会相信，自己这颗脑袋保住了，只是……只是此话一旦告知皇上，怕是会有更多的人牵连其中，以浣灵为婧妃娘娘所做一切的决心，她的下场将会求生不得求死不能。

呵……他人的生死与自己何干?

自己都已无路可走，哪有工夫悲天悯人?

沈爻不由嘲笑自己何时竟变得怜惜他人性命，怎么跟陈十六似的?他缓缓抬起头，回道："皇上，草民怀疑浣灵只是一枚棋子，另有他人想查婧妃案；或许，查婧妃案也只是个幌子。"

赵权脸色愈发阴沉，冰冷的眸子直直地盯着沈爻，冷冷说道："沈爻，你以为你如此说朕便会饶了你?"

"草民不敢。"沈爻吓得连忙低下头。

"说说你怀疑的依据。"

"据浣灵交代，她目睹马夫张赟制伏冯迁之后，顺手带走马车。冯迁在深夜被马夫所杀，前后相差两个多时辰，浣灵一直等了两个时辰，这实在说不通。若草民是浣灵，目的是想重查婧妃案，却无直接证据证明冯迁曾向婧妃下毒，草民会带走冯迁逼问他当年是否对娘娘下毒，留下冯迁的证词之后，再将冯迁的死制造成与婧妃的死一模一样，让衙门查到自己，彻底推翻水鬼杀人的说法。可浣灵并没有这么做，反而等马夫张赟以斧头杀死冯迁，先不说她确不确定张赟定会杀了冯迁，就冯迁身上有伤与婧妃娘娘的死状不同这点来看，制造水鬼杀人一开始就有漏洞。”

“这说明什么？”

“草民推测那两个时辰浣灵并非在等张赟杀人，而是去向幕后之人汇报。张赟的出现在计划之外，她担心带走冯迁会出事，不敢擅自行动，便将此事告知幕后之人，从幕后之人口中方才明白张赟计划杀冯迁，纵然冯迁被带走，张赟也不会主动交代自己绑架冯迁的事。她立即赶回去，只是没想到冯迁已被杀害，她只得遵照幕后之人的指示重新挖出尸体抛入河中。”

赵权凝望着压低脑袋的沈爻，脸上闪过一抹欣赏之色，这沈爻果真没令自己失望。如此看来，沈爻这枚棋子足以令自己稳赢这局棋，这枚棋子如此重要，自然要让他在这棋盘上搅下去。然而，他又如此敏锐，不得不防。

“你这颗脑袋暂且保住了。”

赵权板起脸，淡淡说了句，喊道：“来人。”

“微臣在。”

院门口的侍卫走到池塘边单膝跪地。

“去刑部，从那刁妇口中问出何人指使。”

“是。”

侍卫应答一声，利落起身，出了院子。

沈爻凝望着侍卫离开的背影，不知为何，心中竟有种负罪感。

“来，看看朕养的鱼。”

“是。”

沈爻压制住内心的不安，应了声，见赵权从石桌上的盘子里拿起血淋淋的肉块走向凉亭边，跟着走了过去。

赵权一脚踏着石阶，随手将肉块丢进池塘，肉块落水，食人鱼疯狂争抢、撕咬。

“这玩意儿虽然凶猛，却也并非毫无弱点，一旦离开水，它们再凶猛也无济于事，这是朕的池塘，朕给它水它便活，否则，便是死。”

沈爻不知如何搭话，他明白赵权话中之意，以池塘比江山，在他心中，何人是这凶残的鱼？何人又是鱼腹中之肉？或许只有赵权自己知道。如此想着，院子门口传来小太监的声音。

“皇上，安阳王、北定王求见。”

“让他们在御书房候着。”

赵权懒懒吩咐了句，走到石桌前，拿起毛巾擦拭掉手上的血迹，边迈着步子走上竹桥，边说道：“你也过来。”

“是。”

沈爻应了声，跟着赵权走上竹桥，只见水里的鱼儿又蹿腾起来，跳出水面冲向二人。沈爻心中惊慌，刚想上前为皇上抵挡，却见赵权闪电般从腰间抽出一把匕首，劈过蹿腾而来的食人鱼。一刀挥出，一条食人鱼断成两截，其他食人鱼疯狂地冲向同伴，瞬间将同伴的尸体吃个干净。

“将这池子填了。”

赵权走到门口，淡淡对侍卫吩咐了句，他一句话，这些食人鱼命已入黄泉，这便是皇上。

这江山中的百姓不亦是如此吗？

这便是皇权。

沈爻默默跟着赵权，不一会儿，来到御书房，只见安阳王、北定王已在门口等候。二人见到赵权身后的沈爻，不由一愣，却立即反应过来，连忙迎上前行礼。

“参见皇上。”

“参见皇上。”

“之前，皇叔一年半载也不曾来宫中坐坐，最近来得倒是勤，这才对嘛！皇叔就应多来宫中走动走动。”赵权意味深长地说道。

安阳王故作不懂，回道：“皇上说得极是。”

赵权笑了笑，不再多言，迈着步子走向御书房。

安阳王、北定王相视一眼，跟了上去。

沈爻默不作声地察言观色，心中猜想两位王爷应是先前为陈十六恢复身份与皇上闹得不愉快，这才不招皇上待见。如今浣灵去刑部为婧妃喊冤，京城上下闹得沸沸扬扬，陈十六是婧妃之子，两位王爷如何会放过这个机会？皇上哪里能高兴得起来？沈爻心里想着，在门前止步，他一介草民，未经皇上传召，哪里敢跟上去？

赵权走了几步，似乎想到沈爻，扭头瞥了一眼，说道："你也来。"

"是。"

沈爻应了句，跟在安阳王、北定王后面进了御书房。

赵权边走边说道："皇叔、六弟，今个你们莫不是还是为了陈十六而来？朕记得那日已经说得很清楚了。"

"皇上的话，臣弟铭记于心。"

赵辰恭敬地回了句，继续说道："臣弟与皇叔今日前来并非为了陈十六，而是为了婧妃娘娘当年的案子。"

"就因为那老宫女在刑部说了一番信口雌黄的鬼话，你们便来烦朕？"赵权面色不悦地问道。

"皇上已经知道了？"

"世上有朕不知的事吗？"赵权意味深长地反问道。

安阳王、北定王听出皇上此话的意思，二人去刑部找前史官文征早已入了皇上法耳，不过，二人对此并不在乎，皇上虽心中不满，也不会明说，更不会因此降罪。他们进宫主要是为了婧妃娘娘的案子，北定王装作不知皇上话中之意，继续说道："既然皇上已知，臣弟恳请皇上下令重查婧妃案。"

"恳请皇上重查婧妃案。"安阳王附和道。

"重查？为何？"

"皇上，当年，冯迁暗中在婧妃娘娘药中下毒，有杀害娘娘的嫌疑。浣灵自首，水鬼杀人的说法不攻自破，娘娘的死可能另有隐情；再者，朝廷内外有数十宗水鬼杀人的案件，若这些案子不查清，京城内外就会人心惶惶，对朝廷能力存有怀疑。”赵辰苦口婆心地劝说道。

“证据呢？”

赵权反问了句，继续说道：“那老宫女自首，冯迁被水鬼害死的说法确实不攻自破，可如何能说明其他人不是被水鬼害死？这其中也包括婧妃娘娘。”

“皇……”

赵权抬手制止，继续说道：“至于六弟说京城内外会因这刁妇在刑部大堂信口雌黄弄得人心惶惶，六弟就不用担心了，朕已派人去大牢了，相信那刁妇会收回不实之言，百姓怎么会怀疑朝廷的办事能力？”

“皇上，切不可屈打成招。”赵辰激动地说道。

赵权顿时暴怒，怒喝道：“赵辰，朕就是如此昏君吗？”

赵辰吓得当即跪地，慌乱说道：“臣弟失言，请皇上恕罪。”

“婧妃是十六皇子的生母，朕知你们是为了十六皇子，但凡事讲求证据，你们找出人证证明陈十六是十六皇子，朕还容得下一个弟弟。至于婧妃案，大理寺当年查了，毫无人为迹象，而且，水鬼已除，这些年未出水鬼杀人之事。如今事隔久远，这刁妇拿出来说事，莫不是他国乱我京城安稳的诡计？这几年来，我朝与辽国频频交战，他们节节败退，保不齐正是他们的拙劣之计。”赵权淡淡说道。

“皇上，那老宫女在宫中多年，怎会是他国奸细？”

“六弟，你可知朕每年在宫中揪出多少奸细？”

赵权淡淡问了句，不等赵辰回话，继续说道：“朕告诉你，六七十人，对手的手段远比你我想象的要奇诡。”

赵辰还想再说，安阳王赵晗上前一步，打断赵辰。

“皇上，北定王只是不希望出现冤假错案，有损皇上圣明。既然皇上已有打算，老臣与北定王就不为皇上分忧了。”

“朕一直想请皇叔为朕分忧，可皇叔逍遥，不理朝事，这次皇叔既然如此热忱，也好，朕已派人审问那刁妇，皇叔、六弟，你们陪朕等消息。”

赵权笑着说道。

“微臣遵旨。”安阳王、北定王异口同声回道。

赵权脸上浮现出满意的笑容，提议道：“皇叔，朕许久未与你下棋，今日无事，你我对弈一局，可好？”

“听皇上的。”

“备棋。”

赵权吩咐下去，不一会儿，太监备好棋，赵权、安阳王棋盘前落座，沈爻、北定王立于两旁观望。

赵权手持白子，先行落子，首子落于天元，沈爻三人皆是一愣，金角银边草肚皮，首落天元，运用不好便成孤棋甚至被鲸吞，敢走这步，实在需要极大的勇气。不过，若是运用得好，将会令对手颇有压力。

果然，几招过后，赵权打入，打法愈发肆意。安阳王虽稳扎稳打，却备感压力，不过，安阳王局已布妥，并不见得会输，二人旗鼓相当。似乎这小小的棋盘已成为二人厮杀的战场，一攻一守，一张一弛，不到最后一刻，谁也不知胜负。

如此下了一个时辰，白子已领先十子。不过，黑子并没有颓败之势，从布局来看，或有转败为胜之机。

安阳王食指、中指夹着黑子落下，吃掉赵权三子，黑子已开始反击，又吃赵权两子，如此一路杀伐，胜负恐怕已分。

不对！

沈爻盯着棋盘，隐约觉得哪里不对，安阳王将赵权两子吃掉之后，棋盘局势突然大变。

安阳王捡起白子，已看出眉目，苦笑道：“皇上棋艺精湛，我认输。”

“皇叔打法太过规矩，人在变，局在变。”赵权淡淡说道。

沈爻凝望着赵权，心里如翻江倒海，他愈发觉得面前这位皇帝每次见面都能令他有种重新认识的感觉。他狠辣、凶残，他又睿智、洞察一切，他首下天元，打法肆意，似真似假，暗中布局，从一开始，对手就已不知不觉入了他的局。

他到底是个什么样的人？

“微臣拜见皇上。”

御书房外，侍卫的喊声打断了沈爻的思路，他回过神，见那位被赵权派去审问浣灵的侍卫已回来。

那浣灵怎么样了？

“说。”

“回皇上，那宫女自杀了。”

自杀了？

沈爻突然觉得心如刀绞，他明白浣灵为何如此做，她在刑部大堂道出婧妃娘娘的案子另有隐情，此事关乎皇宫，必定引来一番逼问，若她受不了酷刑，屈打改话，便再也无法令婧妃案重查。可一旦她死，朝廷为平息百姓恐慌，只能重查此案。

她早已想好，可沈爻心里依旧感觉是自己将她推向死亡边缘。

“死了？”

赵权面色阴沉，淡淡问了句，这才令沈爻从难过中回过神，他要看皇上会怎么做。

“是。”

侍卫回了句，继续说道：“她死前还在大牢墙上写下血字——婧妃娘娘死不瞑目。”

“皇……”

赵辰听不下去，正要开口，赵权不发一言，抬手制止，下令道：“沈爻，接旨。”

沈爻回过神，立即跪下。

“朕命你为大理寺少卿，重查水鬼杀人案件，无论宫中，还是市井，凡是水鬼杀人的案件一并查清。”

“微臣领旨，谢恩。”

第24章　乱局

那一枪直刺胸口，虽然万筠灵及时以手阻止，但伤势并不轻。之后，她又一路奔逃，导致气血翻腾、血流不止，差点失血昏厥，好在及时赶到医馆医治，方才保住一条命，饶是如此，也昏迷了两日才苏醒过来。

此行发生之事，她记忆犹新、满腹忧虑，她记得陈十六与女子间的谈话，陈十六自称皇子、主子，女子并不反驳。她记得院门之上的十六院牌匾，她记得十六院内搜到的大内侍卫腰牌，如此不难推测，这十六院与皇宫定有着千丝万缕的关系，会是什么关系呢？

万筠灵心中猜测颇多，认为其中最符合的可能便是当年十六皇子由大内侍卫护送离宫，可中途出了差池，大内侍卫无奈与十六皇子分开，丧失了踪迹，多番找寻无果，便创下十六院期待有朝一日见到十六皇子。

若真如此，此事绝不简单。

宫中当年发生了何事？是谁制造十六皇子染病身亡的假象，又暗中派大内侍卫把他护送出宫？为何要如此做？大内侍卫为何创立这神秘的十六院？是否另有企图？是否关乎朝廷？

万筠灵深感此事关系重大，必须查清，可已打草惊蛇，再潜入十六院调查已非明智之举，唯有从此事源头查起。可又关乎陈十六，便是与沈爻有关，此事尚且不清，其中又纵横交错，一言不慎，后果难以预料，唯有先秘密调查、取证。

可如何查？

虽知十六院中有人出自皇宫大内，能够推测出他们离宫之时应在十六皇子“染病身亡”前后，可他们具体是谁？既然布下如此大的局，定会做得严丝合缝，他们的身份恐怕已做妥善安排，如何调查？突然，万筠灵灵光一闪，想起一事——中年男子长枪刺来，她抓住刺入胸口的长枪。

长枪上有字。

花应天。

这或许是其中一个大内侍卫的名字。

万筠灵想通这点，不顾刚止住血的伤口，立即雇了辆马车返京，马车走的是官道，虽然距离远了些，时间长了些，但道路平坦，对伤势影响较小。如此行了两日，方才到了京城地界，万筠灵掀开车帘，遥望着越来越近的京城城门，思考着面对义父该如何隐瞒十六院之事、“解释”受伤之事。

“嗒嗒嗒！”

“铃铃铃！”

突然，后方传来夹杂着铃铛声的急促马蹄声，万筠灵的思绪被打断，她扭头望去，只见衣着便服的汉子风尘仆仆，在官道上策马狂奔，马戴铜铃，这是急递驿的标志，会是哪里传递的加急信函？又是传递何事？万筠灵如此想着，骏马从旁闪过，她望了一眼，见那马背上的汉子满脸尘土，额头渗出豆大的汗滴，汗水顺着脸颊下滑，与尘土混合，脸一道灰一道白，这一脸厚厚的尘土，汉子定经历了强力的风沙。而且，汉子衣着厚实，衣角磨损，露出少许绒毛，从色泽来看，应是羊绒，这身衣着实在过厚，汉子应是从更寒之地而来，时间紧迫，无暇换衣。

塞北？

塞北乃极寒之地，风沙又大，这汉子应来自塞北。

塞北之地正是辽国所在，从塞北而来，又是传递加急信函，不难猜测，此人应属驻扎边疆的常胜军，莫不是边疆出了事？万筠灵如此想着，那汉子已打马进城，消失在视线中。

万筠灵收回思绪，重新坐回车中，过了一会儿，马车缓缓驶过城门，又在城中行了段路，拐入街道，六扇门已在前方。万筠灵掀开车帘，远远望见义父郭玉站在门前，来之前她曾传信于六扇门，只是没想到义父竟亲自出门相迎，心中满是感动。马车一停，她便从车上下来，迎了上去，抱拳喊道："义父。"

"回来就好。"

郭玉见到万筠灵，凝重的脸色才缓和了些，继续说道："先进去吧！"

"是。"

万筠灵应了句，跟在郭玉身后进了门。

郭玉朝大堂走着，扭头望了一眼万筠灵，见她呼吸不匀、步伐失了节奏，可见伤势不轻，关切地问道："出了什么事？怎么弄成这副样子？"

万筠灵早料到义父会问及伤势，虽已决定隐瞒十六院之事，可如今要面对义父撒谎，心中依旧难安，只得压低脑袋，回道："遇上了几个毛贼，一时不慎，着了道。"

郭玉突然止步，缓缓扭过头，神情狐疑地打量着万筠灵，说道："你行事素来谨慎，怎会犯如此错误？"

"筠灵知错。"

万筠灵生怕多言会令义父怀疑，立即低头认错。

"你不想说，我便不问。"

郭玉淡淡说了句，转过身，边往大堂走边继续说道："可查到是什么人劫持了陈十六？"

万筠灵一愣，不明白义父为何如此问，他不是不关心陈十六被劫吗？自己刚刚隐瞒了十六院的事，现在只能将这谎继续圆下去，似真似假地回道："筠灵无能，虽根据线索追了一路，可后来还是失去了他们的踪迹，又遇上那些毛贼，受了伤，没法追查。不过，我觉得那伙人行事谨慎，绝非等闲之辈。"

"可陈十六活着回来了。"

郭玉悠悠说了句，抬腿跨过门槛，走进大堂落座，见万筠灵站着，扬了扬头示意她在对面坐下，继续说道："他带伤回的京，身边还跟了个女子，回京之后便跟着沈爻查案，似乎被劫一事从未发生过。或许那女子救了他，二人联手将绑架之人灭了；也或许……他与绑架之人激斗之后达成了某种约定，被放了回来。”

万�灵心里疑惑丛生，陈十六离开十六院时并未受伤，他定是在回京的路上被人所伤，伤他之人会是谁？为何伤他？万筠灵想不明白，愈发觉得此事远比想象的复杂，可她刚隐瞒了十六院的事，此时如何开口向郭玉讲明陈十六并非被劫匪所伤？只得继续隐瞒。

郭玉端着茶杯饮了口茶，抬头望见万筠灵神情若有所思，手中的茶杯都未放下，关切地问道：“怎么了？”

万筠灵回过神，摇头答道：“哦，没事。”

“受了这么重的伤，还赶了两天的路，确实挺累，去休息吧！”

“是。”

万筠灵应了句，恭敬地说道：“义父，筠灵先退下了。”

郭玉端着茶杯凝望着万筠灵离开的背影，神情若有所思，直到万筠灵的身影消失在视线中，他才回过神，缓缓放下茶杯，喃喃自语道：“人一长大，这想法就多了。”

…………

青绿的盆栽摆满整个小院，它们的形态虽各异，却都蕴有苍古雄奇之感。满头白发的老者正弯着腰、手持剪刀修剪一株小叶紫檀，他神情专注，下手小心翼翼，不一会儿，小叶紫檀木豪迈雄劲的形态已成。老者放下手中的剪刀，弯着腰欣赏着自己的杰作。

“老爷。”

老管家的喊声响起，老者头也没转，双目盯着小叶紫檀木，悠悠问道：“塞北派来的信使入宫了？”

“是，半个时辰前刚入宫。”

“那此刻皇上应已知晓塞北之事了。”

老者悠悠地说了句，歪了歪脑袋，从侧面打量着他亲自修剪的小叶紫檀木，似乎要确保这株小叶子紫檀木没一丝瑕疵。

“恭喜老爷，大少爷、三少爷此次迎击辽军大获全胜，皇上必会重赏。”

“那是他们的职责。”

老者语气略带不悦地回了句，左手扶着腰间，动作艰难地直身，他的腰曾受过重伤，如今又年事已高，弯腰、直身都颇为困难。老管家连忙上前搀扶着老者直起身，老者的身躯似乎瞬间变得高大，后背挺直如乔木，哪有一丝老人的伛偻之态？那张挂满皱纹的脸满是沧桑，不带一丝慈祥，尽是威严之色。

他统领常胜军，在苦寒之地守卫国土数载，与辽军对战几十次，将辽军死死地阻于国土之外，他正是当朝皇帝赵权的亲舅舅——曹睿。

曹睿接过老管家递来的手帕，擦了擦手，随口问道：“近日闹得京城沸沸扬扬的冯迁被杀案如今什么情况？”

“昨日另一名犯人去刑部自首，交代抛尸经过，表示所做一切是因当年婧妃并非水鬼所害，而是与冯迁有关。之后，这犯人在牢中自杀，事后不久，皇上命沈爻重查婧妃案。”老管家边接过手帕边回道。

“重查婧妃案？”曹睿诧异地问道。

“是啊！”

老管家应了句，继续说道：“小人也不明白，当年婧妃娘娘遇害，大理寺沈复亲查，毫无人为迹象，后请巫师作法，灭了那水鬼，再无人遇害，这才断定此案并非人为，怎么又说婧妃娘娘是被人害死？”

曹睿若有所思地说道：“那是因为陈十六出现了。”

“陈十六？与他有何关系？”

“传闻他是当年病故的十六皇子，安阳王、北定王曾上表恢复陈十六的身份，却被皇上以证据不足拒绝，而十六皇子的生母是婧妃。”

“老爷认为有人想借着查婧妃案恢复陈十六的身份？”

“如此简单就好了。”

曹睿悠悠回了句，缓缓抬起头仰望着阴沉的天空，过了许久，语气低沉地喃喃自语道：“这阴谋的味道在将军府都能闻到。”

老管家一脸不解地望着曹睿。

第 25 章　上任

入大理寺，查婧妃案，沈爻期待已久之事终于成真了，可不知为何，他心里却有种说不清道不明的感觉，似乎……似乎这些早已被计划好，先前调查冯迁案只不过是为了将这潭水搅浑，好令自己在最恰当的时机入局。

那是谁在布如此迷局?

皇上?

沈爻不由想到“百变”的皇上，那场与安阳王的对弈令他对残暴、随性的皇上有了新的认知，这皇上深谋远虑、城府极深，绝非等闲之辈，可皇上为何如此做? 沈爻猜不透，他不喜欢这种被人算计又无能为力的感觉，可转念一想，那又如何? 他的目的已达到，纵然暂时沦为他人手中的棋子又有何妨? 他如今要做的是查清婧妃案，找到祖父隐瞒真相的原因，为陈十六找出害死他娘亲的凶手。

“沈先生一入庙堂，便位列四品，前途无量啊！”

沈爻领旨、谢恩后，便与安阳王、北定王一同离开了御书房。一路上，二位王爷走在前面闲聊，他在后面默默揣测整件事，没想到北定王突然与自己谈话，他的思绪被打断，回过神，放眼望去，只见北定王扭头瞥了自己一眼，又将头扭了过去，若无其事地继续往前走。沈爻正要搭话，又听北定王悠悠说道：“本王说过，先生入仕，定是社稷之福。当日先生表示并无此志，没想到不足半年，先生便居于庙堂，真乃计划不如变化。”

“王爷谬赞，在下除了查案，其他一概不懂，如何谈得上社稷之福。”

“不懂? 呵呵……先生还真是过谦。”

赵辰笑了笑，继续说道：“先前先生的那份恩情，本王不曾忘记，亦明白先生素来只为查清真相，不问凶手何人。不过，这宗案子关乎皇室，本王与皇叔都是皇室一员，还望先生查清真相及时告知，本王与皇叔感激不尽。”

沈爻明白，北定王是担心此案如狐仙案——真相被掩盖。如今这已不是一件简单的案子，而是两股势力的对峙，自己正卷在这巨大的旋涡之中，他一时不知如何回答。突然，一言不发的安阳王开口道：“沈先生的威名本王早有耳闻，定能查清此案，若是查案途中遇到阻碍，大可来找本王，本王虽是个闲散王爷，可说的话还有点分量。”

棋局已开，自己这颗棋子成为这盘棋的关键，安阳王是在给自己开定心丸。

沈爻岂能不懂，感谢道：“在下多谢王爷。”

“本王等你的好消息。”

三人说到此处，已到宫门。

沈爻连忙止步，抱拳说道：“恭送两位王爷。”

安阳王、北定王一同上了马车，马夫扬鞭，马车扬长而去。安阳王率先开口问道：“陈十六先前被劫之事，我有所耳闻，此人视若无睹，纵然此案关乎陈十六，真遇险阻，恐怕此人不会为了陈十六犯险。”

“皇叔说得对，此人似乎能舍弃一切，总给人在暗中筹划什么的感觉，此案虽由他查，可为了陈十六，我们也需密切关注，实在不行，捷足先登。”北定王忧心忡忡地说道。

“从陈十六入手呢？”

“不可。”北定王摇了摇头，继续说道，“陈十六性情单纯，对事非黑即白，对沈爻又极为崇拜、信任，若你我这时说沈爻坏话，免不了令他生厌。”

“不知经历此案是否能让陈十六有所认知。”

“皇叔不喜这人？”

“墙头之草，迎风而倒，何人会喜？”

…………

沈爻站在宫门口，凝望着逐渐远去的马车，心中揣测颇多，过了好一会儿，才回过神，迈着步子走到马车前，吩咐马夫回上爻堂。

马车刚在上爻堂门前停下，陈十六已跑了过来，边搀扶沈爻下车边问道："先生，皇上没为难你吧？"

"没有。"

陈十六不信地问道："只言片语的责备都没有？"

"没有。"

沈爻边往里走边不耐烦地回了句，抬脚跨过门槛，想了想，说道："皇上已下旨让我重查你娘的案子。"

"真的吗？"

陈十六欢喜得差点跳起来，可转念一想，觉得不对，嘀咕道："奇怪，这皇上怎么突然变得好说话了？"

沈爻并未搭理，迈着步子进了庭院，陈十六过了好一会儿才反应过来，见先生走远，快步追了上去，继续问道："先生，那浣灵大娘呢？皇上既然已答应重查我娘的案子，那大娘没事了吧？"

"她……"

沈爻想到浣灵自杀，忍不住止住脚步，犹豫了一会，才说道："她死了。"

"什么？"

陈十六一脸不信，他从刑部离开才不过两个时辰，人就死了，那可是刑部大牢，谁能杀人？除非……陈十六想到了皇上，气得双拳紧握，扭头要走，沈爻见状，一把将其拉住，问道："你干吗去？"

"我要给大娘报仇。"

"找谁报仇？"

"除了皇上，还能有谁？"

"你觉得凭你之力能活着走进宫门？"

沈爻没好气地训斥了句，见陈十六一身杀气毫无减少，知道他认定之事必然拼尽全力，难以劝说，深深地叹了口气，说道：“她是自杀。”

“自杀？怎么可能？”

“若非自杀，令公堂之上的言语成为最后遗言，皇上如何会下令重查你娘的案子？浣灵是在用命让你娘的案子重查。”

陈十六表情微变，神情复杂，眼眸不由湿润起来，浣灵为了能查他娘的案子，不惜以命做交换，他心里不是滋味。

沈爻知陈十六性情，也不知如何劝说，拍了拍他的肩膀，安慰道：“只有查清你娘的案子才不枉费她以命争取来的机会。”

陈十六抽了抽鼻头，伸手抹去眼泪，双腿一弯，“砰”地跪在地上，恳求道：“求先生定要查清我娘的案子。”

…………

婧妃案已过十九载，年代久远，想要查清并非易事，目前此案唯一的线索便是婧妃案的卷宗。天章院记载婧妃的卷宗，沈爻阅览过，主要记载婧妃之人，类似生平记事，而非案情细节，一切查案的细节卷宗都由大理寺存档。

大理寺。

祖父当年任职之地。

沈爻虽从未来过，可想到祖父在此办公，心里不免泛起涟漪。

当年，沈家一案，祖父门下数人受到牵连，如今在大理寺任职的官员没几个与祖父熟稔，除了大理寺卿徐淳。此人并非祖父门生，是由人举荐入的大理寺，沈家的案子并未牵连到他。

祖父对此人评价颇高，心思缜密、独具慧眼，如今徐淳刚过不惑之年，已做了大理寺卿，实在了得。当年，祖父曾邀徐淳入府，沈爻与之见过数次，不过，事情已过十二载，纵然对方记忆力超群，也不见得能认出一二，可想到日后朝夕共事，沈爻心中难免不安。

“沈先生之名，本官早已有所耳闻，皇上慧眼识珠，不拘一格，先生入大理寺乃是百姓之福。”

徐淳磁性的嗓音响起，沈爻思绪被打断，微微抬头，见徐淳目光已从任命文书上离开，正盯着自己，连忙回道："大人谬赞，下官愧不敢当。"

"最近京城冯太医案，本官略有耳闻，皇上旨意，本官已知。不过，却有些疑虑，先生也认为婧妃案另有隐情？"

"回大人，此案是否另有隐情，下官需查证之后方可回大人。"

"沈先生可知此案当年由何人负责？"

"前大理寺卿沈复。"

"你知道？那你可了解沈复此人？"

"沈复乃当世神探，虽不似宋慈宋大人那般留与后人《洗冤集录》，可下官乃以查案为生，沈老前辈生平事迹耳熟能详，他老人家手下难出冤假错案。"沈爻语带崇拜地回道。

"这是先生的大好机会，若真查出此案另有隐情，先生必定闻名天下。"徐淳阴阳怪气地说道。

"大人，下官是奉旨办事。"

"王主簿。"

徐淳没搭理沈爻，望向站在一侧的大理寺主簿王朴，吩咐道："为沈大人安排办公之所，凡沈大人所提要求，竭力满足。"

"是，下官这就去办。"王朴应道。

"多谢大人。"

沈爻作揖答谢，告辞道："下官先行告退。"

沈爻、王朴一同退了出去，沈爻脑海回想着刚才之事，徐淳似乎对自己重查此案非常不满，语气中都带有讥讽之意。他记得婧妃案时徐淳尚未与祖父相识，他并未参与此案，更不可能知晓此案隐情，那是为何？

"沈大人。"

沈爻听到王朴唤声，回过神，问道："王大人，怎么了？"

王朴脸上堆着笑容请示道："大人，办公之所尚未清扫，大人不如先去内堂饮茶，稍作歇息，一会儿便好。"

沈爻一刻也不想等了，吩咐道："歇息就不用了，皇上命本官尽快查清婧妃案，此事刻不容缓，本官还是尽快查阅当年婧妃案的卷宗。"

"沈大人不辞劳苦为皇上分忧，实在令下官钦佩。"

王朴谄笑着恭维了句，继续说道："大理寺案卷都存放在藏卷阁，下官这就带大人前去查阅，请。"

"请。"

第 26 章 徘徊、误会

卷宗封面已泛黄、尘土覆盖，王朴瞪了一眼递上卷宗的下属，率先接过来，拍了拍上面的尘土，见干净了许多，这才双手递给沈爻。

“沈大人。”

沈爻神色漠然地接过卷宗，轻轻翻开，苍劲有力的字迹映入眼帘，这是祖父的字迹。他凝视着这熟悉的字迹，脑海中不由浮现出祖父的模样，祖父慈祥，常抱着自己讲故事，可在读书、识字上又颇为严厉。祖父曾告诫自己，书要读，要多读，只有书读多了，你才能看到别人看不到的东西。他当时不解，现在他读了很多书、经历了很多事，明白了祖父那些话的意思，祖父所说的东西包括很多人，还有局势。

这些记忆涌现脑海，沈爻的眼睛不由湿润起来。

王朴望了沈爻一眼，见对方眼睛湿润，不安地问道：“沈大人，您这是？”

沈爻闭上眼睛，借机收敛释放的情绪，心中暗怨自己，都十二年了竟还如此沉不住气，表面若无其事地回道：“眯眼了。”

王朴气得狠踹了一脚那下属，骂道：“愣着干吗？还不赶紧取些清水来为大人洗眼？做事总是这般不利落。”

“不用了。”

沈爻眨了眨眼，装作好了许多，说道：“这事哪能怨他，好了，王大人，既然婧妃案的卷宗已找到，本官就先带回去，可有章程？”

“大人签个字即可。”

王朴回了句，示意藏卷阁的管事去拿书薄，继续说道：“大人的办公之所也该打扫好了，下官带大人前去。”

“好。”

沈爻签了字，带着卷宗，出了藏卷阁。

王朴在前带路，二人穿过了几个庭院，沈爻在王朴的带领下来到一处清幽的小院。

“大人，这便是您的办公之所。”

“此地不错。”

“大人喜欢就好，大人再看看屋内，若有什么地方不妥，或是需要置办些什么，大人告知下官，下官立马差人去办。”

沈爻微微点头，迈着步子进了屋，里面整洁、简单，对着门口摆放着几张椅子，左侧摆放着可休憩的卧榻、饮茶的小桌，右侧放了张公桌，后面一排摆着书籍的书架。

沈爻满意地说道：“不错。”

“那下官就不打扰沈大人了，下官先行告退。”

“本官就不送王大人了。”

“下官惶恐，下官告退。”

沈爻目送着王朴退出屋子，走出院子，瞥了一眼手中的卷宗，走到书桌前坐下。他轻轻翻开卷宗，一字一字认真阅读，案情与天章院的记载相差无几，婧妃身上没有中毒、受伤的迹象，死因是溺水。由于率先发现婧妃的是宫中侍卫，大理寺赶到现场时，现场颇为杂乱。不过，留下的痕迹几乎都有迹可查，除了率先赶到的一些人之外，并未出现他人的痕迹，而这些侍卫、宫女都已逐个儿调查，没有嫌疑，那凶手如何不露痕迹地杀人呢?

此外，卷宗备注中有一点引起了沈爻的注意，上面如是写道：婧妃娘娘的门齿缺了一小块，现场并未找到。

沈爻不由疑惑起来，此点既已备注，表明是处疑点，纵然现场未找到，应根据流程询问婧妃娘娘身边的人这部分牙齿何时缺失。而在天章院的卷宗以及浣灵口中并未提及此点。而且，祖父负责此案，若发现疑点，应在案卷中写明此点与本案有无关系，可上面仅写了门齿一块缺失，尚未查到，这不免有些古怪。

假使婧妃娘娘的那块门齿是在案发时缺失，应是碰到了坚硬物。可关键是婧妃娘娘身上无一处伤口，牙齿碰撞，必定会导致嘴唇受伤，难不成正因如此，祖父认为婧妃娘娘缺失门齿是之前导致，此点并非此案的疑点，并未进行调查？可为何又写入卷宗？

沈爻一时想不通，暂且将此点放在一旁，又关注之前一点——现场并无凶手任何痕迹，那凶手如何不露痕迹地杀人？沈爻起身，在房中踱来踱去，突然，沈爻灵光一闪——河水。

若凶手一直潜在水中，见婧妃娘娘在岸边，一把将其拉下来，溺死之后，在水中缠上头发，顺着河水游到远处上岸，现场便不会留下凶手作案的痕迹，而河水易将痕迹抹去，难以查证。可关键一点是，凶手如何确定婧妃娘娘一定会走到河岸边？

事情又回到原点。

正如浣灵之前的疑问——凶手如何知道婧妃娘娘那晚何时出寝宫？如今又多了一条——凶手如何保证婧妃娘娘一定站在河边？除非……除非凶手与婧妃娘娘约好。据浣灵交代，当晚娘娘表示天寒，命她去取衣，她才离开，这确实很像婧妃娘娘故意将其支开。

若以上推测无误，婧妃娘娘瞒着贴身侍女半夜与凶手秘密见面，可见要谈内容并非光明正大。难不成婧妃娘娘有把柄落在凶手手中，只是没想到凶手已计划杀人？如此看来，只能从婧妃娘娘当年做过何事入手了。

沈爻突然犹豫了，从得知婧妃娘娘此人以来，几乎人人称赞这位贤良淑德的娘娘，为她的枉死鸣不平，从未有人诋毁半分。在陈十六心中，他的娘亲纯洁高贵、完美无瑕，若查出婧妃娘娘与传闻不符的另一面，那陈十六……

…………

郊外。

八个膀大腰宽的劳力汉子正吃力地抬着实木棺椁下葬，这棺椁内躺的正是昨日在刑部大牢自杀的浣灵。今日一早，陈十六在花千语陪同下去刑部领尸，买了口上等棺木，又雇了这八个汉子抬棺。

大娘膝下无子，又是为了娘亲的案子重查付出生命，陈十六于情于理都应送大娘最后一程。他一袭素衣、腰系白布，凝视着缓缓下降的棺椁，心里五味瓶俱倒，却没有哭，他知道大娘不愿看到自己为她的死难过。

他要让大娘走得安心，所以，不能哭、不能难过。

棺椁缓缓落入坑中，汉子们麻利地收好绳索，抓起铲子准备填土。

“不用你们。”

陈十六开口制止，走上前，接过铲子，打发道：“没你们的事了，去领工钱吧！”

“是，大爷。”

领头汉子应了句，朝其他汉子挥了挥手，来到花千语面前，领了银两，边分给同伴边远去。

“大娘，谢谢您为我娘做的一切，我知道您最大的遗愿就是我娘亲的案子能真相大白。我发誓，一定找出害死我娘的凶手，无论这凶手是谁，我都会亲手杀了他为我娘报仇雪恨。”

陈十六对着坑中的棺木郑重立完誓，继续说道：“大娘，您请安息。”

说完，陈十六抓起铲子填土，一铲一铲土落在棺木上，逐渐将棺木淹没；花千语站在一旁默默地望着，她没上去帮忙，她知道这是陈十六在用自己的方式祭奠大娘。

填上土，竖好碑，摆上祭品，烧上纸钱。

陈十六跪在石碑前磕了三个头，站起身，离开，花千语无声地跟在后面。一路上，二人谁也没有说话，花千语知道陈十六心里难受，此时什么也不说才是最好的安慰。

“我没事。”

突然，陈十六冷不丁地说了句，花千语一愣，随即笑了笑，她知道陈十六真的没事了，心中的担忧也消失了，没好气地打趣道："那就别绷着个脸，你以为你是你家先生？"

"先生怎么了？"

"整天绷着一张脸，像别人欠他两吊钱。"

"先生那是高冷，你懂什么？"

"高冷？哼……说白了，不就是自命清高嘛！"

"我不准你这么说先生。"

"我想说，我就说。"

"你再说就把你赶回十六院。"

"腿在我身上，有本事你把我绑了送回去。"花千语故意挑衅道。

"你以为我不敢？"

陈十六知道花千语故意逗自己，不想让自己沉浸在大娘死亡的悲伤中，嘴角泛起一丝笑意，佯装吓唬了一句，追了上去，勾手一出，朝着花千语擒拿上去。花千语身子灵巧一闪，抬手挡了回去，撒丫子就跑。

"你别跑。"

"你不让我跑我就不跑？你是皇子了不起啊！"

花千语边说边回头朝陈十六吐了吐舌头，那模样着实可爱，陈十六心里泛起一股甜意，笑了笑，又追了上去。二人如此打打闹闹，一直到了上爻堂门口，只见上爻堂门前站着一个女子，此女子英姿飒爽，气势十足。

花千语发现陈十六见到那女子，脸上的笑容消失无踪，浮现出令人捉摸不透的复杂神情，心中不由疑惑这女子是何人，莫不是与陈十六有什么关系？

陈十六心情确实复杂，万锜灵杀了邱怡，自己却不能杀她为邱怡报仇。本想与此人划清界限，可后又听先生说自己被劫，万锜灵冒险追查，他真不知如何面对万锜灵。

万锜灵看出陈十六心中复杂，率先开口问道："沈先生可在？"

“先生在大理寺。”

陈十六丢下一句，走到门前，将门打开，迈着步子走了进去，可想想，又止住脚步，头也不回地说道：“先生应该快回来了，你可以进来等。”

“好。”

万筠灵爽快地应了句，走了进去。

花千语跟在后面，见二人一前一后走着，到了大堂，各自落座，也彼此不发一言，气氛着实怪异，这二人到底怎么回事？男女之间，莫不是情感纠葛？

万筠灵望了花千语一眼，不动声色地问道：“这位姑娘是？”

“花千语。”陈十六回道。

万筠灵继续打探道：“怎么从未见过？”

花千语听着二人一问一答，着实像闹别扭的一对，生怕万筠灵误会，连忙插话道：“我前不久刚与他结识，只是普通朋友，姑娘别误会。”

“误会什么？”陈十六一脸茫然地问道。

这愣头青。

花千语心里嘀咕了句。

第 27 章 联系

别误会?

万錡灵一时也未明白对方何意，望着花千语，见她正尴尬地对自己微笑，想了想，便明白过来，原来对方以为自己与陈十六有男女之怨，她不由莞尔一笑，回道：“怕是姑娘误会了。”

花千语一愣，俏脸的尴尬之色愈浓。

陈十六愈发疑惑地望了望二人，不解地问道：“你二人到底在说什么?什么误会？谁误会谁？”

花千语不想继续尴尬，故意凶巴巴地回道：“女子间才可懂的话，你问那么多干吗？”

陈十六被噎得扭头不理。

果然，唯女子与小人难养也！

万錡灵微微一笑，不再搭话，虽然她想打探十六院的秘密，可花千语刚才的回应似乎有意隐瞒此点，定是不想让人知道十六院的存在，若是多问，说不定会令对方生疑。

大堂又静了下来，一时间，气氛比先前还要尴尬。

这时，庭院传来稳健的脚步声，三人朝堂门口望去，远远望见沈爻迈着步子走来，纷纷起身相迎。

“万捕头？”

沈爻望见站在堂门口的万錡灵，不由一愣，心中一阵宽慰。先前，陈十六被劫，万錡灵前去追查，便失了消息，沈爻一直担忧、牵挂。可不知为何，不见时担忧，如今见到，沈爻又不想让对方知道自己为其担忧，故作漠然地问道：“万捕头何时回来的？”

“晌午刚到。”

“晌午？陈十六已回来多日，万捕头前去救人，怎么今日才回？莫不是迷路了？”沈爻打趣地问道。

万筠灵冷眼盯着沈爻，并不搭话。

“开个玩笑。”

沈爻笑了笑，扭头对陈十六问道：“今日去刑部领尸可还顺利？”

“有许大人帮衬，少了许多麻烦。”

常理来讲，犯人伏法，尸体理应由家属领回，只不过，冯迁抛尸案被皇上关注，抛尸案虽已查清，可如今又牵扯出一宗宫廷秘案，圣意未下，刑部扣着尸体可以理解。而陈十六重情重义，所行所为皆由心而发，刑部若扣着尸体不放，保不齐这天不怕地不怕的小子冲进刑部抢尸。

沈爻正是担忧此点，才找许慎帮办此事，先前许慎酒醉敞开心扉，沈爻觉得此人可交，故趁机欠他人情，令他觉得自己有意相交，也算一举两得。当然，这并非害他，皇上已下令重查婧妃案，浣灵的尸体对皇上来说已不重要，没有降罪之理。

“那就好，人安葬了吗？”

“已为大娘厚葬。”

陈十六回了句，心里牵挂娘亲的案子，正想开口询问情况，可话还没来得及说出口，沈爻已将目光转向万筠灵，示意对方落座，开口问道：“万捕头舟车劳顿回京，这刚回京城便来在下上爻堂，可是有事？”

“听闻先生已入朝官，位列四品，如此喜事，在下听闻定然立即前来祝贺。”

“贺礼呢？”

“啊？”

万筠灵愣住了，她对人情世故并不练达，平日来与沈爻相见也未曾备礼，来时尚未多想，只是刚刚沈爻又问及来此为何，不能直露目的，便以祝贺为由，着实没想到对方直言要礼，实在尴尬，不由回道：“先生以前收集奇珍异宝，如今又位高权重，在下只是一介六品小捕头，如何能拿得出入先生法眼的礼物？既然如此，不如不送。”

“万捕头前来祝贺，却不备礼，又能将理由说得如此清新脱俗，在下实在佩服。”

沈爻微微一笑，心中已猜出万筠灵此番前来定有要事，故意说道：“如今贺也祝了，那在下就不留万捕头了。”

“我还没说要走呢！”

“万捕头前来祝贺却不备礼物，难不成还想留下吃饭？”

“你……”

万筠灵被噎得一时语塞，老实回道：“我找你有事。”

“有事便说事，非要扯什么祝贺，万捕头何时变得表里不一了？还是说此事非同寻常？”

万筠灵不理沈爻揶揄，问道：“先生在查婧妃娘娘的案子？”

“是。”

“可否让我参与此案？”

“你？”

沈爻心中疑窦丛生，万筠灵刚刚回京，就主动要求参与此案，莫不是皇上暗指她来监视自己？不对，皇上应知晓自己与万筠灵曾有过合作，她之前又不在京城，突然回京便横插一脚，实在令人生疑。若皇上真想监视自己，绝不会如此行动，那万筠灵为何要求参与此案？

沈爻打量着万筠灵，问道：“为何？”

“此案由当世神探沈复定案，怕是铁证如山，若先生真查出一二，于在下将来查案定大有裨益。”

这理由说得合情在理，也像万筠灵性情，可沈爻总觉得并非这么简单，他一时也猜不透万筠灵到底想干什么，又实在不好拒绝，笑着说道：“万捕头如此有好学之心，在下岂会拒绝？”

“先生是答应了？”

“是。”

“多谢。”

万筠灵心里一阵欢喜，若能与沈爻一同查婧妃案，便可顺理成章入宫，进天章院查阅宫中侍卫卷宗，焦点齐聚于婧妃案上，谁又会怀疑自己在查宫中侍卫？别的方法并非没有，只是此事关系重大，谨慎为妙。

“万捕头主动协助在下查案，这答谢之人应是在下，只是不知万捕头主动相助是六扇门的意思还是……”沈爻故意试探道。

这沈爻又想给六扇门挖坑？

万筠灵见识过沈爻手段，不由多想，连忙回道：“只是在下的想法，与六扇门无关。”

沈爻意味深长地“哦”了一句。

万筠灵虽不知对方何意，但肯定对方正盘算如何拉六扇门下水，哼……恐怕这次善谋人心的沈爻谋划错了，万筠灵心中有些得意，又问道：“先生，这婧妃案在下以前有所耳闻，只是知道宫中有位娘娘被水鬼害死，至于细节尚不得知，不知先生查出些什么？”

陈十六早已想问，可一直搭不上话，见二人谈及母亲的案子，着急问道：“先生，今日您去大理寺入职，可查阅了我娘亲案件的卷宗？”

“看了。”

沈爻淡淡回了句，看完卷宗，他推测案情，心中犹豫要不要将推测的情况告知陈十六，又觉得目前仅是自己推测，还是先不让陈十六知道为好，说道：“此案卷宗记载详细，并无可疑之处，想要查清并非易事。”

万筠灵早已想到，毕竟此案已过去十九年，哪儿那么容易查清。

“先生可有调查的方向？”

“相同之案。”

“先生所说可是京城曾出现的水鬼杀人案件？这些案件确实与婧妃娘娘的案子一致，只不过，这宫中与宫外如何牵扯到一起？”万筠灵疑惑地问道。

“或许这就是解开此案的关键。”

…………

十九年，时过境迁，物是人非，当年轰动京城的“水鬼杀人”案件也随着时间的流逝逐渐被遗忘。不过，雁过留声，无论过去多久，事情发生了就是发生了，永远不会消失。

府衙。

府衙定会留有查案的卷宗。

说到查探消息，最厉害的当数芙蓉栈，只不过，此点小事，沈爻不想动用芙蓉栈的势力。

前日皇上那番话，沈爻记忆犹新，宫中每年揪出六七十个奸细，无论此事真假，宫中每年确实有许多宫女、太监无缘无故消失，这些人之中定有奸细。芙蓉栈虽有安插入宫的线人，只不过，基本处于蛰伏状态，没牵扯到任何的争斗，按兵不动自然难以露出马脚。但此时与以往不同，皇上对此案关注，甚至派人监视自己，一旦有所动作，保不齐宫中的线全部被斩断，还会牵连芙蓉栈，绝不能为此点小事冒险。

宫中、宫外，死者皆溺水而死、身上缠满头发，死状一模一样，而宫中与宫外难有联系，唯一的联系便是宫中的河水与云水河相通，或许正因如此，水鬼杀人比人为更能说得通。

之前，许慎请教冯迁案，讲起过水鬼杀人之事，沈爻对市井中的水鬼杀人之说有所了解，如今结合婧妃案的卷宗，他心中对宫内、宫外的数宗案件有了个大胆的猜想。

沈爻、陈十六、花千语来到府衙，万筠灵已在门前等候，彼此寒暄一番，一同迈向府衙。沈爻衣着大理寺少卿官服，门前的一名衙役早已先行一步前去通知府尹程智，另一名衙役领着沈爻几人往里面走，尚未到前堂，程智匆匆迎来，远远便拱手喊道：“下官程智见过大人。”

“程大人无须多礼。”

“谢大人，大人，里面请。”程智答谢了句，直起身说道。

“不必了，本官今日前来是为调查当年十数宗水鬼杀人案件，程大人，麻烦你派人整理一下卷宗，本官需查阅。”

“是，下官立即差人去办。”

程智应了句，唤了一名衙差吩咐了几句，又对沈爻说道：“大人，那些案乃是陈年旧案，整理卷宗怕要耽搁些时辰，大人不如去大堂饮茶等候。”

“麻烦程大人了。”

沈爻一行人来到大堂入座，下人端上茶水，饮了约一盏茶的时间，只见两个衙差各自抱着一摞发黄的卷宗进来，小心翼翼地将卷宗放于桌上。

沈爻放下茶杯，拿起一本卷宗翻开，上面如是写道：“天宗十六年，腊月十三日辰时，云水河中发现一具孩童尸体，孩童姓名楚阳，八岁，死因溺水，身上并无伤痕，却缠满头发，查证之后并无目击者……”

沈爻快速翻阅完楚阳的卷宗，又拿起一本，翻开。

“天宗十七年三月二十三日，有人前来衙门报案，在云水河中发现一具成年男尸，死者……”

沈爻又翻开下一个卷宗。

“天宗十七年五月十五日……”

“天宗十七年六月七日……”

…………

“天宗十七年八月十二日，此案与先前的案件相同，并没人为迹象……”

这十数宗案件死者症状一致，皆无目击者，丝毫线索都没有，无从查探。沈爻将十数宗水鬼杀人的案件卷宗一一翻阅完，缓缓合上最后一本卷宗，问道：“程大人，案卷中并未提及水鬼，如何判定这些案件乃是水鬼所为？”

“回大人，这水鬼杀人并非府衙所判，发生了一连串死人事件，府衙也做了措施，禁止百姓靠近云水河。可百姓心中惶恐，自发请道士作法，奇怪的是从那之后，再无此类案件发生，这水鬼杀人之说就这么传下来了。”程智苦笑着回道。

“道士作法是什么时候？”

“具体日子下官不记得了，只记得是在最后一宗案件之后，所以，百姓更加相信水鬼杀人之说了。”

沈爻脸色不由凝重起来，果然与猜想的一致。

第 28 章　假作真时真亦假

什么是真？

什么是假？

戏演多了，假也会成真，何况还有无知之人为这戏加墨添彩，就更像那么回事了。

此次府衙之行，并非一无所获，至少从查看的案件卷宗分析，情况应与心中猜想的一致。

沈爻见也查不出其他，便告别程智，带着陈十六三人离开，尚未出府，陈十六就迫不及待地追问。

“先生，这些案子与我娘亲的案子可有关联？”

“或许有，或许没有。”

“先生……”

陈十六对沈爻模棱两可的回答不满意，吸了吸鼻子，还想继续追问，沈爻突然在府衙门前止步，打断道：“你与花千语先回上爻堂。”

“先生呢？”

“我与万捕头去趟宫里。”

“我也要去。”

“回上爻堂。”

“为什么？”

花千语明白沈爻的意思，陈十六是流落在外的十六皇子，皇上恨不得杀之而后快。皇宫何地，一旦陈十六入宫被皇上知道，能否安全出宫都是问题。只是她不解沈爻为何不明说，不管如何，她要保护陈十六，自然不愿陈十六涉险，故意打断道：“你不是最听先生的话了吗？怎么此时不听了？”

“我……”

“回去。”

沈爻又命令了句，迈着步子朝门前的马车走去，万筠灵若有所思地跟了上去，二人先后上了马车。

马车缓缓朝皇宫驶去。

“回去吧！”

花千语见陈十六还在张望，唤了一句，拽着不甘的陈十六朝上爻堂的方向走去，直到二人远去，隐藏在胡同口的人才悄然离开。

…………

马车缓缓前行。

沈爻双眸微闭、一言不发地稳坐长凳。

万筠灵不知他在想什么，默默打量了许久，忍不住开口道：“先生有事瞒着在下？”

沈爻缓缓睁开眼，似笑非笑地望着对方，不答反问道：“在下有事瞒着万捕头难道很奇怪？万捕头，你我之间的关系似乎还未到袒露心迹的地步，难道万捕头就没有事瞒着在下？”

万筠灵被问得心虚，可未查清十六院的目的之前，此事绝不能说，于是她强词夺理地说道：“反正我不会害先生。”

“难道在下害过万捕头？”

“没有。”

沈爻望着小脸略带尴尬的万筠灵，不由笑了笑，说道：“万捕头，己所不欲，勿施于人。”

“在下多谢沈先生教导了。”万筠灵阴阳怪气地回道。

“不谢，在下好为人师，善教人理。”

“你……”

沈爻见万筠灵一脸气恼，美目狠狠瞪着自己，心里得意得想笑，可也知道打趣要点到即止，抬手掀开车帘，转移话题道："宫门口到了。"

马车缓缓停了下来。

沈爻二人从车上下来，走到宫门口，向侍卫出示御赐令牌，便进了宫，令牌在手，一路无阻，二人很快来到天章院。

万筠灵望着前方天章院的牌匾，表面虽波澜不惊，可心里乐开了花，以这种方式调查殿前司都检点花应天简直天衣无缝，任谁都不会怀疑。

皇上旨意——沈爻可翻阅天章院的卷宗——已下达天章院，天章院的管事不仅未加阻拦，还亲自带路，领着二人来到一间满是书架的屋子，解释道："沈大人，宫里的卷宗都按年限存放，您看，这里便是十九年前宫中所有的卷宗，婧妃娘娘当时居于婧安宫，前面那个书架上放的便是关于婧安宫的一切卷宗了。"

"宫中每日进出的人员可有记录？"

"自然是有。"

管事人应了句，四处望了望，指着远处一座书架，说道："那便是天宗十七年一整年宫中进出人员的记录了。"

沈爻迈着步子走了过去，手指拨着书脊一本本划过，找到天宗十七年十月初二、初三这两日的人员入宫、出宫记录，缓缓掀开略微发黄的纸张，上面记载着何人何时入宫、出宫，除了几个宫女、太监出宫办事当日即回之外，还有几个来宫中走动的皇亲国戚，可都在命案发生前离宫，未看出任何可疑之处。

沈爻对这个结果早已有所预料，若找出嫌疑人如此简单，此案最终也不会以水鬼杀人结案，他此次入天章院查阅卷宗只是顺道，查到线索更好，查不到也在意料之中，他真正的目的是甩开万筠灵。

此案表面看似一桩简单的宫廷旧案，可背后暗流涌动、盘根错节，沈爻不想成为任何人手中用来攻击对手的利刃，在未查清真相之前，他不想让任何人知道查案的进展，免得令人有可乘之机。他不知万筠灵有何目的，又无法拒绝万筠灵一同查案的要求，只能带着她，在不露痕迹之下引她到此案的旁枝末节，让她觉得在查此案，可实质上已查偏。

沈爻合上卷宗，扭头对万�灵说道：“万捕头，那就开始吧！”

“沈先生，我们要在这些卷宗中找什么？”

“线索。”

“什么线索？”

“自然是婧妃案的线索。”

“具体呢？”

“万捕头，你也是查案的老手，怎么会问如此愚蠢的问题？此案目前尚无丝毫线索，查案的方向都没有，需从婧妃以往的事情上找线索，自然要将关于婧妃的卷宗一一翻阅。”

“这些我自然知道，你就不能好好说话，非得显得技高一筹？”万筠灵愤愤地反问道。

“那就有劳万捕头辛苦查阅了。”

“哼……”

万筠灵脑袋一甩，不理沈爻，愤愤地拿起书架上的卷宗用力地翻阅。沈爻微微一笑，假装找线索地翻阅卷宗，如此过了约半个时辰，万筠灵已翻阅了十多本卷宗，沈爻感觉时机已成，将手中的卷宗合上，笑着说道：“万捕头，在下突然想起一事要处理，可这里也不能耽搁……”

“那你去吧！”

万筠灵正愁找不到借口赶走沈爻，又不能当着沈爻的面找花应天的卷宗，不然，以沈爻的敏锐定会发现自己另有目的，没想到对方主动离开，她自然乐意。

“那就有劳万捕头了。”

万筠灵如此好说话实在令沈爻诧异，不过，他也另有目的，便没有多想，向万筠灵行了个礼，便出了天章院。

万筠灵见沈爻离开，四处望了望，又见左右无人，走到放置天宗十八年的卷宗前，传闻十六皇子乃是天宗十八年病故，而花应天与陈十六有关，定在天宗十八年有记录，她一本本地翻阅，终于在翻阅第七本卷宗时发现了花应天的名字。

花应天，殿前司都检点，与其下十一名侍卫曾奉皇命秘密出宫执行任务，全部遇难。

这……

万筠灵神情凝重地盯着卷宗上的这几行字。

…………

走出天章院，沈爻神色从容地踏着青石板路行走，如闲庭信步，令人看不出他要做什么。遇见站岗的侍卫，他便出示令牌，前行之地非宫中禁地，他并未遭到阻拦。如此行了一路，站岗的侍卫已无，就连巡逻的侍卫，行走的太监、宫女也不曾见到一个，四周显得格外冷清。

沈爻在一处院门前止步，依稀嗅到空气中弥漫的焚香味，他透过半掩的木门朝院子里望了望，里面空无一人。他轻轻推开门，感觉一阵冷风袭来，不由皱了皱眉，迈着步子走了进去。他正对的是敞开门的正屋，里面昏暗、阴沉，青天白日又燃着几十支蜡烛都无法令里面明亮，仅能依稀看到里面供奉着一个个牌位。突然，旁边小厢房传来开门声，沈爻缓缓扭过头，见一妇人走了出来，一脸诧异地望着自己。

此地乃供奉后宫已故妃嫔牌位之地，沈爻衣着官服出现在此确实怪异。

“大人，此地……”

妇人朝沈爻行了个礼，正要开口，沈爻突然打断，冷冷问道：“你是红缨？”

红缨一愣，没想到对方叫出自己名字，难道是找自己？可自己不认识面前这位大人。她目光警惕地凝视着沈爻，满腹疑惑地点了点头，紧张地问道：“大人是谁？可是有事？”

沈爻二话不说，迈着步子朝红缨走过去，红缨吓得连唤了几句“大人”，可沈爻不理，从她身旁越过，径直进了厢房。

红缨不知这位大人要干什么，犹豫了一番跟了进去，焦急地喊道："大人，这里是供奉已故娘娘牌位之所，大人不应来此。"

沈爻理也不理，进了厢房，自顾自地张望，这厢房实在简陋，破旧的木桌上放着粗茶淡饭，连半点肉丝也没有。

"便吃这个？"

"是。"红缨点头应了句，不解对方到底想干吗，又开口问道，"不知大人有何事？"

"青灯常伴，粗茶淡饭，这日子真是了无生趣。"

沈爻嘴角泛起一抹笑意，喃喃自语了一番，又将目光望向红缨，问道："可想过出宫？"

"出宫？奴婢在宫中生活大半辈子，哪里适应外面的生活。"红缨苦笑着回道。

"为何适应？"

沈爻冷冷问了句，继续说道："置办个宅院，请两个丫鬟服侍，过锦衣玉食的生活，也算颐养天年。"

"大人，那需要银两。"

沈爻手中不知何时多了钱袋，随手甩在木桌上，袋口甩开，露出三锭明晃晃的黄金，说道："这些足够你在京城置办个院子，请几个下人，颐养天年。"

"大人是谁？想干什么？"

"大理寺少卿沈爻，问你几个问题。"

"这几个问题不简单？"

"问题是简单，就看你答得属不属实。"

红缨脸上满是犹豫之色，久久没有回应，沈爻也不着急，慢慢等着，约莫过了半盏茶的工夫，红缨开口道："大人请问。"

"婧妃娘娘死前可有仇家？"

"啊？"

红缨满脸惊愕，吓得尖叫一声，她如何也没想到对方竟问如此问题，在这皇宫内院问先皇已故妃子是否有仇家，这是要干什么？沈爻不理对方惊讶之色，目光直视着对方，继续问道：“回答属实，本官便可安排你出宫，你也不想老死在这宫中吧？”

“没有。”

“真的没有？”

“真的没有。”

“你不说实话？”

“回大人，奴婢说的就是实话。”

“那本官想听听当年后宫的情况。”

沈爻淡淡说了句，顺势坐在木凳上，仰头瞥了红缨一眼，做出一副洗耳恭听的样子。

第 29 章　暗藏杀身之祸

沉默。

红缨没说话，目光直直凝望着沈爻，过了好一会儿，她的目光开始涣散。沈爻知道，她开始盘算其中利弊了，终于，红缨似乎无法拒绝离宫与金钱的诱惑，缓缓开口道：“大人期待之事，奴婢猜出一二，只不过，恐怕令大人失望了。”

“说来听听。”

“古往今来，后宫争宠、争斗，以无耻手段对付他人之事数不胜数，但是凡事不可一概而论，先皇在位之时，后宫真的一片和睦。后宫中虽有一两个嫔妃背后算计，却逃不过当时尚是皇后的太后娘娘的法眼，惩治之后，无人敢再谋算什么。婧妃娘娘虽受先皇恩宠，却不恃宠而骄，待人很是宽厚、仁慈。太后大怀，并非小肚鸡肠之人，从未为难过婧妃娘娘，将这后宫打理得井井有条，可称得上母仪天下。一个皇后娘娘，一个受恩宠的贵妃，其他妃嫔哪敢越轨半分？”

“这么说，当年在这宫中皇后与婧妃关系最好？”

“两位娘娘关系是不错，可与婧妃娘娘关系最好的是熹嫔娘娘。”

“熹嫔娘娘？”

沈爻诧异地问了句，他从未听闻过熹嫔娘娘，继续问道：“熹嫔娘娘现在何处？”

“已故。”

“什么时候的事？”

“婧妃娘娘出事的前一年。”

“因何而死？”

“触犯宫规，被皇后娘娘赐死，奴婢知道大人在想什么，虽说婧妃娘娘与熹嫔娘娘姐妹情深，可毕竟熹嫔娘娘触犯宫规，婧妃娘娘又是识大体之人，并未因此埋怨皇后娘娘，两位娘娘只是逐渐疏远罢了！”

“那熹嫔娘娘犯了什么宫规？”

“这个奴婢就不知道了。”

“真不知道？”

“真不知道。”

“熹嫔娘娘在宫中情况如何？”

“奴婢明白大人此问之意，恐怕又让大人失望了。据奴婢所知，熹嫔娘娘并不得宠，与身处冷宫无异，若非在宫外便与婧妃娘娘相识，入宫之后常与婧妃娘娘走动，恐怕宫中都不识得这么个人；如此透明之人，若不是真犯了不可饶恕之罪，皇后娘娘怎会设局对付她？”

这些陈年旧事怎么看都不像与婧妃遇害有关，沈爻甚是失望。他本以为红缨常年服侍婧妃娘娘，又听浣灵说她善于巴结权贵、察言观色，定有几分聪明，说不定知道些婧妃的秘密，可惜还是一无所获。

“内藏库那边本官会派人知会，这些金子拿好了。”

沈爻没有问下去的兴致，语气淡然地丢下一句，起身出了厢房，红缨满脸欢喜、千恩万谢送沈爻出了门。

沈爻离开别院，心思凝重地走在青石板路上，思绪又回到案子上，这案子远比想象的复杂，查阅完卷宗，做出一番推测，认为凶手的杀人手法合情合理，可现在的问题是连个嫌疑人都没有。

起先，赵焕尔当众道出陈十六身世的秘密，表示婧妃是被人所害，宫中尽是腌臜之事；之后，赵权下令找出抛冯迁尸体的凶手，如何看都像杀人灭口。赵焕尔暗指赵权得到皇位充满阴谋与血腥，赵权有可能为保护母后掩盖真相，沈爻心里已认定凶手是当朝太后。

芙蓉栈在宫中的密探也传递过关于太后的情况，沈爻颇为了解，当年的皇后自从当了太后，便吃斋念佛，不问宫中之事，后宫之事全由如今的皇后掌管，可一心向佛并不表示从未做过恶事，或许是良心发现，忏悔过错。然而，今日听红缨一番讲述，似乎又不是那么回事。

陈十六被送出宫一事也颇为蹊跷，派人者竟是先皇，而陈十六从花应天口中得知，护送途中，黑衣人有意屠杀尚是婴儿的陈十六，那先皇以假死手段送十六皇子出宫，是不想见儿思妃还是预料宫中有人容不下这孩子？黑衣人的屠杀是揣摩错圣意还是斩草除根？这与婧妃遇害是否有关？

婧妃案背后错综复杂，沈爻早已预料到，可没想到竟如此复杂，他也知道只有查清十九年前宫中不为人知的秘密，此案才能真相大白。可查着查着又冒出个熹嫔娘娘，当年皇后与婧妃疏远便是因她，那她会与这宗案子有关吗？

目前也无其他线索，只能先查一查了。

沈爻心中想好，加快步伐朝着天章院走去，到了天章院，远远望见万筠灵盯着手上的卷宗，可走上前却发现万筠灵竟在出神，淡淡开口道："万捕头这是在发呆还是在查卷宗？"

"啊？"

万筠灵看过记载花应天的卷宗，一直在琢磨怎么回事，可思来想去都想不明白，突闻话声，惊得回过神，扭头看到沈爻，努力保持镇定地问道："你回来多久了？"

"有一会儿了。"

"我是在想这卷宗记载是否与案情有关。"万筠灵立即编了个谎话，回道。

沈爻假装相信地说道："这卷宗上写的什么？我看看。"

"也没什么，我想多了。"万筠灵随手将卷宗合上，岔开话题问道，"你去哪儿了？怎么这么久才回来？"

"久吗？在下怎么觉得没多久？万捕头似乎没看几本卷宗。"沈爻瞥了一眼地上已翻阅过的卷宗，笑着说道。

“我……”

“继续查阅卷宗吧！”

沈爻早就怀疑万�灵主动参与婧妃案另有目的，此时万筠灵异常的反应更证实此点，可对方不说，问了只会尴尬，不如不问，吩咐了句便迈着步子朝收藏天宗十六年卷宗的书架走去。熹嫔二十年前触犯宫规被赐死，卷宗里或许记载她犯了什么宫规，可以借此查出些当年的秘密。

“你干吗去？”

“查卷宗。”

沈爻头也没回地说了句，来到收藏天宗十六年卷宗的书架前，找到熹嫔娘娘的卷宗，看到卷宗的记载，沈爻愈发疑惑了，上面如是写道：天宗十六年九月二十七日，熹嫔娘娘触犯宫规，罪不可恕，赐予白绫。

卷宗上竟未写明熹嫔娘娘到底犯了什么宫规。

这太不合情理了。

熹嫔娘娘到底触犯了什么宫规？

若只是正常的触犯宫规被赐死，为何不写明触犯了何种宫规？难不成熹嫔被赐死另有隐情？沈爻愈发觉得此事怪异，又翻阅了几本记载熹嫔的卷宗，果然如红缨所言，熹嫔并不得宠，先皇几乎从未去过熹嫔宫中，熹嫔身边也只有一个宫女伺候，实在不像嫔妃的待遇。更为奇怪的是，这位宫女在熹嫔被赐死没多久也染病去世了。

这未免也太巧合了。

如果熹嫔娘娘被赐死另有隐情，而婧妃事后发觉真相，秘密约太后对质，没想到却遭到杀害，如此推测倒合情合理，可是什么缘由能让高高在上的皇后娘娘赐死一个受冷落的嫔妃呢？

沈爻实在想不通，又翻阅了当年一些卷宗，宫中也发生了些事。侍卫张超良玩忽职守被革职查办，下落不明，太医杜晗被赶出太医署，几个宫女、太监被杖毙，这些看似都与熹嫔无关。红缨也说，熹嫔在宫中如透明之人，身边的宫女死了，与之最熟悉的婧妃死了，红缨是婧妃身边的丫鬟，她都不知当年熹嫔触犯什么宫规被赐死，谁还会知道？

太后。

目前唯一知道熹嫔被赐死原因的只有太后了，可下懿旨的是太后，若此事真的另有隐情，与太后有关，太后怎么会说出实情？关键太后身份尊贵，并非普通人，见一面都难，根本无法用非常手段逼其说出真相。

熹嫔被赐死的原因恐怕难以重见天日了。

“先生这是在查什么？”

沈爻正聚精会神地推理案件的可能性，突然被不知何时走来的万筠灵打断了思路，他回过神，缓缓合上卷宗，说道：“无关紧要之事。”

“先生不去查婧妃案，却在这查无关紧要之事？”万筠灵不信地问道。

沈爻随手将卷宗递了过去，示意对方查看，见万筠灵接过卷宗，他转身离去。

万筠灵手持卷宗，纳闷地望着沈爻离开的背影，想了想，翻开卷宗，里面竟是个宫女染病身亡的记录。

这沈爻在搞什么？

万筠灵疑惑地将卷宗放回书架，抬头望去，见沈爻已朝天章院门口走去，她快步跟了上去，问道：“先生，这婧妃的卷宗不查了吗？”

“今个就到这儿吧！”

…………

沈爻、万筠灵二人离开天章院不久，负责整理天章院书籍的几个小太监立即放下手中的活儿走到管事人面前，排成一排等候吩咐。

管事人清了清嗓子，吩咐道：“全都记录好了，不可遗漏一个。”

“小人明白。”

“快去。”

管事人冷冷地吩咐了句，几个小太监领命离开，来到沈爻、万筠灵查阅卷宗房间的各个书架前。几人默契地两人一组分配，一个手持纸笔、负责记录，一个观看书架上的书籍，根据与记忆中卷宗摆放的位置，口述沈爻、万筠灵查看了哪些卷宗。

“天宗十七年十月，出宫入宫的人员记录卷宗。”

“天宗十八年三月，殿前司都检点及副都检点已故的卷宗。”

“天宗十六年，熹嫔娘娘被赐死的卷宗。”

几个小太监将沈爻、万筠灵曾翻阅的卷宗万无漏一地记录完毕，又返回管事人面前，将记录递上去，其中一人汇报道：“小人已记录完毕，绝无遗漏。”

“好。”

管事人随意扫了一眼记录内容，点了点头，合上书册，匆匆走出天章院，他一路小跑，不一会儿到了皇太后寝宫前。

“咚……咚……咚……”

寝宫内屋传来木鱼声，皇太后一身素衣、双眸微闭地跪在佛祖金像前敲着木鱼，念着经文。婉宫人静静地站在一旁伺候，见宫女在门口招手，婉宫人轻轻地出了内屋。宫女凑到婉宫人耳畔说了些什么，婉宫人微微点了点头，走了出去，来到寝宫外，望着候在门口的管事人，直截了当地问道：“东西呢？”

“回宫人，在这儿。”

管事人连忙上前奉上书册，婉宫人接过书册，翻开扫视了一眼，问道：“绝无遗漏？”

“绝无遗漏。”管事人信誓旦旦地保证道。

“带他去领赏。”婉宫人淡淡吩咐道。

“是。”

宫女应了句，唤管事人前去领赏。

婉宫人合上书册，转身回了寝宫，进了内屋，弓腰来到皇太后身旁，轻声说道：“娘娘，天章院那边记录沈爻翻阅卷宗的书册已到。”

“念。”

皇太后敲着木鱼，眼睛都没睁开地说了个字。

婉宫人轻轻翻开书册，开始念天章院小太监做的记录，皇太后敲着木鱼，毫无所动，直到婉宫人念到沈爻翻看熹嫔娘娘的卷宗，木鱼声戛然而止，皇太后惊慌地睁开眼。

婉宫人不安地喊道：“娘娘？”

皇太后握着犍稚的手不断捏紧，整个身子都在颤抖，眼神逐渐变得凌厉，冷冷吩咐道：“传本宫口谕，带沈爻来见本宫，绝不可让他离开皇宫。”

“是。”

婉宫人应了句，立即下去传谕。

太后缓缓放下手中的犍稚，双手合十跪在佛像前，默念道：“弟子身上的罪孽这辈子都洗不清了，阿弥陀佛。”

第 30 章　一波又一波的猝不及防

“嗒嗒嗒！”

整齐、稳健的步伐声震响，侍卫长刘天奇神色凝重地率领数十名大内侍卫正急速地赶往宫门。

皇太后下达口谕，务必将沈爻拦截在宫内，带回面见。可沈爻离开天章院都半个多时辰了，恐怕此时已出了宫门，情况紧急，刘天奇哪里敢松懈半分？一路狂奔，不消一刻，便率领下属赶来宫门，只见沈爻、万筠灵正要出宫门，此时再不阻止便来不及了，情急之下，刘天奇厉声喊道：“宫门侍卫听令，将人拦下。”

喊声大起。

驻守宫门的侍卫听令，抽刀挡在宫门口，沈爻、万筠灵不知怎么回事，不由得止住脚步，来回张望两边的侍卫。

“这是怎么回事？”万筠灵一脸疑惑地压低声音问道。

沈爻尚未来得及回话，赶来的侍卫行动快速地将二人包围起来，刘天奇慢步走上前，说道：“太后口谕，传沈爻觐见。”

沈爻心里有种不好的预感，若只是传个口谕，何必如此大动干戈？可此时已容不得他想太多，行礼回道：“微臣领谕。”

“沈大人，走吧！”刘天奇淡淡说道。

“好。”

沈爻点了点头，迈步之时凑近万筠灵嘀咕了句，跟着刘天奇等侍卫远去。

万筠灵凝望着沈爻离开的背影，马上回过神，转身跑出宫门。一出宫门，万筠灵直奔停在宫门外的马车，边翻身上马边抽刀砍断骏马与马车之间的绳索，一拽缰绳，骏马嘶吼一声，飞奔远去。

…………

皇太后召见，不足为奇，沈爻早已怀疑婧妃之死与之脱不了干系，太后对自己施压实属正常，可这时间、方式太怪了。若只为了施压召见自己，皇上命自己查婧妃案的事一出，皇太后就会如此行事，纵然为表清白，不可立即执行，可自己今日入宫待了这么长时间，未被召见，反而在即将离宫之际，派侍卫阻截，大有迫在眉睫、仓皇行事之势。

皇太后为何如此？

难道已对自己起了杀心？可这是为什么？

除非……除非皇太后察觉到自己查出令其不安的线索，企图杀人灭口，那会是什么线索能令皇太后做如此之举？

熹嫔娘娘。

唯有熹嫔娘娘被赐死的线索是今日入宫得知，除了此点，沈爻实在想不出其他。可他不明白，熹嫔只不过是不受先皇宠爱的嫔妃，纵然她的死另有隐情，与婧妃案相比也是小事一桩，皇太后不担忧婧妃案，反倒担忧一个不得宠的熹嫔被赐死的事暴露？

沈爻愈发确定之前的推测——熹嫔被赐死背后隐藏着天大的秘密，而婧妃查出这个秘密，与凶手对质，不料被凶手灭口。可沈爻想不出会是什么秘密能令皇太后当年冒险害死先皇宠爱的婧妃。难不成祖父当年也是因为查到这个秘密才无法继续查下去，只能以婧妃被水鬼害死结案隐藏这个秘密？

沈爻将婧妃案关系到的人和事全部联系在一起，不由惊出一身冷汗，唯有如此，才能解释当年婧妃案的奇怪情况。恐怕此次面见皇太后真的凶多吉少了，沈爻只能将希望寄托于万筠灵，希望她行动快些，希望安阳王、北定王真心想查清婧妃案，得知万筠灵的告知会及时赶到宫中相救。

如此想着，已到皇太后寝宫前，刘天奇上前通禀，门口的宫女已得皇太后命令，直接宣沈爻觐见。

沈爻稳了稳心神，抑制住忐忑之心，面色如常地迈着步子进了寝宫。一进寝宫，沈爻将身子微微弯曲，抬着眼皮悄悄打量了眼前方，只见榻上稳坐的皇太后身穿凤袍、气质超然，果然有母仪天下之风。

沈爻收回目光，行礼道："微臣沈爻拜见皇太后。"

"起来吧！"

"谢太后。"

"沈爱卿之名本宫早已有所耳闻，早就想一见沈卿这位国之栋梁，得知沈卿今日入宫，突想一见，侍卫不明事由，行事鲁莽了些，希望未吓到沈卿。"

"太后召见，是微臣荣耀。"

"那就好。"皇太后放心般地回了句，拉家常似的继续说道，"沈卿今日入宫所为何事？"

沈爻想了想，回道："回太后，微臣奉皇上之命查婧妃案。"

"当年此案由大理寺卿沈复亲查，暂且不论沈复的结案是不是案情真相，仅这案子已过去十九载这点，实在为难爱卿了。"

"微臣定竭尽全力。"

"如此甚好。"皇太后赞赏地点了点头，缓缓起身，身旁的婉宫人眼疾手快地伸手搀扶。皇太后起身走向沈爻，继续问道，"爱卿可查到些什么？"

"微臣无能，此案目前尚无头绪。"

"是没头绪还是不能讲与本宫？"

"微臣不敢。"

沈爻心中对皇太后突然召见早已做了推测，对方知晓自己在查什么，但不确定自己在所查的内容中是否发现线索、掌握证据，只要自己不言实话，不说出查了些什么，皇太后便可能会下手永绝后患。然而，若自己讲了实话，皇太后可能会试图笼络，也有可能杀人灭口。

无论如何选择，命都在他人手中；而且，熹嫔被赐死的缘由是什么，沈爻也想知晓答案，面前的皇太后是最了解真相的人，沈爻犹豫了两息，决定铤而走险赌上一局，回道：“回太后，微臣确实查到了些旧事。”

“什么旧事？”

沈爻抬头望着皇太后，语气如常地回道：“熹嫔娘娘。”

“熹嫔？”皇太后脸上泛着疑惑，似乎突然听到有些诧异，继续问道，“然后呢？”

“微臣查到当年婧妃娘娘与熹嫔娘娘关系颇好，本想从熹嫔娘娘口中打探些线索，翻阅卷宗时却发现熹嫔娘娘在婧妃娘娘遇害前一年就因触犯宫规被赐死了。”

沈爻讲述所查，默默观察皇太后，见皇太后神色坦然地望着自己。突然，皇太后嘴角泛起一抹戏谑的笑意，沈爻心中顿时有种不好的预感，却又一时想不通哪里出了错，只见皇太后转身走回榻上坐下，刚才和善的目光已消失不见，取而代之的是阴冷、凌厉。

“沈大人，你很聪明，只不过，聪明过头便是愚蠢。有些时候，问题其实很简单，一旦想复杂了就生出祸事。”

轰！

沈爻恍然大悟，心里连连生悔。皇太后所言没错，此事原本简单，可让自己想得复杂了，若自己未怀疑熹嫔被赐死与婧妃案有关，皇太后问及婧妃案，便不会说出熹嫔被赐死的事，正因为自己推测出皇太后担忧，从此点考虑想要自保，反而露了馅儿。

如此看来，皇太后杀心已决，目前唯有拖延时间。

“微臣愚钝，不知太后何意。”

“沈大人，你我都是聪明人，何必故作愚钝？”

“太后已决心杀微臣？”

“你必须死。”

“那微臣可否死个明白？”

“该明白的你已明白，不该知道的，本宫不会告诉你。”

“太后还担心死人会泄密？”沈爻笑着反问了句，已经摊牌，他心中反而不再慌乱，恢复平日里的从容镇定，继续说道，“如此看来，当年熹嫔被赐死的背后隐藏的秘密绝不简单，微臣稍微碰触这件事，就能令已潜心修佛的皇太后重新拿起屠刀、沾上人命。既然微臣的命已在太后手上，太后不如就让微臣猜猜这个秘密，如何？”

“没必要。”

皇太后淡淡说了句，轻轻伸手拂掉茶桌上的茶杯。

茶杯落地，声音清脆，犹似冲锋的号角，响声为攻，沈爻顿时听到急促的脚步声逐渐逼近，若此时出手制伏太后尚且来得及，可一旦动手，事情便没回旋的余地，纵然两位王爷赶到相保，仅凭挟持皇太后这点，其罪当诛。

这步棋绝对不能走。

沈爻缓缓扭头望向门口，心里已做好打算，皇太后不可动，可冲进来的侍卫并非不可杀，为保性命，只能大杀四方，血洗皇太后寝宫了。刚想好，侍卫便冲了进来。

皇太后见侍卫冲进来，厉声下令道：“此人意图谋害本宫，杀无赦。”

“谁这么大的胆子？敢在皇宫谋害朕的母后？”

赵权的声音突然从外面传来，沈爻、皇太后都不由一愣，这才发现冲进来的侍卫自觉排成两排，赵权迈着步子走了进来，望着沈爻，笑着问道：“沈爻，莫不是你要谋害朕的母后？”

“微臣不敢。”

“朕知你不敢，你是朕钦命的大臣，若你要谋害朕的母后，那天下人岂不觉得朕要弑母？”赵权一脸笑意，目光缓缓投向皇太后身旁的婉宫人，说道，“母后，谋害你之人可是这身旁的奴婢？”

“皇上？”皇太后惊讶地喊道。

“母后，事情发生了，要有人负责。”赵权态度强硬，厉声下令道，“将这意图谋害太后的奴婢拖出去杖毙。”

婉宫人连忙跪地，趴在榻边扒着沿子祈求道：“太后娘娘。”

“皇上知不知道这么做会有什么后果？”皇太后一脸冰冷地问道。

“朕一力承担。”

赵权揽事在身，又命令道：“拖出去。”

侍卫领命，拖着面如死灰的婉宫人出了寝宫，这一去便是性命不保，皇太后气得身子颤抖，却难以更改已定的局面。

沈爻实在想不通皇上为何出面保自己，甚至不惜与皇太后发生争执，他绝不相信赵权担心天下人怀疑他弑母的说法。正在沈爻猜测之际，小太监从外走了进来，启禀道：“皇上，安阳王、北定王求见。”

“都来了，好，很好。”

赵权悠悠地自语了一句，淡淡命令道：“宣。”

第 31 章　逼迫

夕阳西下。

安阳王、北定王耐着性子候在皇太后的寝宫外，西下的夕阳将二人的影子拉得老长，余晖照着二人凝重、挂着汗珠的脸。

万筠灵来告，沈爻出宫时被皇太后派的人在宫门口拦住。他们深知贸然进宫是表明与太后作对，可听完万筠灵讲述沈爻今日举动，推测之下，怀疑沈爻可能查到至关重要的线索，令皇太后起了杀心。沈爻可谓是解开婧妃案的钥匙，无论如何都要保住他的性命。

二人立即赶往宫中，焦急奔走一路，饶是天已入冬，还是汗流浃背，此时立于屋外，冷风一吹，寒冷可想而知。可二人望着皇太后寝宫外伫立着如此多的侍卫，不用猜也知寝宫内定有事发生，心中担忧沈爻是否已被灭口，哪里还顾得上寒冷？

“宣安阳王、北定王觐见。”

小太监扯着尖细的嗓音喊了句，安阳王、北定王立即回过神，三步并作两步地走向皇太后寝宫，迎面遇见从寝宫走出的侍卫，心中愈发担忧，直到进了寝宫内亲眼看见沈爻活着，悬着的心才放了下来，连忙上前行礼。

“微臣参见皇上、皇太后。”

“臣弟参见皇上、皇太后。”

安阳王、北定王跪在地上，静候皇上、皇太后回音，可皇上、皇太后都没理会二人，君臣之礼不可乱，无皇上、皇太后回音，二人不敢主动起身，只能无言地跪着。

整个寝宫内一时静得诡异。

皇上脸上不由浮现出微微笑意，他望了望神色冰冷的皇太后，知道太后杀沈爻未成还失了忠心的侍女，心中不悦，更知两位王爷匆匆赶来是为了沈爻，让二人跪会儿，立个下马威敲打敲打，可也不能做得太过，故意说道：“母后，这里是您的寝宫。”

皇太后虽不解皇上为何非救沈爻，可对待其他事心如明镜，知道自己真正的对手并非皇上而是赶来的两位王爷，更知皇上对两位王爷突然入宫不满故意小惩，可这种事得有说辞，便推到自己身上。

皇上既然要演戏，皇太后自然得配合，演出个儿孝君威。

“这天下都是皇上的。”

“这天下是朕的，可朕是母后的儿子。”赵权笑着回道。

“权儿说得对，都是一家人，这里也不是朝堂，不需那些君臣礼节。”皇太后自责似的说了句，吩咐道，“权儿，还不扶皇叔起来？”

“是。”

赵权应了句，佯装起身上前搀扶。

安阳王哪里敢让皇上搀扶，麻利地站起来，惊慌回道：“微臣惶恐。”

赵权见安阳王已站起，刚从榻上起来，又坐了回去。

“本宫记得皇叔得有大半年没来本宫这儿坐坐了，老六此次回京已多日，可也没来探望过本宫，今儿个什么风将两位王爷一起吹来了？”皇太后冰冷的脸色缓和不少，语气略显责备，见两位王爷正要开口试图解释，将目光移到沈爻身上，意有所指地问道，“莫不是沈大人这阵风？”

“沈大人还有如此神通？”安阳王明白皇太后言语之意是指自己入宫是为救沈爻，自己哪能承认？否则皇太后便有问罪之由。于是故意装傻，转身向赵权抱拳称颂道，“皇上果然慧眼识珠。”

“沈爻，你可有如此神通？”皇太后望向沈爻，追问道。

这真是神仙打架，凡人遭殃。

沈爻夹在中间，进退维谷，这问题如何作答都势必得罪一方。而且，这并非一个问题的事，双方心里都明白彼此的目的，可谁都不会主动提及，谁先提及便落了下风。太后心中有鬼，安阳王、北定王并无证据证明太后害自己，双方便以这种问题逼迫对方，找到对方把柄从而质问，可双方都是聪明人，便将这难题抛给自己。

皇太后的问题，不可不答。

沈爻脑子飞快思考应对之策，既然势必得罪一方，不如剑走偏锋，两边都得罪，扯出两边都不愿主动提及之事，或许峰回路转，柳暗花明。

“回皇太后，微臣并无如此神通。”沈爻想好应对之策，回了句，见皇太后脸上微微泛着满意之色，继续说道，“微臣倒是觉得这阵风可能是婧妃娘娘。”

皇太后脸色骤变，冰冷的目光死死盯着沈爻，她无论如何也没想到沈爻敢提婧妃。

他到底想干什么？

难道要说出熹嫔的事？

皇太后放在腿上的手不由紧握在一起，冷冷威胁道：“沈爻，话不可乱说。”

安阳王、北定王也没想到沈爻竟如此作答，心中顿时满是愤怒，沈爻此话指他们“探望”皇太后是因婧妃娘娘，这不是暗指他们怀疑皇太后吗？好心救他却被摆了一道，实在可气。

不对。

今日之事都是由婧妃案而起，可谁也不会主动提及，沈爻看出此点，故意将事情揭开，难不成他真的已查清此案？想当众解开此案疑团？安阳王来不及细想，虽不知沈爻有何目的，可这“罪名”不能安下，淡淡说道：“沈爻，皇太后说得极是，话不能乱说。”

沈爻并未立即开口，他在等，等皇上的态度，也为证明之前对皇上的猜测。

寝宫内的气氛又诡异了几分。

终于，皇上开口了。

“朕倒是来了兴趣，想听听沈爱卿为何说两位王爷入宫见皇太后是因婧妃娘娘的案子。”

皇太后惊愕地望向赵权，暗示地喊道：“皇上？”

“回皇上，微臣并没这么说。”

“难道沈爱卿不是此意？”赵权假装未听到皇太后喊话，继续问道，“那沈爱卿此话何意？”

“回皇上，婧妃娘娘与皇太后亲如姐妹，当年婧妃娘娘遇害，皇太后心中悲痛不已，奈何查到最后竟是水鬼作祟，留下一块心病。如今此案重查，两位王爷劳心劳力想查清此案，还婧妃娘娘个公道。当年皇太后与婧妃娘娘关系最亲，应知道些陈年旧事。两位王爷进宫见皇太后，自然是婧妃娘娘所愿，这阵风自然是婧妃娘娘。”

“沈爱卿的意思是说皇太后知道些当年的事对查清婧妃案有帮助？”赵权语气怪异地问道。

“是。”

“什么陈年旧事？”

“熹嫔娘娘。”

“一派胡言。”

皇太后听见“熹嫔”二字，当即恼怒，厉声说道：“暂且不论沈大人是否有证据证明婧妃并非水鬼害死，可熹嫔被本宫赐死是婧妃遇害前一年，婧妃遇害如何能与熹嫔被赐死扯上关系？”

“熹嫔？此人是谁？如何与婧妃遇害扯上关系？”赵权不顾皇太后恼怒，继续对沈爻问道。

“皇上。”

皇太后不甘心地又喊了句。

沈爻不管皇太后动怒，继续回道：“回皇上，熹嫔娘娘乃是先皇嫔妃，在宫外时便与婧妃娘娘交好，入宫后经常走动。微臣并未说熹嫔被赐死与婧妃娘娘遇害有关，只是……”

“只是什么？”

“只是查案不可放过任何蛛丝马迹，任何蛛丝马迹都可能是破案的关键。”

“你这话的意思是说熹嫔是婧妃案的蛛丝马迹？”

“可能是。”

“那你可有证据，或是有依据做出此等推测？”

“回皇上，微臣查阅婧妃案的卷宗，婧妃遇害现场没有凶手丝毫痕迹，微臣推测凶手可能在水中杀人，若在水中杀人，必然要确定受害者站在河边。”

“你是说婧妃娘娘与凶手约好见面，反遭杀害？”赵权想了想，问道。

“是。”

“那这与熹嫔有何关系？”

“回皇上，微臣并没说两者有关，微臣只是说这是蛛丝马迹，熹嫔娘娘与婧妃娘娘关系交好，凡与死者有关的人、事都需查一查，可微臣在查熹嫔娘娘的时候，发现……”

沈爻说到此处，停了下来，故意表现出犹豫。

“发现什么？”赵权问道。

“发现熹嫔娘娘二十年前被皇太后赐死，可卷宗上并未记载因何原因赐死。”

“沈爻。”

皇太后冷冷喊了句，阴着脸质问道：“你是怀疑本宫滥用皇后权力随意处死先皇嫔妃，还是怀疑本宫就是害死婧妃的凶手？”

“微臣不敢。”

沈爻连忙行礼，继续说道：“微臣什么也没怀疑，只是此点可能对查清婧妃案有帮助，太后与婧妃娘娘姐妹情深，也希望婧妃案真相大白吧？”

“那本宫现在告诉你，熹嫔被赐死与婧妃案毫无关系，这下你满意了吧？”皇太后冷冷回道。

“微臣恳请皇太后告知当年赐死熹嫔娘娘的真正原因。”沈爻跪地恳求道。

安阳王、北定王一直默默聆听，心中虽也不解婧妃案怎么与一个嫔妃被赐死扯上关系，可沈爻冒着得罪皇太后的危险都要将此事弄清定有原因，而皇太后对此事遮遮掩掩，大有古怪。既然与婧妃案有关，他们必然得支持沈爻。

“微臣恳请皇太后告知当年赐死熹嫔娘娘的真正原因。”

“你们……”

“母后，他们既然想知道，您就告诉他们吧！免得此事传出去，也有损母后名声。”赵权劝说道。

“皇上。”

皇太后惊愕地望着皇上，她一直都不明白皇上为何站在沈爻这边，难道皇上真打算查清婧妃案？如今到了这种境地，她真的没办法隐瞒当年的真相了，冷冷说道：“本宫可以说，就怕你们听完之后会后悔。”

“恳请皇太后告知。”安阳王态度坚决地恳求道。

“好，好，你们逼本宫说，那本宫就告诉你们。”皇太后冷冷回了句，深吸一口气，似乎在鼓足勇气，缓缓将气呼出，说道，“本宫当年之所以赐死熹嫔，乃是熹嫔做出有辱皇家之事，她……她不甘寂寞，与宫中侍卫有染，还诞下一个孽障。”

第 32 章 皇耻

耻辱。

嫔妃淫乱后宫，此乃皇家之耻，先皇之耻。

沈爻虽已猜到皇太后隐瞒赐死熹嫔的原因可能与先皇有关，但无论如何也没想到真相竟是这般，若早猜到，他绝不想知晓此事。难怪皇太后要杀自己，此等关乎皇室、先皇声誉之事岂可让外人知晓？

这娄子是由自己捅的，沈爻知道后果也得由他自己承担，既然已经无法弥补，他怎么也得达到自己的目的，继续追问道：“当年婧妃娘娘也知道此事？”

“知道。”

皇太后说出压在心头多年的秘密，阴冷的脸色缓和了些，似乎心境释然，继续说道：“熹嫔在宫中无依无靠，此等丑事，仅靠她，哪里能瞒得住，她自然要求助婧妃。熹嫔苦苦哀求，婧妃念及姐妹情深，暗中帮她把孩子生下来。本宫得知，为了隐瞒此等辱没皇室之事，就将熹嫔赐死，之后又暗中将知晓此事的奴婢处死，这才保住了皇室的颜面。”

“那孩子也被处死了？”

“没有，本宫知晓此事前婧妃就派人将孩子送出宫了，本宫也想过铲除这个孽种，可婧妃无论如何都不说孩子的下落，她哭着哀求本宫那是熹嫔之错，孩子是无辜的，此事又不能张扬，本宫就没有继续追究。”

“此事除了太后还有何人知道？”

“知道的人都死了。”

“皇太后确定？”

“沈爻，你此话何意？”皇太后神情一冷，心中明白沈爻此话何意，沈爻之前暗示根据卷宗记载的案发现场推测凶手与婧妃可能约好，如此问便指凶手拿熹嫔的事威胁婧妃，趁机杀了她，冷冷问道，“若是本宫说确定，那沈大人是不是怀疑本宫拿熹嫔之事杀了婧妃？沈大人，本宫若真想让婧妃死，当年她暗中帮助熹嫔的事，本宫告诉先皇，先皇也容不了她。”

此言不虚。

一代帝王，如何能容得下暗中相助此等丑事的妃嫔？

无论先皇多么宠爱婧妃，发生这种事也绝对容不下她。不过，此事不能明面为之，并不表示不可暗地进行。

若皇太后当年真向先皇告密，此等丑事抬到明面，纵然可以除掉婧妃，可她也会令先皇不满，暗中除掉反而更妥。纵然查出凶手，有皇家丑事为倚仗，先皇只能为了颜面将真相掩盖，或许正因如此，当年这件案子祖父查到最后只能以水鬼杀人结案，谁也不敢将此等丑事公布，可这仅是沈爻的推测，毫无证据。而且若先皇知道皇太后以此等手段铲除婧妃，必然也对皇太后不满，人已故去，知与不知难以考究，关键是找出害死婧妃的凶手。

“微臣并无此意，微臣只是怀疑可能有宵小之人瞒着皇太后利用此事兴风作浪。”沈爻连忙行礼请罪，继续说道，“皇太后，微臣还有一问。”

“说。”

“熹嫔的孩子可有下落吗？”

“没有，本宫当时问过婧妃，婧妃只字不吐，婧妃死后，恐怕世上再也无人知道那孩子的下落了。”

沈爻已了解此事大概，答谢道：“谢太后。”

“你们查婧妃的案子，本宫不管，可本宫有言在先，熹嫔的事到此为止，无论是不是如沈大人推测有宵小之人以此威胁婧妃，一旦调查中涉及熹嫔这事，绝不可查。”皇太后盛气凌人地说道。

这……

若不找出还有何人知晓婧妃曾暗中助淫乱后宫的熹嫔之事，如何能破婧妃的案子？

此点是查清婧妃案的关键。

皇太后如此做令原本就难查的案子更难上加难了。

“太后，沈大人推测有理有据，可能有宵小之人利用此事害死婧妃，如若不查出熹嫔的事有谁知道，这婧妃的案子如何破？”北定王当即反应过来，连忙请示道。

“那便不破。”

皇太后冷冷回了句，目光盯着北定王，愤懑地说道：“北定王，你也是先皇的儿子，难道不为先皇的声誉着想？若因查此案，导致熹嫔淫乱后宫的事流传出去，你父皇、整个皇室都沦为天下人的笑柄，你对得起你九泉之下的父皇吗？”

北定王被噎得一时无言。

一个妃嫔的死哪里比得上先皇的声誉。

皇太后见无人开口，冰冷的目光扫视了几人一番，将几人神情尽收眼底，继续说道：“此事本宫不是与你们商讨，而是命令，熹嫔的事绝不可以流出半句，这关乎先皇、皇室的声誉。”

“微臣明白。”

“微臣明白。”

“微臣明白。”

沈爻、安阳王、北定王连连应下，此事关乎皇室声誉，非同小可，谁也不敢嚼半句口舌。

“本宫累了，你们退下吧！”皇太后精神颓唐，揉着额头说道。

“微臣告退。”

“微臣告退。”

“微臣告退。”

沈爻、安阳王、北定王心中明了，刚查出的这条婧妃案的线索彻底断了，虽然继续调查这条线索并不一定会将熹嫔的事抬到明面上，可关乎先皇、皇室的声誉，一丝一毫的可能都必须杜绝。

“母后，朕也告退了。”

赵权从榻上起身，向皇太后行礼，打算离开。

“皇上留步。”

皇太后松开揉着额头的手，缓缓说了句。

“是。”

赵权点了点头，又坐回榻上。

皇太后并未立即开口，直到亲眼看着沈爻、安阳王、北定王走出寝宫，才缓缓转过头，目光直视着赵权，问道：“皇上早就知道熹嫔的事？”

赵权一愣，沉默了两息，点头回道：“是。”

“那你是在……”

“是。”

“难道皇上真不在乎先皇、皇室的声誉吗？”皇太后痛心疾首地质问道。

赵权笑了笑，没立即答话，他从榻上起来，缓缓扭头望着皇太后，问道：“母后还记得父皇驾崩前曾单独召见过我吗？母后想不想知道当时父皇对我说了什么？”

“说了什么？”

“父皇说，这天下姓赵。”赵权气势凌然地说道。

皇太后听完这话，挺直的后背不由一缩，整个人猛然苍老了许多，沉默了许久，有气无力地问道：“这是先皇的意思？”

“是。”

“他不在乎自己的声誉？他不在乎史书将来如何写他？”皇太后不信地质问道。

“他在乎，可他更在乎这赵氏基业，他更在乎当年母后给他的耻辱。”

“母后那么做都是为了你。”

“那儿子希望母后再为我一次。”

皇太后一脸纠结，似乎难以答应儿子这个请求。

赵权凝视着自己的母亲，不由笑了起来，淡淡说道："母后，朕没希望您能再为了我一次，但朕要提醒母后，没人能阻挡得了朕。母后若不想血流成河，那就不要蹚这浑水。朕想杀的人，母后救不了。"

"皇上就这么相信那沈爻能破婧妃案，找出证据？"皇太后不甘地问道。

"相信。"

"为什么？"

"因为他是朕选中的人。"

赵权说完，大步走出皇太后寝宫，一出寝宫，对门口的侍卫命令道："将天章院的管事带来见朕。"

…………

夜幕降临。

天儿又冷了几分。

沈爻、安阳王、北定王离开皇太后寝宫，迈着步子朝宫门口走去。

此次能化险为夷实在侥幸，救自己命的人虽不是两位王爷，可两位王爷能赶来，在"逼"皇太后一事上站在自己这边，沈爻心中颇为感激，答谢道："多谢两位王爷。"

"沈大人用不着说谢，我们都是聪明人，沈大人心里也明白本王与北定王冒罪前来并不是为了你，更何况救你之人并非本王与北定王。"安阳王态度冷淡地回道。

"皇叔。"

北定王拉长音地喊了句，蕴含打圆场之意，随后才疑惑地朝沈爻问道："沈大人，我与皇叔赶来之前发生了什么事？这寝宫外为何这么多侍卫？"

这叔侄俩，一个唱白脸，一个唱红脸，事前没有商量竟配合如此默契，真是厉害。估计两位王爷心中也疑惑皇上为何会出现在皇太后的寝宫，是不是也为救自己，才如此问，那皇上为何不惜与太后争执也要救自己？若深想此事，或许两位王爷怀疑自己真心归顺皇上，所行所为都是皇上暗中授意。

皇上所谋所想，沈爻一直猜测不透，总感觉在被皇上利用。两位王爷，一个是皇上的皇叔，一个是皇上的弟弟，远比自己这个外人了解皇上，或许两位王爷能猜到皇上在谋划些什么。

沈爻想好利用之法，故意说道：“并未发生什么事，下官刚回了皇太后几个问题，皇上便来了，可能皇上凑巧来给皇太后请安。”

两位王爷何等聪明，当即明白沈爻此话之意，沈爻不说太后意图加害他，是知说了也白说，一旦流传到太后口中还会招惹事端，他真正的用意是后面的话。

沈爻刚进皇太后寝宫，皇上便到了，时间是傍晚，根本不是请安的时间，怎么可能凑巧？

皇上是有意前往。

安阳王、北定王相视一眼，猜测皇上前往皇太后寝宫是为救沈爻，可这是为什么？

浣灵在刑部大堂道出冯迁抛尸案的真相，以事实指证水鬼杀人可能是凶手的障眼法，提出怀疑婧妃娘娘当年是被人害死，请求重查婧妃案。皇上对此事颇为抗拒，曾命人前往大牢，又暗示浣灵可能是他国奸细，却没想到浣灵以死请查，皇上被逼之下才下令重查婧妃案。而如今沈爻竟查到熹嫔，案件逐渐明朗，这绝非皇上想看到的，那皇上为何救他？

难道皇上爱惜人才？

绝不可能这么简单。

“沈大人深受皇上青睐，皇上对沈大人比对其他臣子更关心。”安阳王意有所指地说道。

沈爻听出安阳王此话是在暗示他已怀疑自己所行所为都是皇上授意，皇上这才出面保自己。也不知安阳王是真如此想还是故意敲打，沈爻并不介意，他失望的是两位王爷似乎也猜不透皇上有何目的。

“下官只是尽力为朝廷办事。”

“婧妃案也是朝廷之事。”安阳王冷冷说道。

“下官明白。”

北定王见气氛不对，又插话道：“沈大人果然是破案奇才，短短一两日光景就能查出熹嫔，只可惜这条线索断了，不知沈大人接下来打算如何查此案？”

“下官现在也没什么方向。”

“此案年代久远，又遇种种阻碍，确实难查，沈大人要多费心了。”

“下官定竭尽全力。”

沈爻应了句，跟在两位王爷身后朝宫门口走去。

宫门外。

万锜灵焦急地踱来踱去，目光不断地朝宫内张望。她担忧沈爻安危，之前两位王爷是进宫救人，她又不好随两位王爷进宫，便一直在宫门外等候，远远望见沈爻、安阳王、北定王走来，悬着的心这才放了下来。

三人走出宫门，北定王望了望迎上来的万锜灵，笑着说道：“沈大人有位不错的红颜知己啊！”

这话顿时令迎上来的万锜灵俏脸绯红，只好压低脑袋向两位王爷行礼以掩饰尴尬。

“沈大人，就不打扰你们了，本王与皇叔先走一步了。”

“下官恭送安阳王、北定王。”

沈爻、万锜灵朝上马车的两位王爷行礼，直到马车离开，两人才放下手。万锜灵见两位王爷离开，连忙问道：“你没事吧？”

“没事。”

“皇……”

“回去。”

沈爻没想到聪明的万锜灵此时竟如此愚笨，这里可是宫门口，竟开口谈论皇太后，连忙打断。

“去哪儿？”

“还能去哪儿？上爻堂。”

第 33 章　聪明人的坦白

“让开。”

“不让。”

“花千语，你若再不让开，休怪我对你不客气了。”

陈十六语气决绝，毫无玩笑之意。他上午在府衙门口与先生分开，先生命自己回上爻堂，便与万捕头进了宫，如今天已黑，先生还未回来，他心中担忧，想去宫门口打探，奈何花千语死活不让他离开上爻堂。

他知花千语的担心，可花千语越是如此小心翼翼地保护越令一直过着刀口上舔血生活的陈十六大为不适。

他是陈十六，逍遥快意；他不是金丝雀，活于笼中。

“你又打不过我。”

“我打不过你？哼……你我好像还未真正过过招儿，今儿个我就好好领教领教。”

“若你输了呢？”

“若我输了，以后你说什么就是什么，反之亦然。”

“好。”

花千语爽快应下，她见识过陈十六的剑法，快，很快，却存在个弱点，那便是陈十六招式简略，武学的最高境界是无招胜有招，可那需在武学上达到一定造诣后的领悟，正如佛门所讲不入世谈何出世，不学过招式，如何能做到无招？对付陈十六，挡下他快剑一击，便可有取胜之机。

遐想之间，陈十六已出剑，速度奇快的一剑，几乎无法看清他如何出剑，那破剑的剑尖已到面前。饶是花千语已做足准备，可还是被陈十六出剑的速度震惊到了，她知道以她的功力无法挡下这一剑，心思一动，身子竟一动不动，任由陈十六的剑刺来。

陈十六慌了，他没想到花千语竟不躲不闪，这一剑真刺下去，她不死也得重伤，这花千语到底想干什么？陈十六哪里来得及多想，强行改变长剑路径，顺着花千语一侧划了过去。只见这时花千语身影一闪，贴近陈十六，一只手臂直接缠住陈十六持剑的胳膊，另一只手中的剑已出鞘，剑刃抵着陈十六咽喉，得意扬扬地说道：“你输了。”

“你耍赖。”陈十六愤愤回道。

“兵不厌诈。”花千语丝毫不觉以诡计取胜羞耻，淡淡回道。

“好一个‘兵不厌诈’。”

陈十六不由一笑，脖子往前稍稍一动，碰触花千语的剑刃，顿时脖子上出现一道血痕，花千语一惊，立即撤剑。陈十六见机会已到，被制伏的手一松，破剑脱手，手中无物，一把抓住花千语腰间，用力一拉，直接将花千语翻起，另一只手已出其不意地擒住对方手腕，腿脚一绊，二人一起倒地。

落地之后，陈十六一手扣着花千语的一只手手腕，另一只手绕过花千语的脖子，双腿死死地卡住花千语的双腿，而花千语另一只手被压在地上，可谓动无可动。

陈十六得意扬扬地笑道：“你教我的，兵不厌诈。”

“放开。”

花千语俏脸绯红，羞愤怒喊，两人姿势不雅，而且，陈十六绕着她脖颈的手肘竟……竟碰着她的胸部。

陈十六哪里想那么多，正沉浸在以彼之道还施彼身的得意中，得意扬扬地笑道：“不放。”

花千语愈发羞恼，又挣脱不开，无计可施，张开嘴狠狠地咬在陈十六的胳膊上。

“啊……”

陈十六顿时一声惨叫。

“你们在干什么？”

沈爻、万筠灵回到上爻堂，恰巧看到这一幕，不解二人在干什么，疑惑地问了句。

“你属狗的？”

陈十六胳膊吃痛，只好率先松手，花千语这才松开嘴，陈十六立即起身，大骂了一句。没想到花千语理也不理，转身回屋，陈十六又纳闷又郁闷，想不明白怎么回事，朝沈爻迎了上去。

“先生，您回来了？”

“你们在干吗？”

“我想去找你，可花千语不让我离开上爻堂，我俩便打赌过招儿，她先耍赖还咬我。”陈十六边说边撸起袖子，露出血淋淋的牙印，委屈地说道，“先生，你看，都被她咬出牙印了。”

沈爻看着陈十六胳膊上的牙印，突然，脑海中闪过一道灵光，激动地紧握拳头。

“先生。”

陈十六见沈爻不理自己，又委屈地喊了句。

“咬得好。”

沈爻笑着回了句，这一咬正好打开了他的思路。

“先生。”

陈十六更委屈了。

沈爻没搭理他，笑了笑，迈着步子走进大堂，万筠灵冲陈十六摇了摇头，也进了大堂。陈十六又委屈又尴尬地在庭院站了会儿，了无意趣，跟了进去。

“沈先生，今日在宫中到底发生了何事？”万筠灵一落座，便直截了当地问道。

“没发生什么事。”

熹嫔淫乱后宫之事关乎先皇、皇室声誉，纵然知晓几人嘴巴严实，也不可讲与他们，免得给他们招惹祸端。

“那你为何让我去请两位王爷？”万筠灵不信地问道。

“在下何时让万捕头去请两位王爷了？”沈爻不解地反问了句，见万筠灵不悦地盯着自己，微微一笑，继续说道，“在下记得当时与万捕头说的是让万捕头将在下今日的行动一字不差地告诉两位王爷，仅此而已！”

“沈先生信不过我就算了，以后这种事还是让别人去做，我也懒得跑断腿。”

当时皇太后派的人为将沈爻拦住都命宫门口的侍卫动刀了，沈爻又暗中让自己找两位王爷，怎么可能会无事发生？万筠灵没想到沈爻如此不信任自己，气得从椅子上起身，抬脚就走。

沈爻望着万筠灵的背影，笑着喊道：“万捕头不再坐会儿？”

万筠灵理也未理，气冲冲走了出去。

陈十六在一旁静听二人的谈话，他能听出先生今日入宫遇到了险事，可先生不愿讲，问也白问，心中不由猜想是否因为娘亲的案子。赵焕尔的话一直影响着他，他心里一直认为娘亲的死与权力阴谋有关，如今先生入宫遭遇险境，愈发证明此点。他虽迫切想查清娘亲的案子，可也不愿见先生遇险，望了望正沉思的先生，心里挣扎了一番，开口说道：“先生，若这案子会令先生处于险境，先生就别查了。”

沈爻笑了笑，回道：“这案子查不查已不是你我能够决定的了。”

“先生这话是什么意思？”陈十六不解地问道。

“你不用知道，相信先生，你娘亲的案子即将真相大白。”

沈爻缓缓从椅子上起身，轻轻拍了拍陈十六的肩膀，迈着步子进了书房。

陈十六神情茫然地望着先生的背影，心中疑惑不解，先生既已有把握令娘亲的案子真相大白，为何却有种无奈感？

沈爻确实很无奈，他从一开始便明白查清婧妃案困难重重，这起案子可能涉及当年的皇权之争。然而，他无论如何也没想到有人竟在利用这起案子，而他早已在不知不觉中成为他人争权夺利的工具，无法逃避，无法退却，唯有受人之命地刺向对手。

因为利用这起案子的人正是当今圣上。

…………

起初，皇上命自己查冯迁抛尸案，随之查出此案与婧妃案相似，沈爻便怀疑皇上为隐瞒真相企图杀人灭口。婧妃案时，皇上年幼，不可能是凶手，那凶手便有可能是当时的皇后。之后浣灵在刑部大堂道出婧妃乃是被人所害，皇上知晓后对自己问罪，沈爻愈发坚信怀疑。可皇太后欲杀自己，皇上竟出面相救，沈爻绝不相信皇上那套担心天下人说他弑母的说辞。

皇上前后截然不同的态度令沈爻重视此案，将原本没考虑在内的事重新归拢在一起：当年宫中的局势如何，祖父为何以婧妃被水鬼所害结案，先皇为何制造十六皇子假死又暗中命花应天护送其出宫，皇太后为何非杀自己，如今朝中局势如何，当今圣上为何征收重税、连年征战，他终于想明白当年婧妃案的真相了，他知道皇上等的就是这一刻。

“沈大人，皇上召大人觐见。”

少监王贵的话打断了沈爻的思绪，沈爻回过神，朝王贵点了点头，迈着步子走向御书房。

“微臣参见皇上。”

“起来吧！”

“谢皇上。”

赵权坐在椅子上，歪着头打量着沈爻，问道：“因何事要见朕？”

“回皇上，微臣已经查清婧妃案了。”

“查清了？”赵权脸上露出满意的笑容，从椅子上起身，走到沈爻面前，继续说道，“说与朕听听。”

“当年害死婧妃的凶手就是常胜军曹睿曹大将军。”沈爻掷地有声地回道。

“沈爻，你应知曹睿是朕什么人吧？”

“皇上的舅舅。”

“可有证据？”

“有，也没有。”

“到底有还是没有？”赵权微怒地质问道。

“微臣要赌。”

“如何赌？”

“微臣要赌那证据是否在曹大将军身上留了十九年。”

“你若输了呢？”

“微臣要是输了，那微臣这条命就没了。”沈爻神情淡然，毫无波澜，继续说道，“皇上能否看在微臣为皇上鞠躬尽瘁死而后已的份儿上答应微臣一事？”

赵权脸上满意之色愈发浓厚，笑着问道：“沈爻，你真的很聪明，你是如何猜到的？”

“微臣这条命不足以让皇上与皇太后发生争执。”

“仅此而已？”

沈爻沉默起来，想了许久，回道：“皇权。”

“那你认为朕做得对吗？”

“微臣不敢妄评，也没资格。”

“呵……朕告诉你，朕不觉得自己做得对，朕能坐上皇位确实与他有关，他的恩情朕心里记得。可朕必须这么做，因为朕是赵氏子孙，这江山姓赵，朕宁愿将来背负忘恩负义之名，也要让这江山做主的是赵氏子孙。他们曹家的手伸得太长了，都快遮住这天了。”赵权将憋在心里多年、无法说与任何人听的话毫无保留地告诉沈爻，说完瞥了沈爻一眼，笑了笑，继续说道，“沈爻，朕答应你，无论你是输还是赢，朕都会恢复陈十六十六皇子的身份；你若是赢了，朕许你锦绣前程。”

“谢皇上。”沈爻答谢后，沉思了片刻，开口说道，“微臣心中还有一疑。”

“说。”

“浣灵可是皇上的人？”

“不是，朕是在那宫女死后从母后口中得知当年真相才想出此计。”赵权坦然相告，瞥了沈爻一眼，继续问道，“还有问题吗？”

“没了。”

“那事情就定在后日赏赐曹睿两个儿子的朝堂上。”

“微臣领命，微臣告退。”

“等等。”赵权突然喊话，望着止步的沈爻，问道，“沈爻，若将来有一日朕与陈十六成为敌人，你会帮谁？”

沈爻不知如何作答。

“呵呵……”赵权望着沉默的沈爻，笑了起来，继续说道，“朕就是随口一说，在朕眼中，他成不了朕的敌人。”

“微臣告退。”

沈爻惊出一身冷汗，连忙退了出去。

第 34 章　朝堂证凶

卯时将至。

即将早朝。

壮观、恢宏的大殿之上已聚满了四品以上官员，皇上未至，大臣三三两两地凑头低声谈论，殿内气氛颇显怪异，只因今日朝会与以往不同，素来不理朝政的安阳王、封地的北定王竟然到场。殿内大臣皆是人中翘楚，智慧练达，哪里感觉不到今日在这朝堂之上将会有大事发生？只是何事，心中费解。

正直之臣视若无睹、不管不问，谨慎之臣小心盘算，生怕引火烧身。

沈爻形单影只地站于人群末端，目光扫视各位大人，观察着各位大人细微的动作，觉得此时此刻每位大臣身上都在上演着一出好戏。他的嘴角不由微微上翘，目光又投向站在右侧前端的曹睿的背影，他无法看到曹睿的脸，不知这位大将军在想些什么。突然，曹睿回头，随意而凌厉的目光向后扫了一眼，便又将头扭了过去，虽然仅是随意一瞥，沈爻却深深地感觉到对方在望自己。

不。

这绝不是随意一瞥，而是有意望来。

沈爻心中不由紧张起来，难不成曹睿察觉到什么了？

“皇上驾到。”

太监王贵尖细的嗓音响彻大殿，沈爻回过神，抬起头，见赵权走向龙椅，坐下，随群臣行礼、高呼。

“吾皇万岁万岁万万岁。”

“众爱卿平身。”

“谢万岁。”

众臣答谢、站好，少监王贵手持圣意上前，嗓音尖细、洪亮喊道：“天佑吾朝，良将辈出，辽国虎狼，其死不死，常胜军英勇杀敌，保吾朝边境安宁，将军曹奎、曹禺治军有方，将士英勇无畏，特此封赏。”

“吾皇万岁万岁万万岁。”

赵权望着下方群臣，脸上挂着喜悦之色，开口说道：“这些年，边境能够安稳，常胜军厥功至伟，而其中最为劳苦功高之人，非曹睿大将军莫属。曹家两代三良将，将常胜军士兵打造得如铜皮铁骨般坚硬，为朕守住这万里江山的第一道防线，论起封赏，最应赏的是曹睿大将军。”

曹睿连忙出列，抱拳回道：“回皇上，微臣早已不在军中，不敢领功。”

“大将军人虽不在，魂却在，常胜军上下将士有谁不认曹大将军？这全军上下皆受封赏，独缺曹大将军，他们还认为朕不公呢！”赵权一脸笑意，见曹睿欲要推辞，故意堵其口，继续说道，“好了，曹大将军，如何封赏，朕想想。”

曹睿沉默两息，回道：“谢皇上。”

赵权扫视群臣，淡淡开口道：“众爱卿可有本要奏？”

沈爻心如明镜，知道皇上的糖给了，现在轮到自己的这一巴掌了。他稳了稳心神，出列，喊道：“微臣有本要奏。”

“说。”赵权淡淡说道。

“不日前，微臣奉皇上之命彻查婧妃案，微臣不辱皇命，如今此案已彻底查清。”

安阳王、北定王顿时心沉海底，昨夜皇上派太监传旨，命二人参与早朝，二人便心中生疑，思考整夜，却不得其解。如今沈爻在朝堂公然谈及婧妃案，看此情景，恐怕沈爻与皇上早已是一丘之貉，难不成他们歪曲事实，找人顶罪？

“既已查清，沈爱卿抓凶即可，婧妃案已交大理寺主审，这抓人、审案没必要在朝堂之上。”赵权略显不耐烦地回了句，继续说道，“若沈爱卿没有其他事要奏，暂且退下。”

“回皇上，微臣也想抓凶，可此凶手微臣不敢抓。”

“不敢抓？天子犯法与庶民同罪。这凶手是谁，沈爱卿竟不敢抓？”赵权一脸玩味笑意地问道。

“这凶手就是……”

沈爻说到此处，突然停顿下来，目光望向曹睿背影，伸手指向曹睿，中气十足地喊道：“曹睿，曹大将军。”

“轰！”

一言激起千层浪。

大殿群臣无不惊讶、诧异，安阳王、北定王也是心头一惊。他二人虽不敢明言，可心中早已认定谋害婧妃的凶手就是皇太后，本以为今日皇上与沈爻要演场为皇太后洗脱罪名的戏，却没想到事情竟成了这般。仔细想想，婧妃之死若真是皇权之争，曹睿确有谋害嫌疑，赵权登基为帝，曹家飞黄腾达，为了曹家，曹睿也会替妹妹、外甥铲除绊脚石；事实证明，赵权登基之后，曹家兵权在手，真可谓不可一世。然而，战无不胜的常胜军只认曹家人，不认皇上，如此良机，无情的帝王如何会放过？只是不知这是婧妃案的真相还是权力之争的阴谋，这位帝王是何时开始谋划的？

赵权故作不信地皱了皱眉，望向神色坦然的曹睿，故意问道：“沈爻，你可有证据？若无证据，便是污蔑朝廷命官，你可知该当何罪？”

“回皇上，污蔑朝廷命官乃是死罪。”沈爻毫无惧意回道。

曹睿面对沈爻的指控，面色如常，毫无怒火，视若无睹，头也未转，语气淡然地说道：“沈大人说本官谋害先皇贵妃，本官倒是想听听沈大人有何证据。”

“那下官便一一道来。”

沈爻不卑不亢地回了句，继续说道：“下官翻阅婧妃案当年的卷宗，婧妃死因是溺水，身上缠满头发，而河边并未有任何可疑之处，甚至连凶手的脚印都没有。微臣猜测，凶手是将站在岸边的婧妃拖入河中，将其溺死，缠上头发，之后游至远处上岸，现场才未留下凶手任何线索。只是凶手没想到，不受控制之事还是发生了，婧妃被凶手溺死时，抓住了凶手的胳膊。常理来说，人在溺水之时心生恐惧，发现‘救命稻草’会拼命抓住，可婧妃娘娘超乎常人，或许她知道自己必死无疑，并未挣扎，而是忍着呛水在凶手手臂上咬了一口。”

“巧了，本将军手臂上确实有道牙痕，可这是本将军驰骋沙场与敌人搏斗之时被敌人咬伤。”曹睿自信满满地反问道，“难道沈大人可以证明这牙印是婧妃娘娘所咬？”

“是。”

沈爻自信满满地回了个字，见曹睿神情警惕起来，心中多了几分胜算，继续说道：“下官查阅婧妃案卷宗之时，之前彻查此案的前大理寺卿沈复在卷宗中写道：婧妃娘娘门齿缺失一块，现场并未找到。那就说明那块缺失的门齿可能在婧妃娘娘咬凶手之时被硌断。牙齿竟被硌断，想必所咬之物坚硬无比，若是人，必定是骨骼，那缺失的门齿就留在凶手的骨骼之中，曹大将军也说自己身上有道牙痕，为证清白，曹大将军敢否检验一番？”

曹睿一时沉默不言，表面波澜不惊，可心中已翻江倒海，袖中的手不由紧握成拳。他自信当年之事没留下任何证据，知道内情之人尽数被杀，面对沈爻的指控才毫无顾忌，却没想到沈爻掌握如此至关重要的证据。

不。

沈爻并非证据确凿，这仅是他的推测，此事已过去十九年，当年为自己疗伤的大夫已被灭口，沈爻只是凭借沈复卷宗上留下的门齿缺失一块的记录做出的推测，他是用他的命与自己的命赌，而他一开始道出牙痕只不过是让自己进入这场赌局的陷阱而已！

若是沈爻一开始提出验骨，曹睿完全有理由拒绝这荒唐的提议，可如今自己口中说出身上有牙痕，如若不验，便有畏罪嫌疑。如此看来，皇上已从皇太后口中得知当年之事，皇上是在借沈爻之手除掉自己，面对皇命，沈爻无法选择，才想出如此陷阱，逼迫自己就范。

如今，这场赌局已定，曹睿也没了选择，他唯有赌下去，赢了，这条命便保住了；输了，皇上便开心了。

既然要赌，便不能输了气势。

曹睿气定神闲道："清者自清，有何不敢？"

沈爻见曹睿镇定自若，心中忐忑，极力稳住心神，向皇上恳求道："恳请皇上传召太医。"

赵权向王贵眼神示意，王贵心领神会，高呼道："传太医觐见。"

…………

大殿之内，百官齐聚，然而，此时却静得出奇，无人敢妄发一言，似乎连呼吸声都极力压低；殿内之臣皆是人中翘楚，如何看不出这已不仅是一宗命案，而是一场对决、一场生死，皇上与曹睿的对决、沈爻与曹睿的生死。

"嗒嗒嗒。"

方正踏着急促的步伐进了大殿，一入大殿，便跪拜道："微臣参见皇上。"

"起来吧！"

"谢皇上。"

"开始吧！"

"皇上。"

礼部侍郎左世英见状，高呼出列，苦口婆心地劝阻道："皇上，此乃朝堂之上，圣洁、光明之地，如何能沾污秽血腥？这与礼法不合，不如转至他处，再行此事。？"

赵权狠狠瞪了左世英一眼，冷冷说道："爱卿也说这大殿之上乃圣洁、光明之地，此乃证明曹大将军清白之举，怎会与礼法不合？方太医，动手。"

"是。"

方正应了句，走到曹睿面前。曹睿深知已无退路，只好卷起袖子，露出带牙印的胳膊。方正从药箱中拿出刀子，轻轻在曹睿胳膊上的牙印处拉开一道口子，顿时，鲜血直流。曹睿痛得直冒冷汗，却不吭一声。方正聚精会神地在伤口处查找。

群臣屏住气息，目光齐齐望向曹睿胳膊，赵权、沈爻心中紧张，二人都知道若找不出那块门齿，二人将一个计划落空，一个命丧黄泉。

“皇上。”

突然，方正大喊一声，血淋淋的手指捏着一物举起，说道：“找到了。”

王贵连忙端着盛着清水的盆子下来，方正将血物放在水中。

血水散去，盆中留下一块牙齿。

赵权望着盆中残破的牙齿，会心一笑，脸色瞬间又凝重起来，望向曹睿，问道：“曹睿，你作何解释？”

“皇上。”

兵部侍郎万学友上前说道：“皇上，纵然曹大将军身上有残破的牙齿，可如何证明就是婧妃娘娘的？如曹大将军之前所言，与敌人搏斗之际被敌人咬伤，这牙齿可能是敌人之物，或许有人早知此点，以此来陷害曹大将军，请皇上明察。”

赵权不动声色，可心里早已恨不得将这万学友乱刀砍死。

沈爻见状，出列，说道：“皇上，婧妃娘娘虽已故十九年，可尸体存于皇陵并未焚烧，牙齿坚固，不会腐烂，一入皇陵对比，便可知晓微臣是查明真相还是陷害曹大将军。”

“好。”

赵权心里顿时踏实下来，忘记控制喜悦之绪地应了句，感觉情绪激动，立即恢复常态，正要命人去皇陵检验，只听曹睿突然开口道：“不用了。皇上，微臣认罪。”

第 35 章　江湖 · 无极楼

无极楼，不仅是座神秘楼阁，更是个神秘组织；然而，其中最为神秘的莫过于其楼主——费无极。

七年前，刀王燕北横闯无极楼葬身于内，无极楼一时名噪天下，位列天机十二宫之一，江湖中无人不知这横空出世的强大组织。然而，对其楼主所知甚少，此人是何方神圣、长相如何，一概不知，只知其姓费名无极，纵然眼线遍布天下的芙蓉栈查了数年也未查到其人，甚至无极楼门徒都不知他们首领长相，江湖传闻，费无极身怀无极令，其门徒见令牌，认楼主。

无极楼楼主费无极便是如此神秘的存在。

一家客栈。

方圆十里，荒无人烟，仅有这一处简陋客栈。

客栈冷清，生意惨淡，唯一的客人便是三日前入住的两名同行汉子，这两汉子与其他过路客不同，一住便是三日，看此情景，还要继续住下去。小二如前两日一样将饭菜送至二人房中，得到一两赏银，欢喜雀跃地下了楼，心中盘算若这两位大爷再住些日子，这娶妻的银子就有着落了。

木桌上放着未动的饭菜，两汉子一个坐在床边，一个坐在桌前，脸上皆是凝重之色，房内的气氛也颇显压抑，终于，坐在床边的汉子开口了。

“两日了，他还没来。”

“或许遇上了什么重要的事。”另一个汉子宽慰道。

“不，他知道，对他来说，世上没任何事比与我们见面更重要。”

“你觉得？”

“我有种不好的预感。”

“那该怎么办？”

“去太原。”

“这与约定不符。”另一个汉子慌张地回道，“如此随意行动，你我可能会受到处罚，说不定人头不保。”

“若他出了事，你我不知，那才真会人头不保。”

另一个汉子内心挣扎了一番，点了点头，赞同道：“好吧！”

二人当即收拾行李，带上小二端上的干粮，饭菜也未吃，匆忙离开客栈。打马狂奔一路，一口气行了百里，进了太原城，来到太原富商武府对面，远远望见武府外下人神色悲恸地悬挂白布。

这是在办丧事。

两汉子相视一眼，心里愈发担忧起来，其中一个汉子拦住路过的妇人，礼貌问道：“大娘，请问这武府发生了何事？”

“武家正办丧事，当然是家里死人了。”

“谁死了？”

“还能是谁？武家的老爷武纪。”

两汉子脸色无比难看，最担忧的事还是发生了，可他俩还是无法相信，两月前刚与之见面，怎么突然就死了？二人商讨一番，深知不宜暴露身份，决定入夜后一探究竟。

深夜。

两道身影在漆黑的夜中穿梭，行动敏捷、动作利落地翻过武府围墙，直奔灵堂。灵堂内燃着油灯，守夜的下人已昏昏欲睡，二人身影一落，一人点了一名下人的穴道，两下人晕死过去。

其中一人走到棺木前，手轻轻一抬，棺木盖无声无息地被掀开，另一人手持烛台照向棺木里。只见棺木里躺着一人，此人满脸乌青，显然中了毒，这两人并未多看死者的脸一眼，其中一人直接伸手掀开死者衣领，只见锁骨之下纹着锁链纹身，掀死者衣领的那人肯定道：“是他。”

“中毒？”另一人问道。

那人没有回话，又解开死者身上的衣物，见死者全身尽是些伤痕，却不足以致命，那人不甘心地将死者翻过身，见死者后背印着一个手掌印，不由惊叹道：“好凌厉的掌法。”

“死于这一掌？”

“不确定。”

“东西不在？”

“可能被家属处理，也可能……”

那人说到此处便停住了，他不敢说后面的话——若那东西不在，凶手很可能为了那东西杀了武纪，可凶手如何知道武纪有那东西？那人将死者摆好，合上棺木盖，说道：“先在武府找找。”

“好。”

二人利落地离开灵堂，来到武府书房，里里外外翻找了一遍，一无所获。二人大失所望，心里生出深深的恐惧，人死了，东西不在，他们回去还能活命吗？

…………

曹睿纵横官场、戎马一生，经历了太多的尔虞我诈、生死一线，赵权利用婧妃案的伎俩，他早有察觉，但他知道除非证据确凿，不然赵权也拿他没办法。他曾派人秘密跟踪沈爻，知晓皇太后欲杀沈爻，他惊叹沈爻竟能查出当年熹嫔之事，却也未放在心上，他自信当年的事做得天衣无缝，只是没想到竟输在一块小小的碎齿上。

曹睿瞥了眼缠着绷带的手臂，自嘲一笑，悠悠地抓起茶壶倒了杯茶，惬意地饮了起来，似乎这阴暗、潮湿的天牢都无法阻止他享受饮茶的乐趣。

天牢，主要关押犯了重罪的官宦显贵，犯人并不多，各个牢房空荡荡的，静得诡异。突然，一阵稳健的脚步声传来，曹睿一愣，心中立即猜测出来者何人，却未起身，继续坐在木凳上饮茶。

“舅舅好雅兴。”

来者正是当今圣上——赵权。

曹睿稳坐木凳，头也未转，悠悠往空了的茶杯中续水，说道：“皇上这声舅舅，罪臣实在当不起。”

“曹将军自然当得起。”

赵权并未恼怒，示意狱卒开门，弯着腰走了进去。随行的太监、狱卒心领神会地退避三舍。赵权在曹睿对面坐下，继续说道：“舅舅可否为朕沏杯茶？”

曹睿不言，默默地沏了杯茶，移到赵权面前。

“这里不是皇上该来的地方。”

“曹将军知道，朕必须要来。”

“皇上担忧？”曹睿玩味地问道。

“不。”赵权淡淡回了句，端起茶杯饮了口，缓缓放下茶杯，目光盯着对面的曹睿，冷冷说道，“朕要救曹氏满门。”

“皇上敢动？”

“世上没有朕不敢动的人，也没有朕不敢做的事。”

“罪臣下狱之事恐已传至边疆，若常胜军转向而行，纵然勤王军队赶来，常胜军一时拿不下这都城，彼此消耗，边疆无人防守，辽军将会如入无人之境，皇上不担心？”

“曹将军会吗？”

赵权脸上微微泛着笑意，毫无担忧之色，见曹睿沉默不言，继续说道：“朕知道曹将军不会，曹家不会，这叛国之罪，曹将军不会背负。”

“皇上这是将国之存亡放在罪臣身上？”

“朕从不将任何事的成败放在任何人身上。”赵权气势傲然地回了句，继续说道，“曹将军真觉得朕行事之前不做任何准备？呵……朕实话告诉曹将军，朕目前确实无法控制常胜军，可曹奎、曹禺一旦谋反，那便是他们的死期，常胜军也决然离不了边疆。”

“皇上为何如此自信？”

“曹将军还记得驸马爷方庆之吗？曹将军想不想知道朕当年为何杀

方庆之？”赵权眼神中闪过一抹悲凉，深吸一口气，继续说道，“朕告诉你，方庆之是向朕求死，知道为什么吗？驸马爷眼界非常人能及，他早已看出曹家危及这江山社稷，只有讨伐北契，朕才可蒙蔽你们曹家，削弱你们曹家的势力。可阻止朕讨伐北契的文官太多了，方庆之便想出以他之命拉阻碍朕的大臣下水，朕方可顺利讨伐北契。曹将军难道还以为驻守各地的将士还都是你曹家心腹？曹将军难道还以为常胜不败的常胜军全听命于你曹家？早就不是了。”

曹睿突然感觉身体空荡，似乎没了支撑点，挺直的脊背不由弯了几分，显出几分老态，他心中不由有些慌乱，大失分寸地吼道：“不可能。”

“曹将军，世上没有不可能的事，朕不怕拿着赵氏天下去赌，因为朕知道朕失不了这天下，唯一令朕心痛的是将要受苦的百姓，不过，这点，史书不会记在朕的头上，而是记在曹家的头上，曹将军敢拿着曹氏满门的性命和投敌叛国的罪名来赌吗？”赵权自信满满地威胁道。

曹睿彻底慌了，他不敢相信、不愿相信赵权所言，可又惧怕赵权表现出的这份魄力。没错，他不敢赌，赵权的底牌太大了，大得令他感到恐惧。

“皇上为何要这样？我曹家对皇上忠心耿耿，对皇上的江山社稷效过犬马之劳。”

“为什么？哼……曹睿，你问朕为什么？朕相信，你从未生出叛国之心，从未想过取而代之，可你们曹家的手伸得太长了，各地总兵、各地官员，你暗中安排了多少心腹？而在这些人中，你可知有多少人打着你们曹家的旗号侵田霸地、贪赃枉法？朕的江山，容不下任何人抹黑。”

曹睿彻底泄了气，心中仅存的一点自信被打击得荡然无存，面前的这位皇上远比先皇要狠辣、果断、懂得隐忍，他似乎从未真正认识过这位皇上，仅把他当作先皇的影子。而当年，先皇纵然知晓真相，亦不是妥协，无奈与自己暗中约定吗？可他不是先皇，他是现在的皇上——赵权。

“皇上打算如何？”

赵权知道曹睿已没了筹码，淡淡说道：“朕不想边防大乱，不想杀戮，朕也可以不杀你，只要曹奎、曹禺交出常胜军兵权，朕保你一直在这天牢之中，曹家后代荣华富贵。”

曹睿深知大势已去，唯有妥协，正如当年先皇向他妥协一样，他颤颤巍巍地起身，双膝跪地，叩谢道：“罪臣曹睿谢皇上恩典。”

赵权瞥了曹睿一眼，转身迈着步子离开，走到牢门口突然停了下来，头也未回，淡淡说道：“曹睿，你可知当年父皇为何向你妥协？”

曹睿一愣，抬起头，一脸茫然地望着赵权的背影。

“那是因为父皇早已想好将皇位传于朕。朕再告诉你，朕所谋所行皆是父皇临终前的交代，打败你的并不是朕，而是先皇。正如先皇所言，这江山是我们赵家的，任何人都做不了主，做主的只能是我们赵家。”

赵权说完，绝尘而去。

曹睿一脸怅然，颓废坐地，久久无法从震惊中回过神，这一刻，他才知道是自己输了，输得多么彻底。

第 36 章　权术

如今，婧妃案已结，纵然这个结果充斥着阴谋，一些人不愿相信，然而，这就是真相。至于此案的一些细节，确实模糊不清，毕竟此案已过去十九载，年代久远，物证难找，一些知情者也都被灭口，人证更是不在，自然无法证明每个细节。

如此说法倒也合乎情理，陈十六几人心中明了，可他们对沈爻怀疑到曹睿实在不解，死缠烂打，非得让沈爻讲出缘由。

沈爻被缠得心烦，解释道："皇宫戒备森严，进出宫都需记录，而当年曹睿掌管大内侍卫，他若想划去名字轻而易举。"

"仅凭此点，沈先生就怀疑曹睿？"万筠灵一脸不信，继续问道，"先生当时也说婧妃娘娘在水中被害，凶手若想制造水鬼杀人的事必须保证婧妃娘娘当时站在岸边，那曹睿如何确定婧妃娘娘一定会站在岸边？"

熹嫔的孩子。

沈爻对此点早有猜测，当年曹睿或许拿熹嫔的孩子做要挟，婧妃娘娘才与之见面，却没想到曹睿计划杀她，只不过，这关乎皇室、先皇声誉，无法告知他们详情。

"这便得问曹睿了。"沈爻耍无赖地回道。

"那冯迁呢？浣灵大娘不是说冯迁给我娘下毒吗？难道冯迁也是曹睿指使的？既然如此，曹睿已派人下毒，为何还要亲自动手杀我娘？"陈十六不解地问道。

"可能是他等不及了。"

沈爻故意找了个说得过去的说辞，心中却有另一番猜测，曹睿得知熹嫔淫乱后宫，还生了个孩子，而婧妃娘娘誓死保护这个孩子，如此大好时机，曹睿如何肯放过？

若猜测没错，起初皇太后可能并不知曹睿所为，甚至连曹睿指使冯迁下毒的事都不晓得，只是事后得知，而婧妃娘娘已死，皇太后也知曹睿所为是为了保他们母子在宫中的地位，便为曹睿隐瞒。当然，这也仅是沈爻的猜测，至于当年真相如何，恐怕也就只有曹睿与皇太后知道了。

陈十六听得一头雾水，曹睿为何等不及？转念一想，认为可能是因自己的出生，涉及皇权争斗，便也觉得如此也说得过去，心中生出另一个疑惑，问道："那市井中的淹死的人呢？"

"应是曹睿派人所为，他故意制造案件，令市井传闻水鬼杀人，再杀婧妃娘娘便容易令人相信，我翻阅受害百姓的卷宗，他们都是在婧妃死前不久遇害。"

沈爻在府衙翻阅案卷的卷宗时便想到这点，市井中被害的百姓只不过是事前演练的戏码，其真正目的就是证实婧妃之死是水鬼所为。

"这曹睿真是罪大恶极，害死了这么多人，我真恨不得冲到天牢亲手杀了他为我娘报仇。"陈十六义愤填膺地大骂，想了想，忧虑地问道，"先生，您说皇上会杀曹睿吗？"

沈爻肯定皇上想杀曹睿，可至于杀不杀，他也说不准，常胜军驻守边关，纵然曹睿谋害婧妃罪证确凿，可谁又能保证杀了曹睿，曹奎、曹禺不会狗急跳墙谋反？

皇上自然不希望边关生变，或许会与曹睿暗中交易，只是这些阴谋权术实在不宜说与陈十六。若他心中过不去这个坎，真闯入天牢杀曹睿，纵然自己与皇上的交易达成也难保他一条命。

"先生？"

陈十六见沈爻没回应，又唤了句，沈爻回过神，正愁不知如何解释，只听庭院传来脚步声，接着传来尖细、响亮的喊声。

"圣旨到。"

沈爻、陈十六几人朝外望了望，起身迎接前来的传旨太监。

“沈爻、陈十六接旨。”

沈爻、万筠灵连忙跪下接旨，见陈十六、花千语站在一旁，沈爻望了陈十六一眼，陈十六才不甘地下跪，示意花千语也跪下。

传旨太监瞥了二人一眼，并未多言，打开圣旨，念道：“先皇有灵，十六皇子尚在，祖宗家法，子嗣归位，已证陈十六为十六皇子，造玉牒，归族谱。另，封十六皇子陈十六为逍遥王，赐王府，钦此。”

“谢主隆恩。”

陈十六不屑地起身，接下圣旨，他从未想过当什么十六皇子、逍遥王，对这身份、地位从未多想一分，纵然得到也是平常之心，见沈爻送走传旨太监，不解地问道：“先生，皇上不是一直不接受我的身份吗？怎么现在不仅恢复了我的身份，还封我为逍遥王？”

“如此不好吗？”沈爻笑着反问了句，未告知陈十六事情真相，打趣道，“逍遥王。”

“先生笑我？”陈十六嘟了嘟嘴，愤愤说道，“我才不要当什么逍遥王，我要一直跟着先生查案。”

沈爻心中涌上一阵暖意，不由笑了笑。

如今陈十六的事已结，是时候查沈家的案子了。

…………

“死了？”

赵权语调诧异地问了句，放下正批阅的奏折，缓缓抬起头，凌厉的目光居高临下地盯着跪在面前的二人。

“是。”

二人跪在地上，几乎匍匐在地，健壮的身躯微微颤抖，他俩都是历经生死的汉子，早已不畏生死，可面对这位年轻的帝王依旧充满恐惧。

“确定是他？”

“是。”

“怎么死的？”

“不确定，有中毒迹象，后背中掌。”

“东西呢？”

“没……没找到。”二人又开始慌乱，连忙说道，“卑职已知会太原府，官府已出面将其尸体带回府衙妥善保管。”

“做得不错。”赵权淡淡说道。

二人悬空的心稍微踏实，这才敢伸手轻轻抚去脸颊上的汗，可依旧不敢多发一言，继续跪着等候皇上指示。

“退下吧！”

“卑职告退。”

二人担忧的心彻底放下来，哪敢多留片刻，连忙快步、轻声地退出御书房。

赵权脸色不由凝重起来，人死了，东西不在，那杀他的凶手是不是为了那件东西？可他的身份如此神秘，何人会知道？若只是件简单的谋杀案，赵权并不当回事，只痛心失去了个忠心的下属，可凶手若是为了那件东西杀人，此事便麻烦大了，赵权绝不允许自己多年的经营付之东流，此案必须彻查。

赵权心中想好人选，才想起郭玉，今早传召，想必此时他正在门外候着，冷冷问道：“郭玉呢？”

“在外候着呢！”王贵连忙应道。

“传。”

“是。”

王贵应了声，连忙退下传郭玉觐见。不一会儿，郭玉迈着步子进了御书房，上前行礼。

“微臣参见皇上。”

郭玉行完礼，久久未听皇上回应，心中疑惑，却不敢直身，继续弓着腰，心也不由忐忑起来。

“郭玉，你还记得朕为何留着你的命，让你当六扇门的总捕头吗？”

赵权的话令郭玉想到十几年前的一桩旧事，顿时，郭玉脸色惨白如纸，他不知皇上为何突然说起此事，心中惶恐到极点，极力稳了稳心神，可声音依旧忍不住颤抖。

“微臣……微臣记得。”

“朕当时说过，一条命，朕还容得下，只是这条命将来必须效忠朕，可你这个爹当得似乎并不称职。”

“微臣定对其严加管教。”

“严加管教？哼……你可知她干了什么？”赵权冷哼一声，抓起桌上的纸张摔在郭玉脸上，冷冷说道，“看看吧！”

郭玉慌乱地捡起纸张，快速地扫了一眼，上面写着万筠灵在天章院秘密查阅花应天的卷宗。他心中不解，万筠灵为何查当年殉职的花应天？皇上为何如此恼怒？

赵权瞥了郭玉一眼，见他神情疑惑，问道：“不明白？”

“求皇上明示。”

“花应天是当年护送十六皇子出宫的侍卫首领。”赵权冷冷回了句，望着郭玉震惊的脸色，看出郭玉并不知此事，失望地冷笑，继续说道，“你这女儿有自己的心思了。”

“微臣该死，请皇上饶她一命，微臣日后定对其严加看管。”郭玉惊慌恳求道。

“十几年前朕就饶她一命了。”

赵权不耐烦地回了句，继续说道：“朕当年之所以留她一命，是因你向朕起誓你父女二人日后定对朕忠心耿耿，可她呢？既然暗中查花应天，想必知道些什么，却不告诉你。你这个女儿，你还能管得了吗？”

“请皇上再给微臣一次机会，微臣保证筠灵以后誓死效忠皇上，对皇上不会有丝毫隐瞒。”郭玉惊慌地恳求道。

“好，朕就再给你一次机会。”

赵权对郭玉的态度颇为满意，爽快地应下来，继续说道，“不日后，朕会命沈爻离京查办一起案子，以万筠灵与沈爻的关系，令她跟着并不是难事，待支走万筠灵，你跟进花应天一事。若朕没猜错，当时劫走陈十六的人就应是这前大内侍卫首领，朕要你查清他的一切，将功赎罪。”

“微臣遵旨。”

第 37 章　旧识

太原?

商贾?

任凭如何天马行空地想象，这一介商贾都难与高高在上的皇上联系在一起，皇上为何会在意一个商贾被杀?还特意命自己前往太原查办此案?这商贾与皇上到底有何关联?更为奇怪的是，六扇门派万筠灵随同前往，难不成是皇上之意——派人监视自己查案?这案子背后到底有什么秘密?

沈爻心中实在费解。

如今，婧妃案已结，大理寺的关系打点得也差不多了，沈爻正计划暗中调查当年沈家的案子，却没想到差从天降，心中实在不愿离京。可皇上下旨，他如何敢抗旨?只能应下，并自我安慰：都已等了十二年，也不在乎这几天。

氤氲之气从茶壶中弥漫出来，马车内顿时茶香四溢。

沈爻心中琢磨着，手法娴熟地沏着茶，为万筠灵、陈十六、花千语各斟了杯茶，说道："冬日当饮普洱。"

"我们都是粗人，哪儿有先生这般讲究。"

万筠灵端起茶杯，一饮而尽，她心中也存有疑惑。昨日，义父郭玉神情凝重地回六扇门，欲言又止地说了些无关痛痒的事，随后差自己与沈爻一同前往太原办起案子，却什么也未嘱托。万筠灵越琢磨越觉得不对劲，义父似乎在隐瞒什么，可义父不言，她也不好多问，心里却一直难安，平日与沈爻斗嘴惯了，情绪也未加掩饰，说话没了顾忌。

沈爻抬起眼皮瞥了万筠灵一眼，见她面色凝重，关切地问道："万捕头心情不佳？是不是遇上了烦心事？不如说与在下听听，或许在下有可解之法。”

万筠灵一愣，一脸审视，望着沈爻，不解地问道：“沈先生何时变得会关心人了？”

不知为何，沈爻心脏一阵狂跳，他还从未有过如此感觉，似乎心思被人看透一般，不由笑了笑、饮了口茶掩饰情绪，故意说道：“在下只是担心万捕头情绪不佳影响查案，若查到凶手，抓不住，该如何向皇上交代。”

“先生不用担心，还有我呢！”陈十六显摆地插话道。

“就你那半吊子武功。”沈爻没好气地回道。

“先生，我哪有半吊子啊！”陈十六委屈道。

“连半吊子都没有，更指望不上你了。”

“我……”

沈爻觉得陈十六这一番搅和，万筠灵该不会多想，见陈十六一脸委屈，笑了笑，安慰道：“此行一切都指望你了，陈少侠。”

“先生看不起我，哼……哪天我非证明给先生看。”

陈十六丢下一句话，气得扭过头不理。

沈爻见他这般，不由一笑，这陈十六以前杀伐果断，如今又封为王爷，怎么还像个任性的孩子？当他把目光从陈十六身上移开，却发现万筠灵一双美目正直直地盯着自己，不由心虚，嘴角咧了咧，问道：“万捕头为何如此盯着在下？”

万筠灵起初对沈爻的话并未多想，可见到沈爻戏耍陈十六，愈发觉得沈爻是为掩饰什么故意为之，难不成沈爻是真的关心自己？她心头充满暖意，竟不由自主地盯着沈爻。被沈爻如此一问，才回过神，连忙说了句“没事”，慌乱地扭过头。

温暖的马车内一下子静了下来，气氛有些怪异，沈爻、万筠灵各怀心事饮着茶。

陈十六一阵赌气之后便忘了这茬，闲来无事，掀开车帘，一阵冷风入骨，又连忙将车帘放下，担忧地说道：“这天寒地冻的，塞北更是冷风入骨吧？安阳王年事已高，不知能否受得了。”

“放心，安阳王征战沙场多年，纵然年事已高，也不惧这小小的寒风。”

沈爻安慰了句，陈十六本就是知恩图报之人，安阳王为恢复他的身份、查婧妃案劳心劳力，陈十六对安阳王充满感激。这几日来他经常往安阳王府跑，叔侄俩的关系更拉近了不少，得知皇上派安阳王巡视塞北，他心中担忧老王爷的身体也在情理之中。

“也不知皇上为何非派安阳王巡视塞北。”陈十六不满地嘟囔道。

沈爻微笑不语，心中猜想：皇上定与曹睿已暗中达成协议，曹睿命二子交出常胜军兵权，皇上保曹睿一命。既然如此，皇上必定派亲信前往，安阳王身份尊贵，可代表皇上，又不求权力，派他去最为合适。

这安阳王巡视塞北是假，替皇上掌管兵权才是真。

太原城。

沈爻一行人赶了两天路，来到太原城，城内人头攒动，好不热闹，这座城池颇有特点，路皆是丁字路。

传闻，太祖皇帝当年攻打晋阳，可拿下晋阳之后，依旧遭军民自发抵抗，而且，之前数朝帝王皆是由晋阳起兵，太祖皇帝认为此处是出真龙的“龙城”，一气之下，先火烧晋阳城，后引水淹之，晋阳城彻底消失。三年之后，太祖皇帝在晋阳城南四十里修建这座太原城，为防止真龙出世，彻底封死龙脉，将此座城池的路皆修成丁字路。

“先生，太原府衙到了。”

沈爻从思绪中回过神，朝陈十六点了点头，弯腰下马车。

陈十六率先一步下了马车，向守门的衙役表明先生的身份，两名衙役似乎早已得知朝中派人前来查案，其中一人麻利地前去通知知府大人，另一人热情地领沈爻几人入府。在衙役的带领下，沈爻几人走了没多久，只见前方迎来数人，最前面一人身材矮小，身上穿着件略大的四品官服，显得整件官服套在身上，如唱戏一般，颇为滑稽。距离尚远，那人便拱手喊道："下官太原府知府何柳山拜见沈大人。"

"何大人有礼。"

"沈大人舟车劳顿，委实辛苦。"何柳山谄媚地说了句，连忙邀请道，"沈大人，请。"

"请。"

"沈大人，下官已在鼎红楼备下薄酒，咱们稍作休息，先饮口茶水？"何柳山边在前带路边小心翼翼请示道。

"客随主便，听何大人安排。"

"哪里，哪里，下官听沈大人的。"

何柳山谄媚地应了句，这才注意到沈爻身旁的万锜灵，身后的陈十六、花千语，见这几人虽年轻，却器宇轩昂，绝非等闲之辈，开口问道："沈大人，这几位是？"

"这位是万锜灵万捕头，六扇门的捕头，协助本官调查此案，这二人是本官的下人。"

沈爻随意介绍一番，知陈十六不讲究做派，故意未表明陈十六身份，何柳山一听，连忙谄媚地向万锜灵行礼，自责道："下官失礼，原来是六扇门的捕头大人。"

"何大人，你乃四品知府，下官只是六品捕头，你在本捕头面前怎么自称下官？"万锜灵没好气地回道。

"呵呵……"

何柳山不由尴尬一笑，不知如何应话，索性不答，引领几人进了大堂。堂内已备好茶水，何柳山请沈爻上座，沈爻也不推迟，便在上座坐下，饮了口茶，放下茶杯，开口问道："何大人，听闻这死者是本地富商？"

"是。"

何柳山连忙放下手中茶杯，继续说道："武家在太原城名气颇大，早在几十年前便是本地富商，以前是武纪的父亲武胜掌管家业，六年前，武胜死后，家业便由武纪掌管，死者正是武纪。”

“何大人对这武纪可有了解？”

沈爻不动声色地打探，皇上竟关注一介富商之死，其中定有缘由。

“有些了解。”

何柳山神色略显尴尬地点了点头，继续说道：“这武纪平日乐善好施，为人正派，他是本城第一富商，朝廷颁布的一些法令，他都颇为积极配合，下官经常与之打交道，还算得上了解。说起这武纪，也是个传奇人物，早年离家，直到七年前才回来。当时武家家业有败落迹象，武胜身染重病，其长子武兆又是个纨绔子弟，难担家业，武纪回来后担起家业。短短一年，便令武家重回正轨，事业蒸蒸日上，武胜在临死前将家业交于武纪。”

“离家？他离家干什么去了？”

“传闻是在外游历，至于具体做什么，下官也不知。”

“这武纪只有武兆这一个兄弟吗？”

“还有三个姐妹，武家以前也是富商，子嗣繁茂，武胜共有两儿三女，这女儿都已出嫁，只有武纪与武兆两兄弟尚未分家。”

“他们兄弟姐妹之间的关系如何？”

“并不好，武兆虽为长子，可武纪家规严明，做事向来讲规矩，武兆为人纨绔，经常遭到武纪的斥责，只不过，这家业都是武纪打下来的，武兆也不敢违背兄弟。”

沈爻觉得该问的也差不多问完了，茶也喝够了，直接起身说道：“何大人，咱们先查看武纪的尸体吧！”

“沈大人，马上就该进食了；这尸体已腐烂，看一眼都令人作呕，不如……”

“无碍。”

沈爻淡淡打断，何柳山也不好多言，只得带着沈爻一行前往停尸房。行了半炷香的时间，一行人便来到后院停尸房，何柳山捂着鼻子命衙役将尸体上的白布掀开。

白布打开，只见一具略有腐烂的尸体躺在木板之上。

沈爻迈着步子走上前去，朝尸体的脸望了一眼。顿时，沈爻神情大惊，身躯不由颤抖起来，双拳也紧握起来，目光死死盯着那张略微腐烂的脸。

他永远忘不了这张脸。

这张脸正是十二年前屠杀山贼、放火烧山的凶手的脸。

第 38 章　两面

十二年了。

沈爻无时无刻不记着这张脸，这张脸犹如他虎口处的伤疤一样，无论过了多久，他都不会忘记、不能忘记。芙蓉栈创立后，沈爻率先做的便是命芙蓉追查此人下落，可查了数年，毫无线索，他甚至都以为此人早已被灭口。可如今，此人竟出现在他面前，遗憾的是，此人已成一具尸体。

不。

纵然是具尸体，也会留下线索，皇上命自己查此案，不正是一条至关重要的线索吗？

皇上定与此人认识，或许此人暗中为皇上效力，那十二年前此人利用山贼将沈家被流放的家眷灭口是不是当今皇上之意？沈家的案子与当今皇上是否有关？

沈爻心中充满各种疑惑，他恨不得立即查清武纪的过往，将当年的事弄得一清二楚。

“沈先生？”

万筠灵见沈爻盯着死者的脸出神，心中颇疑地喊了句，这才令沈爻从思绪中回过神。

沈爻深知刚才怪异的反应已令万筠灵生疑，极力压制住激动的情绪，风轻云淡地将目光从死者脸上移开，望向万筠灵，淡淡问道：“万捕头，怎么了？”

“你……没事吧？”

“躺在这木板上之人又不是在下，在下能有何事？”沈爻笑着反问道。

“没事就好。”

万籍灵不信地回了句，她与沈爻相处不短，对沈爻极为了解，此人向来从容自若，遇上任何事都淡然处之，绝无紧张之态，这是由心而生的一种自信，纵然生死攸关，也不会怯露半分。可如此从容之人竟面对一具尸体出神，万籍灵对自己的眼力颇为自信，那绝不是验尸的神情，而是突如其来的震惊，难道沈爻与这武纪认识？

沈爻瞥了万籍灵一眼，见她俏脸尽是不信之色，心知刚刚那拙劣的玩笑并未打消她心中疑惑，或许……她已确定自己认识这武纪，也不知她是不是受赵权之命前来监视，若是，她会不会将刚才之事上报与赵权？

沈爻不知，心中愈加烦乱，若是他人，无论是否受命跟随，稍微发现自己的一丝秘密，沈爻也绝不会手软，可她……是万籍灵。

“验尸。”

沈爻深知想也白想，目前最重要的是查明武纪被杀真相，找出武纪身上的秘密，淡淡说了句，便着手验尸。死者最明显的特征便是全身发黑，是中毒之兆，而在死者发黑的身上尽是大小不一、深浅不一的伤痕，不过，这些伤痕并不足以致命。

“这人可真惨，全身是伤，像是被人严刑拷打过一样。”陈十六凑上前，望着满是伤痕的尸体，咋舌道。

“毒打。”

沈爻淡淡回了句，已弓着身子准备检查死者口腔，似乎后面长了眼睛一样“看到”众人疑惑之色，解释道，“从死者身上的伤痕来看，应是皮鞭之类的软物抽打，这些伤痕大小不一、深浅不一，施暴者应是不会武功之人，无法控制腕力才留下如此伤痕。”

“先生，这是不是太绝对了？”陈十六提出异议，问道，“若是会武功之人故意造成如此假象，不控制腕力也可造成啊！”

“你说得没错，事无绝对。”沈爻赞同地回了句，脸上尽是欣慰之色，扭头望向陈十六，夸赞道，“很好，学会思考了。”

陈十六被夸得不好意思地挠了挠头。

沈爻又将头面向死者的脸，打开死者口腔，顿时，一股恶臭袭来。沈爻毫无反应，似乎嗅不到一丝难闻之气，甚至鼻头往死者口腔处凑了凑，隐约嗅到恶臭之中夹杂着一股特殊气味，这气味虽淡弱似无，可沈爻还是嗅到了，又动了动鼻头，确定此物，不由眉心一皱，说道："幻仙草。"

"幻仙草？死者身上的症状确实像中了幻仙草的毒，只不过，幻仙草虽然有毒，可毒性较弱，其主要特点是致幻，令人分不清现实与幻境，凶手杀人为何使用此等毒药？难道凶手下毒的目的并非杀人而是另有目的？"万筠灵惊讶地问道。

沈爻没有回话，朝陈十六示意了个手势，二人将死者翻过身，顿时，死者后背一道掌印映入眼帘。

万筠灵大惊失色道："好凌厉的掌法。"

"岂止凌厉，简直是绝顶高手。"沈爻检查着掌印，淡淡地回道。

"死者死于这一掌？"

"还不能肯定，幻仙草毒性虽弱，可从死者的死状来看，服用了极多，足以致命。"沈爻解释道。

"如此凌厉的一掌还不足以要他的命？"陈十六诧异问道。

"若他也是个高手呢？"

沈爻一把抓起死者的手腕，将死者虎口展示于众人，只见死者虎口处满是老茧，能留下如此老茧，绝对是使兵器多年的练家子。

万筠灵不解道："一个富商竟是练家子？"

"一个富商，都能令皇上关注，是个练家子，有何奇怪？"沈爻淡淡反问了句，悠悠感慨道，"这个武纪身上的秘密不少啊！"

万筠灵神情凝重地问道："沈先生，那现在怎么办？"

"吃饭。"沈爻从口袋掏出一块手帕，擦着手回了句，又朝站在门口、捂着嘴鼻的何柳山走去，说道："何大人，走吧！"

"走，吃……呕……"

何柳山松开手回了句，一股恶臭入口入鼻，令他胃里一阵翻腾，忍不住干呕着跑了出去。

鼎红楼。

风格独具的酒楼，不气派、不豪华，尽显朴素、古雅之感，如此韵味，正合沈爻心意，这何柳山浑身散发谄媚、庸俗之气，没想到竟有些品位。几人刚入酒楼，店小二便眼尖地迎上来，热情地带着沈爻几人进了何柳山早定好的雅间，几人纷纷就座，何柳山率先开口道："沈大人，这家酒楼虽不气派，可在我们太原城颇为有名，其菜系都是晋菜，绝对正宗。"

"本官早闻太原盛产美食，特色小吃数不胜数，今日定好好尝尝。"

"希望能入沈大人金口。"

二人闲聊之际，饭菜开始陆续端上，这晋菜口味偏重，色香味俱全，看着闻着便食欲大开。

"动筷吧！"

沈爻发了句话，陈十六率先动筷，夹起一块肥肉，塞进嘴里，顿时，油水流出嘴角，陈十六只觉这肉质嫩滑，味道绝美，沈爻、万�灵、花千语也纷纷动筷品尝起来，唯有何柳山干坐一旁，望着桌上饭菜，不由想到武纪那腐烂的尸体，只觉胃里一阵翻江倒海，哪里食得下去？

陈十六见何柳山不吃，边嚼着肥肉，边说道："何大人，吃啊！"

"你吃，不用管……"

何柳山望着陈十六嘴里的肥肉，又想起武纪的尸体，胃里愈发难受，强忍着恶心、呕吐。

"何大人还恶心啊？这太原城难不成没发生过命案？何大人都没见过尸体？"陈十六阴阳怪气地问道。

何柳山心里一阵恼火，这话是在暗讽自己是个昏官，一个小小的下人竟敢如此口无遮拦，实在可恨，这沈爻怎么管教下人的？他不敢得罪沈爻，可这小小的下人不教训一番，实在过不去，冷冷回道："本官是当地知府，当地大小事宜都由本官管理，本官也审案，为百姓辨冤，可无须亲自验尸。”

“大人说得对，大人事务繁忙，实在没必要陪我家先生查案。”陈十六笑呵呵地说道。

“你这下人如何说话呢？”何柳山气冲冲地骂道。

“何大人，十六虽话语不当，可也在理，你乃太原知府，事务繁忙，没必要亲自陪同，不如这样吧，你派个捕快为本官引路？”沈爻淡淡说道。

“沈大人，这……”

“放心，此案查清，本官会上奏皇上，说何大人全力协助。”

“好，好，下官多谢沈大人。”

何柳山一脸感激，他也不愿陪同查案，可关键这案子皇上关注，若不在这案子上尽心尽力，事情传到皇上耳中，免不了降罪。如今沈爻主动提出不用自己参与，他实在欢喜，连忙说道：“下官立即安排府衙最得力的捕头协助大人。”

“有劳何大人了。”

“哪里哪里，下官这就去安排。”

何柳山激动地回了句，连饭也不吃，连忙去安排。过了没多久，沈爻几人酒足饭饱，刚出雅间，只见身材魁梧、穿着捕头服饰的汉子迎上前来，抱拳道：“小人太原府捕头李柏见过沈大人。”

“何大人让你来的？”

“是。”

“吃饭了吗？”

“回大人，小人吃过了。”

“带路，去武府。”

武府距离此地不远，过三条街便是，沈爻几人并未乘坐马车，在李柏的带领下，步行前往。路上，沈爻向李柏打听了一番武纪，从李柏口中得知，武纪家中有妻，乃是当地另一富商胡学东之女，名曰胡青青，年龄二十有六，长相绝美，当年乃是太原城第一美人。

六年前，武纪掌管武家，武家成为太原首富，而另外几大富商生意败落，胡学东便是其中之一。胡学东为了家业，主动将女儿胡青青嫁给武纪，这才保住万贯家业。虽说胡学东是为家族舍弃女儿，可武纪对这个妻子疼爱有加，夫妻二人恩爱，唯一遗憾的是结婚六载，尚无子嗣。

至于武纪大哥武兆与何知府讲述相差无几，这武兆颇为惧怕武纪，可他也知道，如果没有这个弟弟，他活下去都难，对这个弟弟又畏惧又依赖。如此聊着，沈爻几人来到武家门前，只见这武家大门高墙、气派辉煌，不愧是太原城第一富商的府邸。

李柏上前敲了敲门，武府下人得知京城来的大官调查老爷的案件，连忙请沈爻几人入府，安排在大堂饮茶，去请夫人。过了约半盏茶的时间，只见一位长相绝美、气质绝佳的女子盈盈走来，向沈爻行礼道："民妇武胡氏拜见大人。"

"无须多礼。"

"谢大人。"

胡青青答谢一番直起身。

"武夫人入座吧！"

"是。"

沈爻见胡青青在一旁椅子上坐下，开口问道："武纪之案已由本官负责，本官需向武夫人询问些事。"

"大人请讲。"

"本官有一事不明，武纪被害，乃是一桩命案，武夫人为何不报官？"

"回大人，并非民妇不愿报官，只是相公死于家中，姿态安详，民妇没想到相公乃是被人所害，还以为突发疾病而亡，便为其举办丧事，直到府衙来人，开了棺，民妇才知相公并非疾病而死。"

"武纪死于家中？"

沈爻心中泛疑，武纪身上皆是伤痕，一眼瞧去便知曾被人毒打过。另外，尸体怎会在家中？难不成是凶手移尸于此？那凶手费尽心思移动尸体目的为何？

“是。”

“说说你发现武纪尸体的经过。”

“是，七日前的清晨，民妇去书房整理。走进书房，发现相公在书房卧榻沉睡，以为离家的相公归来累了，生怕打扰相公休息，便退了出去。可直到中午相公还未起来，民妇便去叫，发现相公已经死了。”

“你相公突然死了，你就不觉奇怪？就这么匆匆为其下葬？”沈爻不信地质问道。

“大人，民妇相公死时衣着得体，又躺在家中卧榻上，表情虽然狰狞，可家中无打斗痕迹，半夜更未听到声响，民妇如何会想到相公是被人杀害？”胡青青镇定回道。

“可他身上有多处伤痕，你就不曾怀疑？”

“这……”

胡青青不由紧张起来，放在膝盖上的双手不由彼此紧握，却迟迟不答话。沈爻打量着胡青青，突然发现对方手腕上也有一道伤痕，与武纪伤痕颇像，也应是被皮鞭之类的软物抽打造成，心中不由生出离奇想法，开口问道：“武夫人有难言之隐？本官若没猜错，武夫人身上的伤与武纪身上的伤差不多。”

胡青青一听，下意识地将手缩进袖子，沉默了片刻，似乎知道难以隐瞒，开口说道：“武纪他……他有怪癖。”

“怪癖？何种怪癖？”

胡青青纠结许久，无奈回道：“卧榻之上喜欢抽打助兴。”

“你身上的伤便是武纪为之？”

“对。”

胡青青点了点头，激动地说道，“民妇见他身上有伤以为他兴趣使然，未曾多想，大人，民妇所言属实，绝非不想报官，只是以为相公他怪癖严重致死，而且，家丑不可外扬。”

沈爻见胡青青神情真切，所言也合乎情理，继续问道：“你刚才说你相公之前离家，可知他去做什么？”

“民妇不知，相公他经常突然离家，一走便是数月，至于他去干什么，民妇也曾问过，可被毒打、警告之后，就不敢再多问半句。”

第 39 章　其兄

突然离家？

一走数月？

难不成武纪还在暗中为皇上效力？事关皇上，确实不宜讲与他人，可若是如此，武纪便未离开江湖，那为何眼线遍布天下的芙蓉栈都查不到他半分线索？他在江湖中是何种身份？沈爻愈发好奇武纪的秘密，不动声色地继续打探道：“你对你相公了解多少？他可曾对你讲过他回太原之前的事？”

“没有。”

胡青青摇了摇头，嘴角泛起一抹苦涩笑意，继续说道：“民妇嫁于相公虽已有六载，可说实话，民妇感觉一点都不了解自己的相公，在外人面前，相公温文尔雅，是人之楷模，可无人之时，却性情暴戾，简直判若两人。”

“那如今他死了，你是不是感到解脱？”

“大人。”

胡青青慌乱地喊了句，激动地站起身，回道，“民妇虽心有埋怨，可他毕竟是民妇相公，民妇再残忍也做不出谋害亲夫之举，望大人明察。”

“武夫人无须如此激动，本官并未说你是凶手。”沈爻淡笑着回了句，见胡青青情绪平复下来，继续问道，“武夫人可知你相公有没有什么仇家？”

“相公当年以互败手段打击其他富商，令太原城不少富商损失惨重，有些甚至家破人亡，仇家自然是有。可事过几年，应该不至于此时报复，至于是否有其他仇家，民妇就不知道了。”

“武纪他大哥呢？本官听闻这两兄弟并不和睦。”

“大伯他虽常受相公指责，可相公说他也是为他好，大伯心里明白，应该不会做出此等事。”胡青青摇着头回道。

“本官了解了，那本官先告辞了。” 沈爻见从胡青青口中已问不出什么有价值的线索，起身告辞，想了想，又说道，“若日后武夫人想起什么来，可去府衙找本官。”

“是。”

胡青青随着起身，应了句，犹豫了片刻，开口问道：“大人，那民妇相公的尸首能否领回来安葬？”

古语：死者为大，入土为安。

这武纪已死七日，尸体都开始腐烂，家属希望尽快将其下葬、入土也在情理之中。

沈爻望向李柏，吩咐道：“李捕头，派人将武纪尸体送回武府。”

“是，大人。”

“告辞。”

沈爻向胡青青点了点头，出了大堂，万筠灵几人也纷纷向胡青青点头告辞，随沈爻离开。武府乃深宅大院，从大堂至外门也得走上一会儿，李柏在前带路，万筠灵见四下并无他人，开口问道：“沈先生可有发现？”

“并无发现。”

“这位武夫人呢？”

“万捕头此话何意？”沈爻不解地问道。

“先生相信这位武夫人？”万筠灵问了句，继续说道，“虽说武夫人不报官的理由充分，可也证明武纪性情变态，常人难忍，这位武夫人正有杀人动机。”

“她确实有杀人动机。”沈爻赞同地点了点头，可话锋一转，分析道，“可从武纪的伤推断，他曾被人毒打、下毒，若武夫人在武府中谋害武纪，不可能使用如此冒险的手段，太容易被下人发现；若命案现场不在武府，武夫人又为何费尽周折将尸体搬入家中？武纪在府外被杀，她的嫌疑更小。”

此番分析确实合理。

万筠灵想了想，说道：“从武夫人对武纪的描述，此人表里不一，想来定有许多不为人知的秘密，死者身上虽留下诸多线索，可对这武纪了解太少，此案并不容易查。”

沈爻听万筠灵此话之意似乎也不知武纪的秘密，难道她跟自己一样——什么都不知，只是查案？若武纪真以另一重身份效忠皇上，也因这重身份被杀，那这起案子该如何查？毕竟武纪的另一重身份连眼线遍布天下的芙蓉栈查了数年都查不出来，天下又有何人能查出来？

武纪是皇上的人，皇上定知道武纪身份隐秘，那皇上派自己来查武纪之死却又不告知武纪的神秘身份，皇上为何要如此做？难道……不，沈爻觉得自己想多了，或许此案只是一桩简单的谋杀案，与武纪的另一重身份毫无关系。

“李捕头。”

沈爻几人正要出武府大门，突然，后面传来男子的喊声，几人转身望去，只见一个中年男子手里提着鸟笼，摇晃着身子走来。

“大人，此人便是武纪的大哥武兆。”李柏压低声音对沈爻说了句，朝武兆拱了拱手，回道，“武兄弟。”

武兆走上前，见沈爻几人面生，好奇地问道：“这几位是？”

李柏朝沈爻望了眼，见沈爻微微眨眼，领会沈爻之意，介绍道：“这位是大理寺沈大人，这位是六扇门万大人，两位大人前来处理令弟的案子。”

“草民参见两位大人。”武兆激动地将手中的鸟笼一丢，向沈爻、万筠灵拱手行礼，神情悲伤地说道，“大人，我弟弟他死得好冤，求两位大人查出害死我弟弟的凶手，为我弟弟报仇雪恨。”

“此乃本官分内之事。”沈爻淡淡回了句，继续说道，“既然遇见，本官有些事想问你。”

“大人请问。”

“你觉得你这位兄弟为人如何？”

“为人？”武兆神情突然变得不自然，微微苦笑，表情为难地回道，“回大人，实不相瞒，我这弟弟并非如外界传闻那般，平日里待人挺刻薄，一点小事令他不满意，他就非打即骂，虽然我是兄长，可也挺惧怕这个弟弟。”

“你如此说，就不担心本官怀疑你？这武家偌大的家业实在非常诱人。”沈爻没想到武兆竟如此坦白，故意说道。

“大人，草民有几斤几两心里清楚，虽然我这兄弟平时训斥于我，可没了这兄弟，家业到了我手上，没几年也就败光了，这赚钱的脑子我虽然没有，可也明白不能杀鸡取卵的道理。”武兆笑着回道。

“你还真直言不讳。”沈爻没想到这武兆如此厚脸皮，笑着回道。

“草民说的是实话，所以，草民比任何人都恨这杀人凶手，一是因为兄弟之情，二是因为草民没了混吃等死的好日子。”

“那你觉得谁会害死你弟弟？”

“这个，草民哪里知道？”

“那你知道什么？”

“知道什么？”武兆想了好一会儿，突然，一脸激动，说道，“哦，对了，我那兄弟有一处产业，外人不怎么清楚，也不知道跟他被杀有没有关系。”

“什么产业？”

“花万楼。”

“花万楼？”

沈爻一脸疑惑反问了句，李柏连忙回道：“大人，这花万楼乃是太原城一处妓院，没想到竟是武纪的产业。”

“怎么？这武纪经营妓院有何不妥？”沈爻不解地问道。

“这倒没有，只是武纪乃太原城第一富商，经营的都是粮食、布匹、酒楼这类便民生意，在外形象一直良好，颇受百姓敬仰，没想到竟也做起了皮肉生意。”李柏语气带讽地回道。

“并非做起了，是一直在做，而且……”武兆颇显犹豫，想了一会儿，继续说道，“算了，索性我全都说了，虽然有损我弟弟的形象，可也为查出凶手，相信我弟弟不会怪我。”

“到底是什么？”李柏没好气地问道。

“其实，我那兄弟经营花万楼并非仅为了赚钱，他这人有怪癖，看似与弟媳情比金坚，不娶妾室，实则金屋藏娇，那花万楼来的姑娘都先经他手，再在花万楼里卖身。而且，我那兄弟性格怪异，喜欢虐待，在城内有处隐蔽别院专供他与姑娘享受，外人不知道。”武兆一脸嫌弃地说道。

“你可知道那处隐蔽别院在何处？”沈爻问道。

“这个就不知道了。他可是我的财神爷，又不关我的事，我哪里敢查他。要是让他知道了，打骂一顿是小，断了我的钱财可就麻烦了。”

“你还知道你这兄弟其他秘密吗？”

“别的就不知道了。”

“好，若想起其他，可去府衙找本官。”

“一定，一定。”武兆连忙点头应下，态度谄媚地说道，“大人为我弟弟的案子辛苦了，来日定亲自向两位大人致谢。”

“那倒不用了。”

沈爻淡淡丢下一句，转身出了武府，万筠灵几人跟在后面，一出武府，沈爻开口问道：“李捕头，那花万楼在何处？”

“就在三桥街。”

“走，去花万楼。”

沈爻说了句，迈着步子就朝前走，可走了两步，似乎想到什么，突然停了下来，望着万筠灵、花千语，问道：“你二人先回客栈？”

“为何要回客栈？武纪是花万楼的老板出自武兆之口，武兆敢讲此话，绝非信口雌黄，如今武纪被杀，官府查到花万楼，花万楼的老鸨敢不交代？若真不交代，直接带回大牢严刑逼供，又能撑到几时？”万筠灵冷冷反问道。

“万捕头，霸气。”

沈爻朝万筠灵竖起大拇指，称赞了句，继续说道：“走，花万楼。”

第 40 章　天香

莺莺燕燕入眼，靡靡之音入耳，女子芳香入鼻，美食佳肴入口，这便是花万楼，一个令太原城男子心驰神往、不惜挥洒金银之地。

夜幕未降，客已满至。

风韵犹存的花万楼老鸨巧妈妈正搔首弄姿地招呼客人，浓妆艳抹的脸堆满见到金银入袋的笑容。突然，她望见一人，神情不由一怔，满是笑容的脸一下子僵了起来，却快速恢复如常，摇着水蛇腰迎上前，热情招呼道："捕头大人今夜大驾光临，奴家真是受宠若惊。"

此人正是带沈爻几人前来的捕头李柏。

"少废话。"李柏没好气地回了句，照着万筠灵的吩咐冷冷威胁道，"你若还想继续做生意，最好找个隐蔽之地老老实实交代几件事。"

巧妈妈一听这话，脸色不由冷了下来，淡淡说道："大人，奴家向来本本分分做生意，从不敢罔顾法纪，大人让奴家交代什么？可是审讯？奴家虽是九流烂身，可在这太原城也识得一两个人。"

"你识得谁？要不要将他叫来？"万筠灵冷冷插话道。

巧妈妈望了万筠灵一眼，见这女子英姿飒爽、气质不俗，绝非一般人，心中略微慌乱，试探地问道："姑娘是何人？"

"这两位是京城来的沈大人、万大人。"李柏回道。

"本官与万大人来太原城是为了武老板的案子。"沈爻收回朝四处打量的目光，落在老鸨脸上，见她脸色闪过一抹惊慌，想来武兆所言不虚，继续说道，"本官既已查到此处，想必你能明白怎么回事，老鸨，你应知道，杀人，是要被砍头的。"

老鸨一下子慌了，浓妆艳抹的脸都吓白了，连忙热情邀请道："大人，楼上请。"

沈爻迈着步子上了楼，在老鸨的带领下，几人进了间装潢豪华的客房。刚一进门，老鸨连忙将门关上，“扑通”一声跪地，求饶道：“大人饶命，民妇只是一时贪念，想占武老板这份产业，这武老板的死跟民妇毫无关系。”

沈爻在椅子上坐下，顺势斟了杯茶，悠悠饮了口，说道：“你既已明白我们此行的目的，那就老实交代。”

“是，是。”老鸨连连点头，继续说道，“大人，杀武老板的凶手是天香。”

“天香？此人是谁？”

“回大人，天香是花万楼前不久买的姑娘。”

“详细道来。”

“是，一月前，天香来花万楼卖身，民妇见她身段、长相绝美，就收下了。大人也知这花万楼实则是武老板的产业，武老板对新来的姑娘颇为感兴趣，十日前，武老板如往常一样来花万楼选新来的姑娘，一眼看中天香，将其带走，次日天香并未回来。这种事以前也发生过，武老板有时将姑娘打得下不了床，而他总是与姑娘过完夜之后离开数日，甚至数月，我便亲自去接，可到了武老板的私宅，并未发现天香。过了三日，民妇听闻武老板死了，心中慌乱，却见武家并未报官，也知花万楼是武老板产业的事没人知道，心里便生了这占为己有的贪念。”

“天香现在在哪儿？”

“民妇也不知。”老鸨摇了摇头，继续说道，“民妇得知武老板过世，便觉得此事古怪，认为武老板的死与天香有关，曾派人找过，可没找到。”

“她的卖身契可在？”

“在。”

“取来。”

“是，民妇这就去。”

老鸨应了句，去取天香的卖身契，过了片刻，便带着卖身契回来。

这卖身契不仅写明天香的生辰八字、祖籍，甚至还有其画像，沈爻率先打开画像，见这天香果然生得貌美，再看这生辰八字，竟才十六岁，而她的祖籍竟是京城，那她为何来太原卖身？沈爻心中费解，疑惑问道："老鸨，这天香乃京城人士，为何来太原卖身？"

"回大人，民妇也曾问过，她说家中已无亲人，是来太原寻亲，未曾寻到，盘缠用尽，已无处投身，无奈之下只得卖身。"

"这画像本官先行带回，可好？"

"当然，当然。"

"武老板那处私宅你可知道在什么地方？"

"在半坡街。"

…………

武纪被杀之前，曾与天香在一起，武纪被杀，天香失踪，这天香的嫌疑确实最大。

可她是凶手吗？

那天香为何要杀武纪？是因武纪患有怪癖，对其欺辱，天香无法忍受才下此狠手？可从对武纪的种种调查来看，此人生性多疑、城府极深、武功奇高，天香只是个十六岁的姑娘，纵然在床榻之上行亲密之事，武纪对其放松警惕，天香恐怕也难以控制他。而且，对武纪进行尸检可知，武纪死因有两种，中毒、中掌，那个掌印绝非十六岁姑娘的掌印，那天香杀武纪是用幻仙草？幻仙草并非砒霜这类随处可见的普通毒药，那就说明天香杀武纪绝非一时兴起，而是早有预谋，这与她是京城人士却来太原卖身的怪异举动颇为符合，也可解释为何她竟能制伏生性多疑的武纪。若是如此，这天香与武纪定有深仇大恨。

天香到底是什么人？

她为何与武纪有仇？

如此看来，唯有找到天香方可知其中缘由，可也不知这天香如今在哪儿，是否逃出太原城。几人出了花万楼，沈爻便将天香的画像交给李捕头，吩咐道："李捕头，命令下去，全城通缉天香。"

“是。”

“还有，带人去武纪的私宅，本官现在就往那里赶。”

“好嘞。”

李柏应了句，带着画像前往府衙。

此番全城通缉，也不知能否抓到天香，对沈爻来说，查清谋杀武纪的凶手固然重要，可最为重要的是查清武纪的秘密，找出当年指使他利用山贼屠杀沈家被流放家眷的凶手。

天香不惜卖身杀武纪，二人定有深仇大恨，天香便有可能是查武纪秘密的突破口。

查人，而且如此光明正大地查人，自然要找六扇门了。

沈爻又扭头望向万�灵，吩咐道：“万捕头，麻烦你传信于六扇门，对天香进行调查。”

“沈先生认为这天香姑娘是凶手？”

“只能说目前她嫌疑最大。”

“明白了，在下立即传信六扇门，让他们尽快查清这天香的身份，将消息传回。”

“好，你我分头行动，你回客栈修书一封，我等赶往武纪私宅调查，到时我们在客栈会合。”

“好。”

万筠灵爽快应下，直接赶往入住客栈。

“走，咱们去武纪私宅。”

沈爻朝陈十六、花千语说了句，迈着步子朝半坡街走去。此时，已入夜，经过的这条街正是夜市，人头攒动，好不热闹。他们晚饭未食，陈十六、花千语买了些太原小吃，打打闹闹边吃边走。沈爻默默跟在后面，望着无忧无虑的两人，脸上尽是宠溺之色，不由觉得如此场景实在美妙。

陈十六躲过花千语的追打，端着从小商贩那买的碗，折回到沈爻身边，用勺子舀了个馄饨，送到沈爻嘴边，一脸激动地说道：“先生，你尝尝，这馄饨味道美极了，一点不比武邑县的差。”

沈爻犹豫了一下，虽非常不适，却还是张嘴吃了下去。

“先生，怎么样？”

“凑合。”

沈爻见陈十六一脸期待地盯着自己，本不想搭理这无聊的话题，可似乎耐不住陈十六期待的眼神，淡淡回了句，便迈着步子往前走。

“哪里凑合？明明很好吃嘛！”

陈十六不满地嘟囔了句，又用勺子舀了个馄饨塞进嘴里，才跟了上去。三人又穿过了两条街，这才来到半坡街，远远望见李柏与几名捕快手持火把在一户门前等候，而四周围了些小声议论的百姓。

“衙门办案，闲杂人等速速离开。”

李柏没好气地将这些看热闹的百姓轰走，望见沈爻正朝这走来，连忙迎了上去，喊道：“沈大人。”

“李捕头的动作真快。”沈爻满意地点了点头，又开口吩咐道，“那就进院子吧！”

“是。”

李柏应了句，命手下前去敲门，可敲了许久，不见有人开门。李柏直接下令撞开大门，并无工具，三个捕快用身子撞了几次未能将门撞开。陈十六实在看不下去了，挥了挥手让三个捕快让开，抽出破剑，插入门缝，轻轻一挑，便将门闩挑开，又伸手一推，大门缓缓打开，扭头喊道：“先生，好了。”

沈爻迈着步子走了进去，李柏跟在后面，走到陈十六身边，不由称赞道：“小兄弟开门的本事实在厉害。”

“跟在先生身边岂能没点本事？”陈十六傲然回道。

沈爻带众人走进院子，李柏命捕快分散寻找，不可遗漏任何蛛丝马迹。这宅子并不大，前面是大堂，左右两边是东西厢房，后面是后堂，捕快人数不少，查一遍花不了多长时间，没过多久，便有捕快来报。

“大人，东厢房发现一间密室。”

沈爻听闻此话，迈着步子朝东厢房走去。到了东厢房，捕快已将密室的门打开了，俩捕快手持火把站在密室门两侧。沈爻拿过捕快手中的火把走了进去，进了密室，看清里面景象，不由一阵惊愕。

第 41 章　杀妻

火焰浮动，光亮四散，昏暗的密室一下亮了起来，只见这不大的密室之内摆着高床软枕，床榻四周尽是各式各样的情趣之物。

如此景象，实在令人咋舌。

沈爻望见墙上悬挂着火炬，举着火把点燃，这下，密室更亮了，里面之物看得更加清晰了。

陈十六对男女之事青涩未懂，哪里见过这类东西？还以为武纪私设刑堂，见一物如小球一般，不像刑具，拿起来问道："先生，这是什么？也是刑具吗？"

"放下。"

沈爻实在不愿解释此物是何，淡淡说了句，几个"见多识广"的捕快知那东西叫缅铃，留在此处，不知被多少女子用过，陈十六竟拿在手中，忍不住笑了起来。

陈十六愈发疑惑，一件刑具有何可笑的？

沈爻瞪了眼发笑的捕快，见几人强忍不敢笑，才朝陈十六说道："这里有他们就行了，你先出去。"

"先生，我也可以帮忙。"

"出去。"

"哦！"

陈十六不甘地应了句，心中实在不解先生为何非得将自己赶出去。

李柏笑了笑，上前拍着陈十六的肩膀，安慰道："沈大人这是为你好，你还小，以后就知道了。"

陈十六撇了撇嘴，不满地打开李柏的手，出了密室。

沈爻见陈十六离开，将目光收回，扫视一番密室，一眼注意到地上的褐色之物，那褐色之物在一个木架下，木架两侧分别钉了个皮腕带，用来固定手腕，限制行动，难道那褐色之物是……血？

沈爻走过去，蹲在地上，仔细一瞧，果真如猜想，那褐色之物是已干硬成块的血迹，想来是有人被固定在这木架上被暴打后留下的血迹。突然，沈爻又发现在血块的旁边有些粉末，捏起来嗅了嗅。

幻仙草？

武纪身中幻仙草之毒，那此地是否就是武纪遇害的地方？

沈爻连忙走到一旁的木桌前，木桌上放着许多东西，其中皮鞭上也残留着干硬的血块，这皮鞭应就是毒打的工具，而且，瞧这皮鞭粗细，与武纪身上的伤痕颇为吻合。

沈爻又检查了一遍木桌上其他情趣之物，并未有奇怪之处。最后来到床边，见这床榻的床头也钉着两个皮腕带，想来与那木架作用相似。再看床上，床褥凌乱不堪，靠近一瞧，床褥上沾着些东西，沈爻凑上去嗅了嗅，浓浓的胭脂香味，想来用过胭脂的女子曾在这床上待过，也不知是不是天香。突然，沈爻神情一怔，他嗅到胭脂香味中似乎夹杂着其他气味，连忙仔细嗅了嗅。

蒙汗药？

这床褥上怎会有蒙汗药？

沈爻百思难解，实在想不通，便先不去想，又仔细对密室检查了一番，并未再有发现，但查到的证据足以肯定此地是案发现场，淡淡下令道："将这密室内的东西全部带回府衙。"

"是。"

…………

花万楼老鸨的证词、武纪私宅查出的幻仙草粉末、沾着血迹的皮鞭与武纪身上的伤痕吻合，这些证据都指证天香就是杀死武纪的凶手，此案几乎可以盖棺定论了——天香就是凶手。只不过，尚不清楚天香的杀人动机，从已掌握的证据推测，天香杀武纪并非突生恶念，而是早有预谋。预谋杀人，那定是积怨已深，杀人动机应该就隐藏在天香的身份信息之中，唯有等六扇门的调查结果传来方可知道。

除此之外，此案还有另外几处疑点，最大的疑点——移尸，沈爻怎么也想不通天香为何将尸体移至武家，心里隐约觉得此案还另有问题。除等待府衙抓捕天香、六扇门调查情况，沈爻也未闲着，虽人在客栈大门不出二门不迈，却派陈十六、花千语暗中对与武纪有关的人进行调查。

太原府几乎出动全部衙役大街小巷地搜查、询问，虽未抓到天香，却也并非一无所获，用了一日便查到天香在武纪从花万楼带走她的第二日傍晚出了城。随后，衙役又加大搜索范围，出城寻找，又花了两日时间几乎将太原城方圆二十里的地方都找了一遍，可天香如人间蒸发一样，消失无踪。

太原府知府何柳山如热锅上的蚂蚁，他心里明白，多一日，天香就有可能逃得更远，抓捕难度就更大。此案皇上关注，派来的京官沈爻又已查出凶手，若抓不住凶手，便是太原府的失职，他哪里能不急？

李柏见知府大人如此焦急，小心提议道："大人，不如请教沈大人？"

"沈大人？这沈大人确实是位神探，可他初来乍到，哪里如你们了解这太原城，找人定不如你们。"

何柳山摇了摇头，觉得不妥。一方面确实如他所言，沈爻对太原城不了解；另一方面，他不想太原府毫无作为。然而，转念一想，若不抓住凶手，如何向皇上交代？无奈吩咐道："唉，也好，你去请教沈大人。"

"是。"

李柏应了句，立即赶往沈爻入住的风月客栈，敲门进入，却见沈爻独自一人在房中悠然自得地饮茶、看书，带着疑惑上前行礼道："沈大人。"

"李捕头？请坐。"

"谢大人。"李柏答谢了句，略显拘谨地四处望了望，故意找话地问道，"大人，怎么不见陈十六他们？"

“他哪里能坐得住？一早就与花千语出去游玩了。”沈爻并未告知实情，目光从手中的《怪案手札》上离开，望了一眼局促不安的李柏，问道，“李捕头没抓到人？”

“大人慧眼，府衙几乎出动了全部衙役，只查到天香在武纪从花万楼带走她的第二日傍晚离开太原城，衙役又出城搜查，几乎将方圆二十里都查了个遍，却没发现天香的踪迹，她就像凭空消失了一样。这不，我们实在没办法，恳请大人指点迷津。”李柏苦着脸回道。

“李捕头说天香在武纪从花万楼带走她的第二日傍晚就离开了太原城？”沈爻疑惑地问道。

“是啊！沈大人，怎么了？有什么不对吗？”李柏不解地问道。

“李捕头可还记得胡青青的交代？她说武纪离家第三日清早，她在家中书房发现其尸体。”

“记得。”

李柏点了点头，明白沈爻此话之意，天香第二日傍晚出城，武纪的尸体在第三日清早出现在武府书房，那天香只可能在前一日将尸体运至武府，便说明武纪的尸体在武府书房放置了一整日，可胡青青却未说此点，是她前一日未去书房不知有尸，还是前一日书房未有尸体？

若无尸体，便说明尸体是天香出城的那晚放置到武府，天香便不可能是移尸之人。

“沈大人，或许武夫人没太注意，现在一切证据都指向天香。”

“或许？”沈爻悠悠反问了句，微微一笑，没再讨论此点，继续问道，“那京城的方向有没有查？”

“查了，没有发现天香行踪。”

沈爻了然地点了点头，又将目光放在书本上，淡淡说道：“等等吧！算算日子，今日应该能到。”

“沈大人，等什么？什么今日能到？”李柏不解地问道。

沈爻沉默不答，专注翻阅手中的《怪案手札》，完全当李柏不存在。

李柏坐立不安，真是走也不是，留也不是。

“李捕头，别着急，渴了便自行沏茶、饮茶。”沈爻目光专注地盯着手中书本，用手指翻了一页，似乎知晓李柏焦急难安，淡淡地安抚道。

李柏无奈，自行倒了杯茶，刚饮了口，门外走廊便传来一阵急促的脚步声。

来了。

沈爻精神一振，目光一凛，他知道这是万�灵的脚步，他更知道这是六扇门传来消息了，他等的就是这一刻，他比任何人都想知道天香到底是谁，她为何要杀武纪，查清天香的身份或许就能查到武纪的秘密。

“沈先生。”万筠灵人尚未入屋，喊声已至，随后推门而进，说道，“六扇门回信了。”

“查到了什么？”

“先生可曾听说过十七年前无恶不作、犯下种种罪行的雌雄双煞？”万筠灵并未直接告知，反而问道。

“略有耳闻。”

沈爻有些印象，他记得当年祖父对自己讲过雌雄双煞的案子，祖父还曾追查过二人犯下的血案，可追查了两年，刚找到些蛛丝马迹，这雌雄双煞便如人间蒸发一样，消失无踪。从此以后，再未有雌雄双煞半点消息。难不成这雌雄双煞与天香有关？

“雌雄双煞是天香的父母。”

“报仇？武纪杀了她父母？”沈爻问道。

“是报仇，武纪杀了她母亲，但没杀她父亲。”万筠灵点了点头，脸上尽是复杂神色，缓了缓，才说道，“武纪就是她父亲。”

“什么？”

沈爻不由一慌，一时难以相信，那对天香制伏武纪的推测是否还正确？如果推测无误，那简直……他无法相信，他不愿相信，心口堵得难受，问道：“可查出武纪为何要杀自己的结发妻子？”

“没有。”

“这是什么时候的事？”

“十年前。”

十年前。

沈家的案子发生后两年。

十七年前的雌雄双煞在十五年前突然消失，消失三年，武纪却在十二年前利用山贼屠杀沈家被流放的家眷，又在十年前杀了自己的结发妻子，七年前重回太原城成了太原城首富，武纪到底经历了什么？他背后的皇上与这一切可有关系？

“可查出他消失几次做了什么？”

“也没有。”

沈爻陷入沉默，目前他只知道武纪暗中为皇上效力，可他从什么时候为皇上效力？利用山贼屠杀沈家被流放的家眷是不是皇上授意？武纪杀死结发妻子是在十年前，那武纪利用山贼屠杀沈家被流放的家眷时还与妻子、女儿在一起。

天香或许知道些什么。

“李捕头，你刚才说太原城方圆二十里都搜查了？”

“是啊！沈大人，都查了，没发现天香的踪迹。”

李柏听得云里雾里，怎么这武纪是十几年前的雌雄双煞之一，又杀了自己的结发妻子，那天香又是武纪的女儿，丈夫杀妻，女儿杀父，这一家子怎么如此神经？他听到沈爻说起现在的案子，才回过神，满脸期待地问道：“沈大人是不是有线索？”

“用如此方式为母亲报仇杀亲生父亲，她会去哪儿？她能去哪儿？”沈爻自言自语了一番，突然，脑海中灵光一闪，扭头问道，“李捕头，太原城附近可有尼姑庵？”

第 42 章　放下屠刀，立地成佛

太原城附近的尼姑庵仅有一处，名曰：清月庵，此庵坐落于太原城南十里外的一座佚名小山。此山不高，其势不陡，并无独特之处，山下不远处有个不大的村落，上山需经此村，衙役曾来此村询问过当地居民，并无人见过天香。

“沈大人，您确定天香会藏在这清月庵中？”

沈爻从李柏口中得知太原仅有这一处清月庵，立即带李柏、万筠灵赶往，三人行了一路，李柏想了一路，还是不理解沈爻为何如此肯定天香会藏在清月庵。

他知衙役搜查过这附近，若天香真去了清月庵，附近居民怎么可能没见过？

沈爻边往山上走边回道：“确定。”

“为什么？”

“她已无处可去。”

“无处可去？”

李柏不解地皱了皱眉，似乎不理解沈爻此话何意，继续问道：“她既然是为报仇，如今大仇已报，为何无处可去？”

“她……”

沈爻欲要开口，可话到嘴边又咽了回去，脸上不由闪过一抹复杂神色。这三日来，他虽未走出客栈，但并非没考虑过这起案子，心中已有天香制伏武纪方法的推测，可得知天香是武纪的女儿，他不敢也不愿相信自己的推测，却深知自己的推测绝对没错，那天香该如何面对自己？

她真的无处可去。

这并非指她的人已无处可去，而是她的心已无处可去。

心已死，未见尸，又能去哪儿？

李柏未听到沈爻回话，扭头望了他一眼，心中依旧泛疑，又问道：“纵然她已无处可去，可上山需经过此村，捕快来此村询问过，怎么会没一个人见过她？”

“她傍晚离开太原城，来到此地恐已半夜，没人见到也正常。”

说话间，三人登上山，庵门已在眼前。

“李捕头，敲门。”沈爻淡淡地吩咐了句，似乎担心李柏过于鲁莽，又开口提醒道，“礼貌些。”

“哦！”

李柏满腹不解，衙门抓凶手何时需要礼貌？哪里管是不是佛门清修之地？可沈爻交代，他也不敢违背，走上前，轻轻敲了几下，没过多会儿，只见庵门缓缓打开，一位中年尼姑出现在门口。

中年尼姑望了沈爻三人一眼，行礼道：“三位施主有礼。”

“师太有礼。”沈爻三人回礼道。

“不知三位施主来小庵所为何事？”

“我等在抓……”

李柏刚要表明来意，沈爻立即伸手打断，问道：“敢问师太，这几日可收留过一位世俗之人？”

“世俗与佛门仅在一步之间，踏过这一步便是佛门，佛门之内皆是众生，谈何收留？谈何世俗？”

“纵要踏入这清修佛门，也该了了这俗世一切。”

这师太神情一怔，沉默了两息，朝沈爻点了点头，微微侧了侧身子，礼貌说道：“施主请。”

“多谢师太。”

沈爻行礼答谢，跟着师太进了庵门，在师太的带领下，三人来到一处清幽小院。只见这小院有间禅房，师太将三人领至禅房门前，说道：“施主所寻之人就在里面，请自便！”

“谢师太。”

沈爻三人又向师太行礼答谢，目送师太离开，才走向禅房。到了门前，沈爻轻轻推开房门，只见禅房蒲团之上跪着一人，此人身着法衣，正默念经文。

“天香。”沈爻开口唤道。

天香一怔，似乎没想到会有人前来找自己，过了好一会儿，才淡淡回道：“施主，世上已无天香，贫尼法号静海。”

“呵……杀了人便出家？”李柏不屑地冷哼一声，冷冷说道，“佛祖仁慈或许会饶你，但别指望律法能饶得了你，速与我等回衙门领罪。”

沈爻进门之后，目光便一直凝望着天香的背影，见她听闻李柏此话，身子不由一颤，细微的诵念经文声也突然消失，更加确定心中猜想，伸手制止准备上前缉拿天香的李柏，淡淡开口道：“既已决定踏入佛门，便要斩断这俗世种种，不然，又如何做到四大皆空？”

天香纹丝未动，也未立即回话，沉默了好一会儿，才开口问道：“他死了？”

“死了。”

“我没杀他。”

“我知道。”

万筠灵、李柏听到沈爻这话，脸上尽是疑惑之色，此案人证、物证皆指向天香，六扇门的调查情况也指出天香有杀人动机，沈爻怎么说他知道天香没杀武纪？

“大人既知贫尼未杀那人，为何来抓贫尼？不应去抓凶手吗？”天香淡然反问道。

“本官不是来抓你，而是来找你，因为真凶在你行凶的基础上杀人。”沈爻回了句，继续说道，“那一刻，你放下屠刀，立地成佛；可这一刻，你知他的死与你并非毫无关系，便心生魔障，既有魔障，这寺庙对你来说也只不过是个容身之所罢了，你的心依旧无处可去，为你，为真相，本官都应来找你。”

“大人是在度我？”

“能度你的不是本官，而是你自己。”

沈爻凝望着天香的背影，见她娇小的身躯略微颤抖，心中多了几分说服的把握。可不知为何，沈爻心中竟生出几分愧疚之意，他这番话确实在利用天香的弱点，一个心中有情却被残酷现实蹂躏的姑娘听闻几分关切好话，如何不心生感动？

天香听着沈爻这番话，拇指指甲不由得狠掐着食指关节，食指关节处隐约渗出血迹。她泪如泉涌，满是泪水的脸上泛着一抹如莲花盛开般的微笑，她轻轻松开两个手指，缓缓说道：“若天香早些遇见一两个像大人这样的人那该多好。”

“世间再脏，染不了你的心。”沈爻说道。

天香神情一怔，脸上浮现出释然笑容，缓缓从蒲团上起身，双手合十向沈爻行了个礼，请沈爻入座，为其倒了杯水。

“大人，请问吧。”

“卖身于花万楼是你杀武纪的计划？”

“是。”

“一月前你突然离京，赶至太原卖身于花万楼，如此来看，之前你并不知道杀母的仇人在太原？”

“是。”

“他是你父亲，难道你不知道他祖籍太原？”

“不知道。”天香听闻父亲二字，娇小身躯又忍不住一颤，摇了摇头，继续说道，“十年前，他杀母亲之时，我只有六岁。我那时尚认为自己年幼，可能不记得幼年之事，可之后几年，我一直在查他的下落，却无丝毫线索，才发现他与我母亲在一起便是用的假身份。我唯一记得的只有他的脸，本以为这辈子都报不了仇，直到一个多月前，我收到一封神秘书信，信中说我的仇人在太原，是太原花万楼的幕后老板。我本不信，可活着就是为了杀他为母亲报仇，之后便卖身进了花万楼，见了他，竟真是他。”

六扇门传来的信息已令沈爻三人惊愕，然而，天香这番话简直令他们冷汗淋漓，武纪竟以假身份结婚、生子，还与妻子生活六七载，天香的母亲是否知道他的假身份？武纪为何这么做？他到底是个什么样的人？另外，天香收到的神秘书信又是何人所寄？

此人目的不难推测，想借天香之手杀了武纪，那他如何知道武纪是花万楼的幕后老板？如何知道武纪是天香的父亲？那他又是否知道武纪暗中为皇上效力？杀武纪是不是为了对付皇上？

沈爻深知只要抓住这位神秘人，一切疑团都迎刃而解，抓人，需破案，这又回到案子本身。对于这起案子，沈爻心中有几处疑点未解，继续问道：“那日你被武纪带回私宅，可见他后背有掌印？”

“唰！”

天香脸色一下变得惨白，那晚发生的各种画面不断在她脑海中涌现——自己衣衫不整地跪在床上、双手被绑在床头，武纪一脸淫笑地亲吻着她的玉足，武纪癫笑着将皮鞭抽打在她身上……

豆大汗滴在天香额头上渗出，她竭力地不让自己想那晚之事，可那些画面还是不受控制地涌入脑海。她想呐喊，可嗓子发不出任何声音；她想痛哭，可眼睛流不出一滴泪水，她脸上几乎没任何表情，可感觉比死了还难受。

沈爻望着天香，突然觉得自己无耻至极，他已大概猜出那晚发生之事，知道问出这话对天香的伤害有多大，可为了查出神秘人的身份，他还是冷酷、无情地一点点揭开这身世悲惨的姑娘血淋淋的伤疤。

岂止无耻？

简直面目可憎！

“没有。”

突然，天香回了句，她脸上依旧毫无表情，令不了解真相的人无法知道她到底经历了什么、承受了什么。

沈爻感觉喉咙发紧，张了张嘴，却什么也没说出来，他真的无法再继续问下去。

天香不等沈爻发问，继续说道："我知道他生性多疑，武功奇高，纵然在他松懈之时也不可能偷袭成功，便想出用蒙汗药先将他迷昏的主意。我从花万楼的姐妹口中听闻他有怪癖，便……"

"别说了。"沈爻声音哽咽地打断道。

"大人说过能度我的只有我自己，若我不敢直视，如何做到放下？"天香淡淡回了句，朝沈爻笑了笑，继续说道，"我便将蒙汗药涂抹在身上，蒙汗药虽有味道，可与身上的胭脂香味融合，很难发现，他没察觉，便如此吃入嘴中。他被我迷晕之后，我便将他捆绑起来，待他醒来，对他鞭打。一开始，他很愤怒，后来得知我是他的亲生女儿，他惊愕，无所谓，以最污秽的言语辱骂我。我想一刀杀了他，可在刀尖刺到他胸口的那一刻，我却没能做到，他是杀了我母亲，他是个禽兽，可他也是我父亲。"

万筠灵、李柏震惊地听着天香讲述那晚之事。仇恨是何等邪恶，竟能令善良之人不管人伦；亲情是何等伟大，竟能令执着之人放弃仇恨。

"之后，我离开了那宅子，本想找个地方一死了之，可来到山下，望见山上的亮光，不知为何便来到这清月庵。"

"这是佛祖在指引你。"沈爻轻声安慰了句，竭力摒弃心中的内疚，继续冷血地问道，"那晚你除了用蒙汗药将武纪迷晕，待他醒来对其鞭打之外，还对其做过什么？"

"没了。"

"没下其他毒？"

"其他毒？"天香反问了句，坚定地摇了摇头，回道，"没有，我只对他下了蒙汗药，就是想制伏他。我本想一刀了结他，为何还要下其他毒？"

第 43 章　争吵、坦白

天香收到神秘信件，得知了武纪的下落。武纪与天香在私宅的那晚，武纪后背并无掌印，武纪中的幻仙草之毒并非天香所下，这些线索虽依旧无法证实武纪的真正死因，也无法得知疑犯特征，但对破案颇为重要，此案大有进展。然而，沈爻并无半分喜悦，想到天香承受的痛苦，他觉得自己像个无耻的“施暴者”，在对方血淋淋的伤口上狠狠撒了把盐。

离开清月庵，沈爻三人像犯了哑症，谁也未开口说话，只顾闷头下山，气氛很是怪异。走到半山，沈爻不由止住脚步，扭头望了眼山顶上小小的尼姑庵，心中默默祈祷天香能尽快放下往日种种。

一路上，李柏几次想开口讨论案件，可余光瞥见两位大人冷漠神色，万大人脸上似乎挂着怒气，硬生生将到了嘴边的话咽了回去。他也同情天香的遭遇，可查案就是查案，真不知万大人为何生气。

“你早就知道了？”

突然，万筠灵开口问了句，但并未打破这诡异的气氛，她语气冰冷，充满厌恶，反而令气氛愈发诡异。

“是。”沈爻淡淡回道。

万筠灵突然停住脚步，挡在沈爻面前，盯着沈爻，冷冷问道：“你总是这般自私、冷血吗？为了达到自己的目的，从不顾及他人的感受？”

沈爻淡淡回道：“万捕头，你可是六扇门的捕快？难道六扇门没教你铁血律法、查案无情吗？”

“律法不外乎人情。”万筠灵气得争辩道。

李柏见两人争得面红耳赤，生怕引火烧身，悄悄下山，远离二人。

沈爻微微一笑，直视着万筠灵，反问道：“这话万捕头敢对郭玉说吗？敢与皇上说吗？”

“我……”

万�灵一时间被问得哑口无言，她心里明白查案不可动私人感情，否则便会影响查案方向。可她认为天香这事不同，沈爻已推测出那晚之事，他想从天香口中问出线索，委婉些询问不可吗？非得让天香当着众人之面讲出那晚之事？想通这些，万筠灵气得反驳道：“你知我说的与你说的并不是同一回事，你不要为你的自私找借口，你向来只为你自己。天香的事是这样，陈十六的事也是这样。当初，陈十六被劫走，你为了你的上爻堂开张，不管他的死活，幸好劫走他的人是十六院，不然，他早就死了，我真不明白陈十六为何还如此信任你。后来，你不惧强权查婧妃案，我还以为你是为了给陈十六的娘亲翻案，有所改变，没想到你还是个自私、自利之人。”

“你怎么知道十六院？”沈爻一惊，立即想起之前的事，连忙问道，“当时你之所以回京晚了几日是去查十六院了？”

“我……”

万筠灵察觉说漏嘴，后悔不迭，可话已出口，无法收回，坦然承认道，“没错，我是去潜入十六院查证了。”

“这事你告诉郭玉了？”沈爻紧张地问道。

十六院乃当年奉先皇之命护送十六皇子出宫的殿前司都检点花应天所创，当年先皇为何派花应天护送十六皇子出宫，半路遭何人截杀，这是否与当今圣上有关，犹未可知，其中可能存有不为人知的秘密。纵然花应天创立十六院单纯为隐居找寻十六皇子，当年截杀之事与当今圣上无关，可依赵权性情，他一旦知道十六院的存在，必定容不下。

“没有。”

万筠灵知其中利害，继续说道：“未查清之前，我没告诉任何人。”

“你还查了？”

“这十六院与皇宫有千丝万缕的关系，我身为六扇门的捕头，怎么能不查清楚？”万筠灵反问道。

沈爻思维敏捷地想到万筠灵回京之后便主动要求参与婧妃案，想来她目的不是为了婧妃案，而是查十六院的花应天。赵权一直不信任自己，不知有多少赵权的眼线暗中盯着自己查案，而万筠灵借着查婧妃案秘密调查花应天，这是否令赵权的眼线察觉？

沈爻越想越担忧，一脸严肃地说道：“你将如何调查花应天的事一五一十地告诉我。”

“你为何如此紧张？”万筠灵疑惑地问道。

“万筠灵，凡事不可看表面，很多事并不只是用眼睛来看，有些时候，你不知道、误会更好，至少你没参与其中。可十六院的事，你已经牵扯进来了，你既然知道陈十六的身份，也查了十六院，就应该明白这其中的利害关系。纵然十六院只是个世外桃源之地，可对某人来说，它的存在就是威胁，这些你心里应该清楚。”沈爻语重心长地说道。

“我当然清楚，所以未查清之前没告诉任何人，不过，你说我不知道、误会更好，这话什么意思？”万筠灵立即反应过来，问了句，心中已猜测大概，继续问道，“当初你是故意表现得不去救陈十六？你有难言之隐？”

“你最好不要知道。”

“我必须知道。”万筠灵固执地回了句，态度坚决地继续说道，“你若不说出我想知道的，你也别想从我口中得知你想知道的。”

“你……”

沈爻简直拿万筠灵没办法，想了想，如今赵权封陈十六为逍遥王，赵权也难以用陈十六要挟自己，讲与万筠灵也没什么，无奈回道：“好，我告诉你，陈十六被劫走那日皇上召我入宫，让我杀陈十六换大理寺少卿之职，没想到陈十六当天被劫，郭玉却率先知道，告知你，你来告知我，那郭玉从何人口中得知？为何郭玉让你告知我？”

万筠灵回忆先前之事，惊愕地问道：“你是说皇上在考验你？纵然如此，难道你为了取得皇上的信任，就不管陈十六的死活了？难道在你心里皇上的信任比陈十六的命还重要？他曾经可是为了你死都不怕。”

“皇上的信任比我的命还重要。”沈爻悠悠回了句，继续说道，“该说的我都已经说了，万捕头，轮到你了。”

皇上的信任比我的命还重要。

沈爻这话什么意思？

他身上有什么秘密？

万�灵在沈爻查冷锋被杀案中就隐约感觉沈爻入京大有目的，如今这反应愈发令她肯定沈爻身上有不为人知的惊天秘密，而这秘密可能与皇宫有关，可沈爻话已说到这份儿上，定不会再多说，想了想，不打算多问，开口回道：“我只在天章院查过十八年前的卷宗，上面写道：花应天，殿前司都检点，与其下十一名侍卫曾奉皇命秘密出宫执行任务，全部遇难。”

“天章院？”

沈爻喃喃自语了一番，先前自己查婧妃案查到熹嫔娘娘被赐死，翻阅了熹嫔娘娘的卷宗，皇太后立即知晓，想来万筠灵查花应天的事也入皇太后耳中，皇太后会联想到花应天护送十六皇子出宫吗？皇上会知道吗？

沈爻无法确定，只希望当初众人都在关注婧妃案，无人会注意十八年前十二名侍卫秘密执行任务遇难之事，为了保险起见，又对万筠灵问道：“十六院所在你没告诉任何人？”

“没有，我是突然发现十六院的所在，没通知任何人，自己潜入，查到花应天是殿前司都检点后，深知兹事体大，受伤也未与六扇门的线人联系，绝对不会有人知道。”万筠灵信誓旦旦地保证道。

沈爻这才放心，郑重其事地嘱咐道：“此事别告诉任何人，包括陈十六。”

“我又不傻。”万筠灵没好气地回道。

沈爻瞥了万筠灵一眼，便迈着步子朝山下走去。

万�灵见沈爻不理自己，直接下山，才想起来想质问的是天香的事，竟被沈爻绕到陈十六身上了，气得跺了跺脚，快步跟了上去，一把扯住沈爻的衣袖，追问道：“天香的事，你又作何解释？”

“无须解释，如果万捕头认为本官是自私、自利之人，那本官就是自私、自利之人。”

沈爻漠然地回了句，心中却甚是开心，万琦灵同情天香遭遇，责备自己不顾及他人感受，便说明她并非冷漠之人，沈爻更知万琦灵如此逼问，在她心中亦不希望自己是为达目的不择手段之人。

万琦灵在逐渐改变，不，万琦灵一直都是这般，只是以前她总展现出不易接近的高冷姿态，令人误会。

其实，真正改变的是自己。

改变好吗？

沈爻不知道，他只是觉得心中偶尔会有种很暖的感觉，那种已消失十二年的温暖感觉。

“沈爻。”

万琦灵见沈爻离开，大喊着要追上去，李柏见两位大人还未解释清，生怕二人闹僵，连忙上前挡住，劝说道：“万大人，沈大人也是为了查案，天香如此遭遇，我们都同情，也正是因为沈大人，天香才能勇敢面对那晚之事，真正做到放下。小人认为沈大人虽想查案，但同时也是为了帮助天香消除心中魔障。”

万琦灵一愣，想了想，觉得李柏这话也颇有道理，难不成沈爻是为帮天香消除心中魔障？不对，当时他明明也想打断天香，不让其继续说那晚之事，这沈爻心里到底在想什么？他为什么总不能坦白地告诉自己？

“让开。”

万琦灵没好气地吼了句，见李柏向旁退了两步，迈着步子朝山下走去。李柏生怕二人吵起来，连忙跟了上去，见万琦灵追上沈爻开始询问案件，这才放下心来。

三人对此案几处疑点依旧想不通：其一，神秘人是谁？他为何要杀武纪？其二，当时武纪后背并无掌印，定是凶手杀人留下，凶手可以一掌打死武纪，又为何还要对其下幻仙草之毒？其三，凶手为何要将尸体移至武府？

三人商讨着走到山下，途经山下小村子，朝着太原城走去。

远处，四道隐藏在屋后的凌厉目光正盯着沈爻三人逐渐远去的背影，直到三人身影消失在视线中，其中一人开口道："上山。"

第 44 章　疑凶

天香的交代确实令此案大有进展，然而，也仅知有这么个神秘人，此人应该就是杀死武纪的凶手，可从掌握的线索分析，没有任何一点能指向此人。目前来看，此案就如同一团杂乱的毛线，只要找到线头，便可厘清全部，但就是这线头难以查找。

万筠灵边走边又暗暗琢磨了遍这起案子的线索，实在想不到该如何入手，无奈说道："如今，我们虽然知道天香被人利用，杀死武纪的凶手便是此人，可此人借天香行凶，掩盖真正行凶的证据，实在难以调查。"

"证据从来不会被掩盖。"沈爻胸有成竹地回了句，不等万筠灵、李柏开口发问，笑着反问道，"武纪的私宅，天香知道，花万楼的老鸨知道，如果你们是那神秘人，会在武纪的私宅行凶吗？"

"沈先生此话之意是……武纪的私宅并不是武纪被杀的第一现场？"万筠灵琢磨了一番，激动地反问了句，可想到在武纪私宅中查到的幻仙草粉末，又觉得这其中有些地方说不通，不由分析道："可在武纪私宅的密室中发现了幻仙草的粉末，武纪身上又有幻仙草之毒，难道这些是凶手故意嫁祸天香？可也不对，那神秘人开始的计划是利用天香杀武纪，发现天香未按照他的计划进行，而这时武纪行动受限，他想嫁祸天香，直接一刀捅死武纪岂不更自然？为何还要对武纪下幻仙草？还有，武纪背后的掌印又如何得来？这些线索似乎相互违背，完全说不通。"

"若是能说通，此案就破了。"沈爻笑着回道。

万筠灵边走边扭头望着沈爻，问道："沈先生可想通了？"

"我又不是神仙。"

"那此案该如何查？"

“一点点查。”

万筠灵俏脸不由泛起厌恶之色，不满地瞥了沈爻一眼，她对沈爻这种一切尽在掌握之中又不说出来的态度实在反感，大家一同查案，若是有线索，为何要藏着掖着？这是防谁呢？万筠灵越想越气，冷冷问道：“沈先生是不是已经查到些什么？”

“这三日来，在下都不曾出客栈，今日出来，我们三人同行，在下若是查到什么，万捕头岂会不知？”

“那为何我总觉得你像是知道些什么。”万筠灵不甘心地嘀咕道。

“万捕头想多了。”

“最好如此。”

万筠灵没好气地回了句，便不理沈爻，迈着大步进了太原城。

沈爻望着万筠灵逐渐走远的背影，苦笑着摇了摇头，瞥了眼杵在一旁、不言不动的李柏，喊道：“李捕头，走吧！”

“哦！”

李柏正揣摩沈爻、万筠灵二人到底什么情况，万筠灵一个六品捕头竟敢对四品的沈爻如此放肆，而沈爻似乎毫不介意，甚至还有些……有些惯纵，这二人到底什么关系？直到听见沈爻唤自己，他才回过神，连忙应了句，跟在沈爻后面进了太原城，朝着沈爻几人入住的风月客栈走去。

三人走了没一会儿，便来到风月客栈门前。

先前，李柏来找沈爻便是为了求沈爻查找天香，如今已知天香的下落、天香并非杀死武纪的凶手，也将两位大人送回客栈，他也该回去向何柳山汇报了。

“两位大人，下官……”

“先生。”

李柏刚开口，话还未说完，便被从上空传来的喊声打断，他不由止声，抬头望去，见陈十六动作利落地从三楼窗户跳下来，落在沈爻面前，激动地说道：“先生，有发现。”

“里面说。”

沈爻淡淡丢下一句，迈着步子进了客栈，陈十六像个取得好成绩准备向家长炫耀、讨赏的孩童一样激动地跟了上去。万筠灵、李柏疑惑地相视一眼，快步跟上陈十六，万筠灵率先开口问道：“陈十六，你说有发现，什么发现？是不是沈爻让你做什么了？你查到了什么？”

“先生刚刚不是说了嘛！里面说。”

陈十六不耐烦地回了句，三步并作两步地上楼追沈爻。

万筠灵一脸郁闷，每次与沈爻查案都是如此，自己查到的信息毫无保留地告知对方，可沈爻呢？总是瞒着自己暗自行动，真是可气！

李柏心中迫切想知道陈十六有何发现，可万筠灵站在楼梯口不动，他无法绕过去，又怕得罪了这位捕头大人，小心翼翼地请示道：“万捕头，咱们也上去吧？”

“走。”

万筠灵阴着脸走进沈爻入住的房间，陈十六还未向沈爻汇报，沈爻望了眼走进来的万筠灵、李柏，朝陈十六说道：“说。”

“哦！”

陈十六点了点头，开口说道：“照先生吩咐，这三日来，我跟花千语一直在跟踪武兆，他几乎天天从家中带东西去当铺典当，之后便是遛鸟、去赌场、逛妓院。起先我们也没太注意，认为武纪死了，他无法直接要钱才拿东西典当，可后来才发现，他典当的钱财大多都用来还债，外面还欠着几千两的银子。”

“几千两的银子，确实是笔不小的数目。若这笔钱武纪不帮他还，那这杀人动机就有了。”沈爻悠悠说了句，继续问道，“可查到武兆这钱欠了多久了？”

“已经有两个月了。”

“两个月？时间上吻合。”沈爻点了点头，自语道。

“沈大人怀疑给天香寄信之人是武兆？武兆就是那神秘人？”李柏

从沈爻口中听出大概，激动地问了句，可仔细一想，又觉得不对，疑惑地问道：“可不对呀！沈大人，那神秘人是咱们刚刚从天香口中得知，您怎么早就安排陈十六去跟踪武兆了？”

“沈先生不是因为知道神秘人的存在才派陈十六跟踪武兆，而是因为武兆之前说的话。”

沈爻尚未开口，万�灵已先他一步说了出来，继续解释道：“花万楼、武纪私宅这两处至关重要的线索都是从武兆口中得知，武兆当时的出现也太巧合，他这是在指引咱们查案。只是他没想到咱们找到了天香，沈先生观察如此敏锐实在令人佩服。只不过，武兆虽有杀人动机，可我们没证据证明他杀人。除此之外，在下尚有疑问，武兆一看便不是练武之人，他若是凶手，武纪后背的掌印如何得来？”

沈爻微微一笑，心中已有猜测，武兆、武纪是亲兄弟，花万楼、私宅这两处产业虽隐蔽，但武兆用些心查，查到也不难，可天香是武纪女儿的事与这两件事不可同日而语，这关乎武纪最大的秘密。武纪是何人？芙蓉栈查了数年都查不到他在江湖中的消息，武兆一个纨绔公子怎么可能知道？

那神秘人绝对不是武兆，只不过，这其中关系到自己追查武纪的事，万万不能说与万�灵，沈爻淡然一笑，说道：“那就先抓起来审。”

万筠灵一愣，一直以来，沈爻查案都是罪证确凿，令凶手百口莫辩，可这次尚无证据证明武兆是杀死武纪的凶手，就这么将人抓起来？这实在不符合沈爻的一贯作风。

“沈先生，目前可没证据，就这么抓起来审？”

“就这么抓起来审，他撑不住。”沈爻淡淡回了句，又对李柏吩咐道：“李捕头，抓人吧！”

“是。”

李柏立即领命离开。

万筠灵若有所思地望着沈爻，感觉沈爻在隐瞒些什么，不满地问道：

“沈先生是不是已有证据确定武兆是凶手？”

“他不是凶手。”

沈爻边沏茶边回了句，似乎头顶有眼能看到万筠灵的惊愕之色，继续说道，“不过，他与这起案子有关，如果我没猜错，天香从私宅离开之后，第一个出现在私宅的人就是武兆，如此便能解释为何线索相互违背。”

“如何解释？”

“先是凶手为何不一刀杀了武纪？以武纪的手段，定会防范所有人，他亲兄弟也不例外，武兆直接杀了他可能一无所获。”沈爻淡然地讲述对此案的推断，说到此处，抬起眼皮望了万筠灵一眼，问道，“那他怎么办？”

“幻仙草？”

万筠灵激动地回了句，之前一直想不通武纪为何中幻仙草之毒，如此解释倒也合情合理，万筠灵想了想，继续问道：“那密室中的幻仙草粉末呢？先生之前说私宅并非武纪被杀的第一现场，那第一现场又在哪？”

“嫁祸，密室中的幻仙草粉末应该是用来嫁祸天香。”沈爻淡淡回了句，详细解释道，“此案人证、物证皆指向天香，若不细查，难以发现其中疑点，天香可谓百口莫辩。无论她是否被抓，在她这儿，案子便算是结了，至于武纪被杀的第一现场，这就得看衙门的捕快了。”

万筠灵琢磨了一番，觉得沈爻如此推测确实合情合理，按照如此推测，神秘人应在武兆之后行动，那武兆是否知道神秘人？万筠灵恍然大悟，这才明白沈爻之所以立即抓捕武兆的目的。

“沈先生觉得能从武兆的身上得到神秘人的线索吗？”

“若能从一个纨绔身上找到线索，那这个对手就太弱了，可他不弱。”沈爻不抱任何希望地回道。

…………

李柏赶到府衙，召集人手，立即前往武府抓人，可在武府并未找到武兆，又分别命人前往太原城的各大赌场、妓院。

最终，将正在祥和赌场的武兆抓个正着。

沈爻四人得知太原府已抓到武兆，押至大牢，便随着报信的捕快前往大牢。李柏在大牢门口等候多时，望见沈爻几人走来，连忙迎了上去。

“沈大人。”

沈爻向李柏示意了个眼神，边进大牢边说道：“人被抓时什么反应？”

“惊讶，之后，有些慌。”李柏想了想，回了句，继续说道，“下官已照大人吩咐，带回大牢，直接押到刑具上，这还没用刑就慌了。”

“那就容易了。”

说话间，沈爻几人已到了大牢内，见武兆被绑在刑具椅子上，满脸惊恐，眼神乱望，足以说明这人完全慌乱了，估计这刑都不用了。

武兆望见沈爻几人进来，惊慌喊道：“大人，大人，冤枉啊！不知草民犯了什么事，为何把草民押到这大牢里来？”

“杀人。”沈爻冷冷回道。

武兆一怔，脸色瞬间变得惨白，他很快回过神，激动地喊冤道：“大人，冤枉，草民冤枉啊！我兄弟不是我杀的，求大人明察。”

“本官还没说你杀的是谁，你自己倒主动承认了。”

沈爻见武兆脸色愈发难看，脑袋微微压低，沉默不语，看得出他在做最后的挣扎，只需再加一把火，他便撑不住了。沈爻不由一笑，继续说道，“你虽纨绔成性，可不是傻子，肯定想过你那兄弟只是一介富商，为何他的死能惊动朝廷？朝廷还派人调查他的案子？你虽想不通原因，可也能猜到朝廷对这起案子的重视，必定将此案查个水落石出，为了查清此案，可以不管任何手段、任何方式。”

武兆目光惊慌地乱望，一个个狰狞、恐怖的刑具映入眼帘。沈爻那番威胁的话，他明白，这拨京城来的人只为办案，为了查清案件哪儿管其他，一想到若再不交代，这些恐怖的刑具就会用在自己身上。武兆彻底慌了，激动地喊道：“招，大人，我招，武纪是我杀的。”

第 45 章　暗影（上）

夜，很冷，却不黑。

硕大的圆月悬在半空，泛着皎洁的光芒，照得夜晚如白昼一般，相隔四五丈都可看清。可这天实在太冷，无人出来闲逛，整条街冷冷清清，不见一人，唯有两汉子正迈着大步闷头前行，其中一个汉子边走边开口说道："他们一回太原城，就抓了武兆，这是罪证确凿了？"

"我倒是希望罪证确凿。"

"谁都希望，这样，事情就容易多了。"

另一个汉子不再搭话，二人默契地都不说话，闷着头，迈着大步前行。走了约半炷香的工夫，二人微微抬起头，看到他们的目的地——大牢——就在对面，守在门口的两个狱卒正跺脚抖身取暖，二人迈着大步朝大牢走去。

两狱卒见有人靠近，立即警觉起来，厉声喊道："什么人？"

其中一个汉子懒散地从腰间抽出块令牌，移到二人面前，这两狱卒看清令牌上的印字，脸色立即大变，惊慌下跪，喊道："小人有眼无珠，拜见指挥使大人。"

"沈大人可在牢房？"

"在，在。"

"带路。"

"是，是。"

狱卒惊慌回应，连忙起身在前带路。

两汉子在狱卒的带领下进了大牢，刚跨入大牢的门便听到沈爻在里面审问武兆。两人轻步走了上去，只见沈爻三言两语的恐吓就令武兆全部都招了。二人见此情景，边走上前边抱拳喊道："沈大人。"

沈爻见武兆开口，正准备开审，突闻背后有人唤自己，疑惑地扭头望去，只见狱卒带着两个陌生人走来，这二人虽穿着粗布青衫，态度、举止温和，却难以掩盖眉宇间的傲然之气，绝非常人。而且，这二人进入大牢由狱卒带领，身份定然不低，又识得自己，那定是……皇上的人。

沈爻心中有底，拱手回礼，问道："不知二位如何称呼？"

"沈大人初见我二人，不问是谁，反而问如何称呼，想来沈大人已猜到我二人身份，沈大人果然眼光犀利。"其中一名汉子敬佩地回了句，继续说道，"在下赵白，这位是卓凯。"

"二位奉命前来，可是皇上有指示？"沈爻开门见山地问道。

万筠灵几人还在疑惑这二人是谁，突闻沈爻此话，不由惊了一跳，这二人竟是皇上派来，难不成是为了武纪被杀的案子？这武纪身上到底有什么秘密，竟令皇上如此重视？

"不急，沈大人还是先审了这武兆。"赵白淡淡回道。

沈爻心中不由泛疑，若二人奉命前来，他们心中皇上之事大于天，为何要等审完武兆再说？既然对方已如此说，定是皇上暗示，沈爻也不好多问，心中隐约觉得皇上快向自己揭底了，朝二人微微点头，转身面向武兆，开口问道："你说你杀了武纪？"

"是，大人。"

"细细讲来。"

"天香被武纪带走的第二日大清早，我从花万楼醒来回家，半路遇上衣衫不整、仓皇逃走的天香。之前我见过天香，知道她是花万楼新来的姑娘，也知道我那兄弟的怪癖。此时看到天香，她又未回花万楼，我担心发生了什么事，就去我那兄弟的私宅看看。走进私宅的密室，才发现我那兄弟竟被绑在木架上，浑身被鞭笞得血淋淋。他见到我，怒吼着让我给他解开，当时我也不知怎么了，想到外面欠的银子，再不还银子，我就死定了。然后，我就威胁他，让他帮我还了那些银子才放他，可他一脸冷笑，嘲笑我敢威胁他，说以后每个月都不再给我钱了。我一下慌了，心中生出了个邪恶的念头，决定一不做二不休，他死了，整个武家的财产都是我的，可没想到我那兄弟竟说已写好遗嘱，若他死了，我一文钱都得不到。

我思来想去，想到不久前听人说有种奇异的药物，人吃了，神志逐渐变得模糊，会听从他人的指示办事。我便将武纪打昏，用武纪的马车将被打昏的他带到一处偏僻之地，将其捆绑起来，便去找人买那药物。买好之后，我喂武纪吃下，他神志果然开始糊涂，可并没完全糊涂，无奈之下，我将买来的药一股脑给他喂了下去，再逼他将财产给我，可他一点反应也没有，我吓傻了，连忙解开捆绑他的绳子。可这时他醒了，我慌乱逃走，他跑出来追杀我，我拼命地逃回家。回到家之后，我心中难安，若是武纪回来，我就死定了，若是他死了，我也有嫌疑，我只好又壮着胆子回去，可没看到武纪，我不安得一夜未眠，直到次日的中午，弟媳在书房发现了他的尸体。大人，他是我兄弟，我真没打算杀他，我只是……只是想让他帮我把欠的债还了。”

沈爻并未理会声泪俱下的武兆，冷冷问道：“你返回案发现场，并未找到武纪？”

“是。”

“现场什么情况？”

“地上有一摊血。”武兆努力回忆那天之事，想了一会儿，激动说道，“对了，还有……还有人爬的痕迹。”

“武纪的尸体并非你移到武家的？”

武兆点头回道：“嗯，不是我移的。”

“私宅密室里的幻仙草粉末是你放的？”

“是我。”

武兆点了点头，知道已无法辩白，继续承认道：“我一开始见到武纪的尸体出现在武家很惊恐，不知何人移到武家，有何目的。可弟媳发现武纪身上满是血痕，怀疑是武兆与其他女子享乐之时留下的，我便趁机说服弟媳这种有辱家门之事不能说出去，便商量直接为武纪办后事。过了两天没什么事发生，我本以为此事就这么结束了，没想到官府突然带走尸体。我知不妙，武纪身上的幻仙草一定能查出来，便又弄了些幻仙草洒在武纪私宅的密室，可官府迟迟不查，直到大人您来府中，小人担心您查不到花万楼，便装作故意碰见，向您说出线索。”

“呵……聪明反被聪明误。”沈爻冷冷回了句，继续问道，“卖你幻仙草的人是谁？”

“西城的徐麻子。”

“你将武纪从私宅运出来关在什么地方？”

“西城的荒宅。”

“案发现场你可收拾过？”

“没，之后我再也没去过。”

“李捕头。”沈爻喊了句，吩咐道，“命人去查证这两点，西城的荒宅派仵作去查，现场的情况做详细记录。”

“是。”

李柏应了句，便吩咐手下去做这两件事。

赵白、卓凯站在一旁听得明白，武兆虽承认杀人，可话语中却否认，暗指移尸之人，这与他们从天香口中得知的神秘人确实一致，可武兆是不是神秘人？他说这番话是不是故意洗脱嫌疑？赵白、卓凯不知道，可他们必须知道，这关乎武纪身上的东西。赵白向卓凯示意了个眼神，卓凯当即领会，上前踏了一步，越过沈爻，走到武兆面前，冷冷问道：“将尸体移至武家的人是不是你？”

沈爻对卓凯越俎代庖的举动并不恼火，只是在卓凯越过他的那一刻，由于距离过近，他依稀嗅到卓凯身上有股焚香味，心中不由泛起疑惑。

“不是。”武兆连忙回道。

卓凯猛然抽刀，刀尖直插武兆胳膊，顿时，武兆痛得惨叫，鲜血顺着刀刃流淌下来，卓凯面无表情，冷冷问道："再问你一遍，是不是你？"

"不是，真不是我。"武兆哭喊着回道。

卓凯抓着刀柄的手微微一动，插入武兆胳膊的刀刃在肉里搅动着，武兆疼得冷汗直流，眼珠泛白，似乎马上就要痛死过去，气若游丝地承认道："是，是我，都是我做的。"

"够了。"

沈爻已看不下去，淡淡开口道："不是他，除了天香、武兆之外，确有第三个人，那个人才是移动武纪尸体的人。"

赵白朝卓凯示意了个眼神，见卓凯将刀从晕死的武兆胳膊上抽出来，又笑着问道："沈大人如何知道我们见过天香？"

"找个大夫为他包扎一下。"沈爻朝狱卒吩咐了句，才望向赵白，说道："你二人身上并无汗味，说明两人并非着急赶来太原城，皇上旨意，哪能不急？那说明两位并非刚刚赶到，而是早已到了。既然早已到了，身上又有焚香，二位定与我等先后去了清月庵。"

陈十六、万筠灵听闻此话，心中怒火丛生，沈先生说得委婉，可他们也听出这二人竟跟踪他们。皇上派沈先生来查案，却又暗中派人跟踪，这是何意？难不成不相信沈先生？万筠灵一介捕头，不敢多言，可陈十六才不怕惹祸，直言不讳地吼道："赵权什么意思？派先生来查案，又派你们这种货色跟踪？难不成不相信我家先生？"

"十六，住口。"

沈爻厉声喊了句，命陈十六住嘴。

李柏等人并不知道陈十六的身份，见陈十六直呼当今皇上的名讳，当场吓傻了，饶是沈爻比这两位大人官职要高，这二人仅凭陈十六说的这番话便可将他直接斩了，沈爻也无话可说，真不知这该如何收场。李柏等人正惊慌之时，却见赵白、卓凯一愣，和颜悦色地笑着回道："逍遥王哪里话，皇上岂会不信任沈大人，只是此事关系重大，皇上担心沈大人知道些事情会影响查案，这才命我二人见机行事。沈大人，如今这案子直指神秘人，下官该将知道的告知于您了，沈大人，请。”

“请。”

沈爻回了个礼，迈着步子走出大牢，陈十六脸色这才缓和了少许，与万筠灵正准备跟上先生，却被刚回过神的李柏一把拉住。

李柏一脸不信地问道：“陈十六，那大人刚刚叫你逍遥王？你就是皇上刚刚封的逍遥王？”

“我就是陈十六。”

陈十六没好气地甩开李柏的胳膊，迈着步子朝沈爻追去，只留下一脸疑惑的李柏嘀咕道：“那陈十六又是谁？是不是逍遥王？”

第 46 章　暗影（下）

这一刻终于来了，比想象中来得要快，沈爻原本计划查清武纪被杀案。从而查出武纪的另一重身份、他的秘密。如今看来，武纪对皇上来说远比想象的重要，或者说武纪被何人所杀对皇上非常重要，甚至已令皇上忧心忡忡。

那武纪到底是谁？又是被何人所杀？

沈爻细想一番，突然，他想起了赵焕尔，想起了无极楼曾发布的针对自己的悬赏令，想起了血战公主府那晚禁军统领王储捉拿赵焕尔时赵焕尔说的话——无极楼，无极楼竟是他的暗线。

赵焕尔口中的“他”自然是皇上。

无极楼的楼主，芙蓉栈查了数年都未查到其真正身份；利用山贼屠杀沈家被流放的家眷的凶手，芙蓉栈查了数年未查到其人，自己早该想到这两者之间存有关系。

武纪，他正是无极楼的楼主——费无极，他是赵权在江湖中的影子。

武纪如此身份，确实需要保密，江湖中，想取他人头的人不胜枚举，他的身份一旦泄露，便会招来杀身之祸。可关键是武纪已死，皇上没必要对自己隐瞒，难道真如赵白所言，皇上担心这会影响查案？还是皇上已对自己起疑，故意站在局外观察自己是否有能力查案？抑或是武纪被杀只是个开始，还有更令皇上担忧之事？

无论何种原因，沈爻都暗自庆幸没有为查出武纪的身份而冲动地利用芙蓉栈的力量，若这一招走错，则可能满盘皆输。伴君便是伴虎，更何况，自己还想在这虎口上“拔牙”，日后需更谨慎、小心。

街巷空荡，太原府的马车悠悠前行，赵白、卓凯、万�灵跟在马车两侧，车内坐的正是离开大牢返回客栈的沈爻、陈十六，几人之中，沈爻官职最高，陈十六乃是王爷，能坐车中的便只有他二人。一路上，沈爻闭目沉思，终于想明白武纪的真正身份，至于其他事难以猜透，反正即将知道，他便懒得去想，缓缓睁开眼，却见陈十六正一脸幽怨地望着自己，不由一愣，问道："怎么了？"

"先生，你就不恼？"

"因何恼？为何恼？"

"赵权他不信任你！"

"皇上若不信我，为何命我查案？"

"那皇上为何让那两人跟踪先生？"

"皇上想知案情进展，他们有他们的传信方式，远比我们的速度快。"

"那……那先生来太原之前，皇上为何不将武纪的事全部告知先生？非得等先生查完天香、武兆，才让这二人告知，这不是让先生绕了个大弯吗？"

"绕弯了吗？天香、武兆都与此案有关，正如赵大人所言，若皇上告知，我们便可能将怀疑点全放在神秘人身上，可能会忽略天香、武兆这两个关键性的人物，但他们参与了此案，在这案件中遗留了线索，这些线索不厘清，如何查到真正的凶手？皇上远比你我睿智。"沈爻淡淡回道。

是这样吗？

陈十六怀疑地望着沈爻，总觉得先生未对自己讲实话，可又找不出先生话语中的漏洞，似乎先生句句在理，令人不得不信。

"沈大人，客栈到了。"

"好。"

赵白的喊声从外传来，沈爻应了句，感觉马车缓缓停下，便与陈十六先后走下马车，几人迈着步子穿过冷清的客栈大堂上楼，走到沈爻入住的天字一号房门前。沈爻推开门走了进去，赵白紧随而至，陈十六正要进门，卓凯突然上前一步，手中的长刀一横，拦在了陈十六面前。

陈十六不由止步，扭过头，目光冰冷地盯着卓凯，问道：“你干吗？”

“逍遥王，皇上交代，此事只能说与沈大人。”

“我若非进不可呢？”

“王爷只有先从下官的尸体上踏过去。”

“你以为我不敢杀你？”

陈十六一脸恼火，说话间，手中的剑已出鞘，剑刃直抵卓凯脖颈，只要陈十六的手微微一动，卓凯的脖子便会血涌不断。如此危急关头，卓凯却面无表情，一动不动，不知是不在乎脖子上的这颗脑袋还是自信陈十六的剑不会划过自己的脖子。

“十六。”

沈爻扭头喊了句，淡淡说道，“在外面等着。”

“是，哼……”

陈十六应了句，愤愤地收起破剑，眼神冷冷地瞥了卓凯一眼，抱着破剑靠在对面墙上，目光直望着门口，与正关门的赵白四目相对。赵白凝望着陈十六，嘴角微微泛起一抹笑意，缓缓将门关上，转身走向沈爻，有意无意地说道：“逍遥王对沈大人真是尊重。”

“王爷流落民间之时，在下对其授业教武，在下虽与王爷主仆相称，实则师徒情义。如今王爷正名，不忘初心，依旧尊重在下，这不正是学习当今圣上提倡的尊师重道嘛！”

“逍遥王重情重义，下官实在钦佩。”赵白恭维了句，见沈爻态度冷漠、气定神闲地泡起茶来，似乎不想与自己浪费口舌，不由尴尬一笑，知道该进入正题了，可皇上嘱咐之事还是要做，故意问道，“沈大人可还记得几月前无极楼曾发布对大人的悬赏令？”

果然。

沈爻心中已确信对武纪身份的猜想无误，却觉得这问题似乎并非表面这么简单，若赵白想告知武纪是无极楼楼主，直说不就完了，为何扯上自己？这是在试探，连忙回道：“武纪是无极楼的人，不，他不仅是无极楼的人，而且还是无极楼的楼主。”

“沈大人如何知道？”赵白故作惊讶地问道。

“赵大人告诉我的。”

“下官？下官何时告诉沈大人的？”赵白继续装糊涂地问道。

“就在刚刚。”沈爻风轻云淡地回了句，似乎早已看透赵白试探的心思，不等赵白发问，继续说道，“公主谋反一案，本官遭人陷害，朝廷捉拿，江湖无极楼发布本官的悬赏令。血战公主府那一晚，禁军统领王储说出机刹阁受公主指使，借助无极楼发布对本官的悬赏令，而公主当时惊诧于无极楼竟是皇上的暗线。赵大人为武纪之死而来，此时又问本官可记得无极楼曾发布本官的悬赏令，这便不难猜测了。”

“沈大人果然聪慧，下官佩服。”

“赵大人继续。”

“沈大人江湖上的朋友不少，多少知道些无极楼的传闻，无极楼楼主的身份无人知晓，纵然无极楼的弟子也不知其楼主长相，唯一证明楼主身份的便是无极楼楼主的无极令，无极楼弟子见无极令便是见楼主，如今楼主武纪死了，无极令也消失了，若无极令在凶手手中，外人看来，凶手就是无极楼楼主。”

“皇上要抓住凶手，找到无极令？”

“对。”

“既然无极楼楼主的身份如此隐秘，何人会知道？”沈爻疑惑地问道。

“没人知道。”

“武纪效忠皇上，那皇上如何与他联系？”

“每个月皇上都会派指定的人与楼主见面，下派任务、传递消息。而且，每次见面都会约定下次见面的地点，除了皇上、楼主与派去的人之外，无人知道见面的地点，更不可能知道楼主太原富商的身份。”

“派去的人可查证过？”

“绝对没问题，这任务正是由下官与卓凯全权负责，除了皇上、无极楼楼主与我二人之外无人知道。”赵白肯定回道。

“上次见面是什么时候？”

“半月前，下官与卓凯在约定的地点等了他两日，未见他来，便担忧可能发生变故，立即赶来太原，却发现他已经死了。”

“也就是说武纪带天香回私宅的第二日是你们约定见面的时间？”

“对。”赵白点了点头，继续说道，“沈大人查到万花楼，我们随后也调查了一番，武纪每次见面前一夜都会从花万楼带走姑娘回私宅。”

“花万楼可有疑点？”

“没有。”

“那问题会出在哪儿？”

沈爻故意皱起眉，他正愁不知如何调查武纪的秘密，如今正是大好时机，天香是武纪女儿这点便是突破口，于是他故作疑惑地分析道：“除了凶手如何知道武纪是无极楼的楼主这点，另外还有一处疑点，凶手是如何知道天香是武纪的女儿？天香对她这个父亲的了解也仅限于长相，六扇门调查的信息也模棱两可，赵大人可知武纪当年经历了什么？”

“沈大人可听闻过暗影？”

“暗影？”

沈爻一愣，芙蓉栈的信息网遍布朝野、江湖，曾截获过关于暗影的消息，可也仅知暗影效忠皇上，散落各地，至于其何时创立、成员身份、人员多少，一概不知，难不成费无极是暗影成员？

“暗影效忠皇上，暗中为皇上办事，武纪便是皇上的暗影。十七年前，武纪以假名闯荡江湖，结识花惜渃，二人结为夫妇，这夫妇二人以雌雄双煞之名犯下累累血案，直到十五年前，武纪被先皇选中，召入暗影。先皇驾崩，当今圣上掌管暗影，为掌握江湖信息，扶植武纪创建无极楼，成为无极楼楼主。”

什么？

武纪十五年前便是皇上的暗影？那十二年前武纪利用山贼屠杀沈家被流放的家眷，难不成是先皇的命令？那沈家冤案的真凶是……先皇？

沈爻心中如翻江倒海般汹涌澎湃，他难以遏制内心的激动、震惊，可他知道面前这位皇上的暗影正密切关注自己，他不能流露出任何的异样，必须拼命地压制住内心的激动，可这关乎沈家累累血案，叫他如何做到毫无感情波动？放在椅子上的手指已不动声色地捏进了木椅之中，见赵白饮完茶放下茶杯抬头望向自己，沈爻缓缓放松下来，开口问道：“十五年……前，他便是暗影，为皇上效力，何人会知道他的身份？”

“这正是令人费解的地方。”

“他之所以杀妻，是因受皇上之命创立无极楼，成为无极楼的楼主，不能令人查到他的身份？”

“对。”

“哼……难怪他有怪癖，难怪他生不出子嗣。”沈爻冷笑道。

“沈大人？”

赵白诧异地望着沈爻，完全没想到传闻冷血无情的沈爻竟因他人之事生了同情之心。

沈爻没理会赵白的诧异，淡淡说道：“本官认为武纪被杀的根源在京城。”

第 47 章　灭门

深夜。

月朗星稀。

上百道蒙着面、身穿夜行衣的人影在夜色下急速前行。这伙人分为两拨，一拨手持长刀，一拨腰间挂着短刀、后背背着弓弩，他们一路飞奔上山，行至半山腰，在一处茂密树木前止步。

“入口便在这儿。”

一人指着茂密的树木说了句，另有两人上前，动作利落地将树木移开，顿时，面前呈现个山洞。领头黑衣人朝山洞里望了一眼，扭头望着众黑衣人，厉声下令道：“行动。”

命令下达，众黑衣人一个接一个进了山洞，在山洞中行了一会儿，前方浮现出微微亮光，那正是另一处洞口。领头黑衣人在洞口前止步，放眼望去，前下方坐落着一处宅院，皎洁月光映照之下，依稀看清院门牌匾上写着“十六院”三个大字。

“弓弩手守住四周，不可放过一个，杀。”

领头黑衣人压低声音下了道命令，一马当先，率先奔出洞口，带领着手持长刀的黑衣人朝着十六院悄悄潜入，而持着弓弩的黑衣人行动有序地分散到院墙各处，上好弓弩，瞄准院内，严阵以待。

潜入十六院的一道道黑影分散行动，悄无声息地摸进各个房屋。片刻后，杀意大起，一些十六院的弟子尚在睡梦中便断了气息、永诀于世，少数十六院的弟子察觉到危机，从睡梦中惊醒，与黑衣人厮杀起来，一时间，两方厮杀，场面惨烈。

“砰砰！”

两个黑衣人刚潜入其中一间屋子，便被打飞出来，紧接着，一道手持长枪的人影从屋内走了出来，此人正是十六院院主花应天。

花应天扫视了一眼面前的景象，见十六院的弟子死伤惨重，他刚毅的脸上尽是浓浓怒火，握着长枪的手攥得更紧了，望见一名弟子正被两名黑衣人围攻，花应天大步上前，长枪横扫而去，一枪将其中一名黑衣人打出数米，枪头一调，一枪刺穿另一名黑衣人的胸膛，伸手将弟子搀扶起来。

那弟子看清来人，惊喜喊道："院主。"

"去帮其他师兄弟。"

"是。"

那弟子应了句，拖着残躯朝其他师兄弟走去，可刚走两步，一支箭矢爆射而来，直接穿过这弟子的脖颈，这弟子尚无反应便栽倒在地。

"嗖！"

"嗖！"

"嗖！"

这时，一支支箭矢从四面八方爆射而来，十六院的弟子一个个中箭倒地，有些未被一箭射死，可还未来得及躲闪，随之而来的箭矢便令他们断气身亡。

花应天目睹一个又一个弟子倒在血泊中，怒火中烧，青筋直冒，猛然大喝一声，手中的长枪如蛟龙般舞动，横扫而过，瞬间斩杀冲上来的几名黑衣人。可箭矢如暴雨般爆射而来，花应天连忙翻身躲避，数支箭矢擦着他的衣角爆射而过，躲闪过一波箭矢，花应天双脚刚落地，下一波箭矢又爆射而来，他快速挥动手中的长枪，击落射来的箭矢，身影闪进屋中。

院子，尸横遍野，血流成河；屋内，花应天与尚且苟活的十几个弟子已浑身鲜血、遍布刀口，他们一个个眼神冒火，面带视死如归之色。

"火。"

领头黑衣人大喊一声，数十支火把抛向屋子，顿时，屋子燃起熊熊大火，烟气弥漫，花应天与弟子被呛得连连咳嗽，这屋子已然待不下去。

“冲出去。”

花应天怒喊一声，率先提着长枪冲杀而出，又是一阵箭矢从天而降，几名弟子瞬间被射成马蜂窝，身上满是箭矢，倒在血泊中。纵然花应天武功高强，在这如细雨般的箭矢之下也未能躲过，他的左腿被箭矢射中，行走艰难，花应天已成强弩之末。随后，又是一阵箭矢射来，花应天长枪横扫，击落射来的数支箭矢，可箭矢实在太多，一道又一道的箭矢刺入花应天的身体。

花应天难以行动，长枪插地，倔强地立于天地之间。

“嗖！”

“嗖！”

“嗖！”

数支箭矢又朝花应天爆射而来，他已无法躲闪，只能任由射来的箭矢落在身上。

“噗！”

花应天猛然喷出一口鲜血，却拼尽仅有的力气紧握着手中的长枪，支撑着残破的身躯，屹立不倒，模糊而仇恨的眼神冷冷盯着前方逐步走来的众黑衣人。

领头黑衣人迈着步子走到花应天面前，敬佩地开口道：“果然是条汉子。”

话音刚落，领头黑衣人手起刀落，花应天的头颅离身，落在血泊中。

…………

武纪被杀案的经过已清晰明了，凶手正是那神秘人，此人先传信天香，想借天香之手杀武纪，却未料到天香取武纪性命之时因亲情放下了屠刀；随后，武兆无意发现武纪行动受限，心生歹念，以幻仙草逼武纪交出家产，却被武纪找到机会，化被动为主动，对其追杀，武兆逃走；而后武纪中毒，神秘人现身，一掌打死中毒的武纪。

这便是整个案子的经过，至于移尸之人，正是那神秘人，移尸的目的不难看出，正是借武兆之手处理尸体。其中却有处疑点，以此人功力，面对面杀武功高强的武纪胜算颇低，才想出借天香之手，可杀两个不会武功之人、处理两具尸体并不是难事，凶手为何不杀了武兆、天香灭口？如此行事，留下的线索更少，或许查到天香便难以往下查。

难不成这凶手并非滥杀无辜之人？

虽说这起案子的经过已梳理清晰，可在这起案子中，凶手一直处于旁观位置，难留下痕迹。赵白道出武纪秘密对此案大有帮助，沈爻凭借此点推测武纪被杀的根源应在京城，凶手杀武纪的真正目的是无极令，然而，亦无法从这些信息中指证凶手的身份。

目前，凶手唯一可能留下线索之处就只有武纪被杀现场了，昨夜李柏已派仵作前去检验取证；不过，沈爻对此并不抱什么希望，纵然凶手未处理现场，恐也难留下指证其身份的线索。

果然。

次日一早。

李柏顶着黑眼圈来到风月客栈，将仵作对现场勘查取证的卷宗交与沈爻，满脸愁容地坐在一旁，见沈爻阅览完卷宗，无奈说道：“沈大人，昨晚我们抓了徐麻子，据徐麻子交代，武兆确实从他手中买了幻仙草，时间上吻合。武兆囚禁武纪的地点也做了勘查，屋内有幻仙草粉末、捆绑武纪的绳索、少量血迹，至于庭院，发现了一片凝固的血迹，地上有手指抓爬的痕迹，有些脚印，经过对比，脚印属于武纪、武兆二人，可现场并未发现第三个人的脚印，要不是武兆说谎，便是凶手武功奇高，未留下痕迹便将武纪杀死，带走武纪的尸体。”

“武兆的交代应该属实。”

沈爻淡淡回了句，合上卷宗，继续说道：“李捕头的推测没错，这凶手的武功确实奇高，从武纪背后的掌印便可判断出来，现场的那片凝固的血迹应是武纪中掌时口喷而出，地上的抓爬痕迹应是武纪生死关头时挣扎所致。”

“那这案子接下来该怎么查？”李柏为难地问道。

“不用查了。”

“不用查了？为什么？”李柏一脸惊愕地问道。

“因为仅靠这些线索根本查不出来凶手。”

“这……”

李柏憔悴的脸上尽是为难之色，沈大人这话之意便是这案子成了悬案，大大小小的案件李柏查办过上百起，也有些线索、证据不足成了悬案。有些案子并非想查就一定能真相大白，可关键这起案子皇上关注，又发生在太原，如今此案成了悬案，太原府如何向皇上交代？

沈爻看出李柏的担忧，安慰道：“李捕头，这起案子背后错综复杂，目前查不出来也情有可原，李捕头让何知府放宽心，皇上不会降罪。”

“下官先替何大人谢过沈大人。”李柏抱拳感激道。

“这是事实，无须言谢。”

“得谢，得谢。”

李柏奉承地回了句，想到武兆尚在大牢，请示般地问道：“沈大人，那武兆该如何处置？此人虽不是杀死武纪的真正凶手，可也参与谋害武纪。”

“如何宣判武兆根据律法来定，就由太原府处理。”

“是。”

目前，线索不足，在太原城的调查只能告一段落，武纪被杀的源头既然在京城，那唯有返回京城从武纪当年的经历入手调查。不过，除此之外，沈爻想到另一条线索——武纪无极楼楼主的身份是如何泄露的？

无极楼创立至今，无极楼楼主的真正身份颇为神秘，除了皇上几人之外，无人知晓，其身份唯一泄露的可能就只有几个月前的公主谋反案，此案赵焕尔棋差一着，失败之际才恍然大悟，知道无极楼是皇上的暗线。

可血战公主府那晚，王储带兵前来，将现场参与之人尽数抓获，无漏网之鱼，那只可能是知晓公主行动之人，此人可能与赵焕尔做出了一致的推测。

公主谋反失败，六扇门负责收尾，虽将效忠公主的死士一网打尽，可六扇门并未查到公主与朝中大臣秘通的证据。当时，沈爻便心生疑惑，如今看来，那起案子似乎并未结束，或许……是开始。

难道自己又要卷入权力的斗争中？

马车在官道上悠悠前行，沈爻虽迫切想查出十二年前指使武纪利用山贼屠杀沈家被流放的家眷的真凶，可知这并非易事，便也没那么着急，慢悠悠地前往京城。这一路上，几人吵吵闹闹、欢乐不断，如家人一般。然而，花千语虽看似与平时无异，可兴致不高，似乎藏有心事。陈十六向来大条，并未注意，却未逃过沈爻的眼睛。他见花千语又在发呆，关切问道：“花千语，你有心事？”

“啊？”

花千语突然听到沈爻发问，一时没回过神，陈十六、万锜灵扭头疑惑地望向花千语。

陈十六问道：“花千语，你怎么了？”

“我……”

花千语犹豫了片刻，才说道：“王爷，我想回趟家。”

回家。

十六院。

沈爻、万锜灵不由相视一眼，对于万锜灵暗中调查花应天一事，沈爻心中一直难安，他无法想象如果赵权知道花应天、十六院的存在将会作何举动，如今花千语想回十六院，看看也好。

“那你就回去呗！”陈十六愣愣地回道。

“王爷不与我一同回去？”

“我去干吗？”

花千语见陈十六这副态度，俏脸满是不悦，想说什么，却又咽了回去。陈十六似乎不知自己说错，继续说道:“我要跟着先生，你想回去就回去。”

“陈十六。”花千语不满地吼道。

“那就一起去。”

沈爻见二人又要斗起嘴，开口说了句，陈十六、花千语、万锜灵都诧异地望着沈爻，花千语、万锜灵心思涌动，不解沈爻为何主动去十六院，万锜灵可是六扇门的捕头。

陈十六并未多想，赞同道：“先生去，我就去。”

第 48 章　割袍断义

十六院在哪儿如无极楼楼主是谁一样神秘，世上知晓其位置的人极少，花应天曾经的身份特殊，十六院存在的意义非凡，其门下弟子行事素来万分小心谨慎。

此番一同回十六院，实在违背十六院的规矩，然而，陈十六跟随沈爻，若不同意，陈十六也不回去，花千语有保护陈十六之责，哪能自己回去?而且，义父之前交代调查沈爻，可这些日子暗中调查，花千语只感觉此人城府极深、聪明睿智，除此之外，没查出此人丝毫秘密，或许义父与之见面能瞧出一二，索性答应下来。

十六院所在不可让外人知晓，谨慎行事之下，之前的马夫都被打发了，驾车的活就交到陈十六手上，如此行了半日，已行至十六院所在的大山脚下。马车缓缓上山，又行了半个时辰，来到入十六院的洞口处，陈十六一拉缰绳，令马车停了下来。

“先生，到了。”

陈十六喊了句，扭头一望，却见原本遮掩洞口的树木已被移开，洞口呈现在眼前，疑惑地嘀咕道：“这树木怎么移开了？”

花千语听闻此话，连忙掀开车帘，望见并无树木遮掩的洞口，心中隐约有种不好的预感。这些树木用来遮蔽十六院的入口，纵然十六院的弟子出山，也会将洞口掩盖，这是规矩，可如今已无遮盖，难道……花千语不敢继续往下想，立即催促道：“快走。”

陈十六扭头望了眼探出脑袋的花千语，见她神色不安，不由觉得此事大有问题，立即跳上马车，一甩缰绳，缰绳抽打着骏马。骏马嘶吼一声，带着马车冲进了山洞，一时间，马车在平坦的山洞中急速前行。

沈爻、万鸫灵见花千语情绪不稳，感觉有些不对劲，万鸫灵曾暗中潜入过十六院，知晓洞口处有树木遮蔽，如今遮蔽洞口的树木没了，难道……她不由想到在清月庵外沈爻曾说过的话，心中不安起来，默默望着坐在对面的花千语。

沈爻开口问道："怎么了？"

"遮蔽洞口的树木被移开了，这不合十六院的规矩。"

花千语回了句，俏脸尽是不安之色，默默祈祷别出什么事，想了想，又忍不住掀开车帘，过了没多久，只见马车行出另一处洞口，已能看清十六院，可这哪里是曾经的十六院？房屋烧毁，满院尸体，花千语目瞪口呆地望着残破不堪的十六院，马车一停，她疯了般跳下马车，冲进十六院，一眼望见院中那具没了头颅、满身箭矢、手握长枪、立于天地间的躯干。

那是义父的长枪。

这躯干是……义父？

"义父。"

花千语哭喊着跑了过去，泪水已夺眶而出，一时下脚不稳，摔在地上。她边哭边朝着那副躯干爬过去，爬到躯干前，一把抱住躯干的双腿，歇斯底里悲痛大哭。

沈爻三人已跟花千语来到院子里，望着紧抱躯干双腿、悲痛大哭的花千语，心里很不是滋味。陈十六默默四处寻找，发现花应天的头颅，连忙跑了过去，轻轻抱起，走到花千语旁边，蹲下身子，伤心无言地将花应天的头颅递了过去。

最担忧的事还是发生了。

从知晓万鸫灵在暗中调查花应天，沈爻心里就开始担忧，担忧皇上的眼线发现万鸫灵在暗查花应天，担忧皇上知道花应天的存在，容不下花应天创立的十六院。

如今十六院真的出事了，被灭门了，凶手会是皇上吗？

沈爻无法确定，可除了皇上，他想不到世上还有谁会对十六院下手，还有谁有能力对十六院灭门。十六院既然位列天机十二宫之一，便说明其在江湖中的地位，怎会是一般小门派、小组织能对付得了的？

现场除了十六院弟子的尸体，并无凶手的尸体，如此惨烈的厮杀，凶手不可能没有伤亡，想来已被同伙带走。不过，现场留下了些凶手使用的兵器、箭矢，沈爻检查了一番，发现这些兵器都是最新打造，质量颇好，并非出自一般匠师之手。可兵器上并无特殊标志，这条线索太模糊，目前唯一能肯定的便是这场灭门惨案的幕后主使有着强大的力量。

嫌疑直指皇上。

白驹过隙，时间转瞬即逝，不知不觉沈爻几人已在十六院待了两日。这两日来，花千语一直沉浸在失去亲人的悲痛中，陈十六默默守候，帮花千语将十六院的人安葬，负责沈爻几人的伙食，忙得不可开交。他心情也不好，连话都比平时少了许多，他是重感情的人，花应天曾舍命护送他出宫，花应天死于非命，他如何不难过？

沈爻则反复检查现场，希望找到些蛛丝马迹，可事与愿违，除了兵器这条线索之外，并无其他发现。至于万筠灵，从目睹十六院的惨状，她便怀疑此案乃皇上所为，皇上之所以知晓十六院的存在，最大可能是发现自己在暗查花应天，之前自己被派随沈爻一同查武纪被杀案也颇为蹊跷，大有故意将自己支开之举。可若皇上发现自己暗查花应天，为何不问自己？自己乃皇上臣子，皇上询问，谁敢欺君？

万筠灵一直处于内疚与怀疑中，她多次想问沈爻的看法，消减心中内疚，可又担心沈爻推测的凶手也是皇上，所以每次话到嘴边又咽了回去。明日，几人就要回京城，万筠灵见沈爻独自坐在房中，想了想，终于，她下定决心，迈着步子走了进去，神情不安地喊道：“沈先生。”

沈爻望见万筠灵神色不安，心中猜到她为何这般，安慰道：“万捕头，事情尚无定论，万捕头并非庸人，何必自扰之？”

“我……”

万锜灵一时不知如何答话，想了想，问道："沈先生是不是也怀疑凶手是皇上？"

"在下只讲证据。"

"那日你得知我在暗中调查花应天，担心会被皇上知晓，还表示皇上一旦知道十六院的存在，十六院可能有灭顶之灾。如今，十六院真被灭门，我……我真的不知道，除了皇上，还有谁会对十六院下手，如果真是皇上所为，那我便是害死十六院这上百条人命的凶手。"万锜灵情绪失控地自责道。

轰！

站在门外的陈十六犹如被雷击中一般，整个人一下子怔住了，他前来叫先生吃饭，没想到却听到这番话。皇上，世上唯一不希望十六院存在，又有能力对十六院灭门的就只有皇上，凶手一定是皇上。而屋里出自六扇门的万锜灵就是皇上的一条狗，她知道十六院，那皇上自然也会知道十六院，一定错不了。

"万捕头，事情尚无……"

沈爻安慰之话还未说完，陈十六疯了般冲了进来。沈爻望见陈十六，心中尽是无奈，最不愿看到的一幕还是发生了，他一直尽力缓解万锜灵的内疚，不想万锜灵说出自己当时的猜测。没想到万锜灵出于内疚滔滔不绝，更没想到陈十六竟在外面听个正着，他知陈十六此时的心情，连忙开口劝说道："十六，事情……"

"你为什么要查花大叔？"

陈十六虽与花应天相识不长，甚至不愿与此人扯上关系，可当年若不是花应天舍命护送，他早已死了，这份恩情，他永远不能忘记。此时听到万锜灵亲口说出她在暗查花应天，正因为她的调查令皇上知道十六院，对十六院灭门，陈十六简直怒火中烧，连先生的话也不听，气急败坏地对万锜灵质问。

"他们来历不明，我身为六扇门的捕头，有责任、有义务查清他们的身份，确定他们是否危害朝廷。”

万筠灵虽自责自己的行为害死了十六院这么多人，可她并不后悔，她是六扇门的人，效忠六扇门、效忠朝廷。那时她知道花应天出自皇宫，可她不知道这个曾经的殿前司都检点为何创立十六院，不知道他是否有危及朝廷的阴谋，她必须查清，这是她身为六扇门捕头的职责。

“既然你刚才承认因为你害死了这么多十六院的人，那我就杀了你给他们报仇。”

陈十六怒喝一声，抬手出掌，朝着万筠灵轰击而去，万筠灵竟纹丝不动，似乎甘心受死。沈爻哪里能看着万筠灵受死，身影一闪，快速出招，一把抓住陈十六的手腕，只见陈十六的手掌已到万筠灵面门，若稍微晚片刻，万筠灵就被一掌击毙了。

沈爻心有余悸，连忙劝说道：“十六，此事尚无定论，凶手是不是皇上还不知道，你怎么能杀万筠灵？”

“先生又要护她？”

陈十六惊愕地望着沈爻，心中尽是绝望，此事已经明了，先生竟不站在自己这边。他脸上泛起一抹苦笑，继续说道：“她杀邱怡的时候，先生护她，是，邱怡是赵焕尔的人，想害先生，可邱怡最后也没做出杀先生之举，而邱怡却死在她手里。现在，又因为她，害死了十六院上百人，先生还要护她？先生说此事尚未定论，那先生告诉十六，世上除了赵权，还会有谁对十六院下手？还有谁有能力对十六院灭门？”

沈爻知他难过，好生相劝道：“此案先生会查清楚，你给先生些时间。”

“那先生现在告诉我，除了赵权，先生可有怀疑之人？”陈十六不理，冷冷问道。

“没有。”

“那便是了，凶手就是那赵权。”陈十六冷冷回了句，继续说道，“我先杀了她这个赵权的爪牙，再去杀赵权。”

陈十六怒喝一声，手臂一旋，手腕从沈爻扣手中抽了出来，再次提掌朝万�灵轰去，沈爻面色不由一惊，见万筠灵依旧纹丝不动，一把将万筠灵推开，再想提掌接下陈十六的一掌却已来不及。

轰！

陈十六一掌重重打在沈爻胸口，沈爻只觉得喉头一股血腥味上涌，忍不住吐出一口鲜血。陈十六没想到先生竟受自己一掌，一时间，惊愕、自责、绝望涌上心头，十六院上百条人命，他又不能就此了之，但若继续动手，先生还会护着万筠灵，自己总不能杀了先生。

他只能放过万筠灵，可这口气实在忍不下去，心中的绝望无法填补。

“先生，十六一直以为你是恩怨分明之人，一直将你当成最敬重的师父、兄长，可你从不曾站在十六这边。十六被劫时，你不管不问，十六还告诉自己，先生有不得已的苦衷，十六从不埋怨先生。可如今，她害死了十六院上百人，先生还要护着她，先生，你是不是从未将十六当作兄弟？”

陈十六一股脑儿地将压抑在心中的怨气吐出，心中充满绝望，猛然，他一把抓起衣裳一角，用力一扯，撕掉一块，冷冷说道：“从此以后，我与先生的情义如这身长衣，衣断，义绝。万筠灵，这次我就留着你的脑袋，下次再见你，就是你为十六院上百条人命偿命之时。”

陈十六说完，绝尘而去。

“十六。”

沈爻望着陈十六的背影，忍痛大喊，可陈十六头也不回地带着刚听闻争吵声赶来的花千语消失在夜幕中。

他这一走，似乎永远不再回头。

第 49 章　兄弟?

夜。

很黑，黑得已无法看清前方的路，陈十六觉得这就好像他与先生的关系，再也找不到方向。绝情的话说出口，可心里并不是那么想，他只是气愤先生一次又一次地维护万筠灵。那女人是六扇门的捕头、赵权的爪牙，先生为什么总站在她那边？陈十六真是越想越气。

花千语默默地跟在后面，刚才赶过去时，陈十六已气愤地从屋里出来，她什么也不知道就被陈十六拉走了。这一路，陈十六独自生闷气，她也不好问发生了何事，可心中颇为好奇，陈十六对沈爻简直言听计从，会因为什么事让他跟沈爻闹翻？

“王爷，刚才发生了什么事？”

“没什么。”

陈十六淡淡回了句，他知道若花千语知道因万筠灵的调查让赵权知道了十六院的存在，从而导致十六院被灭门，花千语定会返回去杀万筠灵，而沈爻力保万筠灵，势必动起手，他不想看到两败俱伤。万筠灵，他会杀，就不用让花千语知道了。陈十六扭过头，继续说道：“我知道是谁杀了花大叔他们。”

花千语一下子激动起来，连忙问道：“谁？”

“赵权。”

花千语怔住了，赵权，当今皇上，那这个仇该怎么报？天色过黑，陈十六看不清花千语的表情，可也知道她此时在想什么，开口安慰道：“放心，我一定会杀了赵权给花大叔他们报仇。”

花千语无奈地问道：“他是皇上，几乎不出皇宫，我们怎么报这个仇？”

“先回京城。”

陈十六一时也没什么好主意，只能先回京城，再找机会。毕竟刺杀皇上不是件小事，好在他已是王爷，至少有见到皇上的机会，能见到皇上，就有杀了皇上的可能。

三日后。

陈十六、花千语回到京城，陈十六与沈爻已割袍断义，上爻堂不能去了，之前皇上封他为王，赐了座宅院，一直空着，可陈十六性情刚烈，他要杀赵权为十六院上百人报仇，怎么可能住赵权赏赐的宅院？无处可去，二人便找了家客栈入住，商讨如何进皇宫刺杀赵权。陈十六虽是王爷，可朝中人脉全无，谁能帮自己进皇宫？

安阳王。

能帮自己入宫的只有安阳王，可安阳王会相助吗？

这可是杀头的大罪。

陈十六不知道，可他已无别的选择，只能一试，也不知安阳王巡视塞北是否归来。当即，陈十六带着花千语前往安阳王府，还未到安阳王府，便远远望见安阳王府门前聚集着些朝廷官员，老管家福伯正好言相劝诸位大人回去，安阳王不见客，费了一番口舌，这些官员才散去。

陈十六见老管家要回府，连忙走了上去，喊道：“福伯。”

“逍遥王？”

福伯见到陈十六，又惊又喜，连忙迎上前，激动地问道，“逍遥王何时回的京？昨个老王爷还念叨逍遥王。”

“皇叔回来了？”

“已回来五日了。”

福伯回了句，见陈十六还在外面，连忙邀请道：“逍遥王快进府，老王爷见到你一定很开心。”

陈十六点了点头，跟着福伯进了安阳王府，忍不住问道：“福伯，刚才那些官员都是来看皇叔的吗？”

“嗯。”

福伯点了点头，语气嫌弃地说道：“之前也不见这些人来探望王爷，王爷这次巡视塞北刚回来，这些人就按捺不住了，可能觉得王爷重回朝野，深受皇上重用，真是些见风使舵的玩意儿。”

“皇叔要回朝野？”

“这都是没影的事，王爷淡泊名利，这次巡视塞北是皇上下令，王爷无法推迟，才无奈为之。这不，去了趟塞北，还染上了风寒。”

“染上了风寒？皇叔他没事吧？”

“逍遥王放心，王爷老当益壮，没什么大碍。”

如此聊着，福伯已带着陈十六、花千语来到大堂，只见安阳王身披貂皮盘坐在炉火边研究棋盘，还时不时咳嗽几声，看来病情不轻。

福伯轻声唤道：“王爷，逍遥王来了。”

安阳王连忙扭过头，见陈十六、花千语进来，满脸喜悦，将手中的棋子丢进棋盒，热情地招手道：“快，过来过来，外面太冷，靠火炉近些。”

陈十六乖巧地走了过去，在安阳王对面坐下。

“什么时候回来的？”

“刚回来。”

“此行如何？皇上交代的事都处理好了吗？”安阳王问了句，却见陈十六一言不发，脸上不由泛起疑惑之色，问道，“怎么了？”

“皇叔，十六有一事相求。”

陈十六突然起身，跪在安阳王面前。

“你这孩子，怎么突然行如此大礼，赶紧起来，皇叔答应你，能办到的一定帮你办。”安阳王起身拉陈十六，可拉了两下没拉起来，不由感觉陈十六所求之事不简单，也不再拉陈十六起身，开口道，“你说，何事？”

“求皇叔带我入宫。”

“入宫？哈哈……我还以为什么大事，你本是王爷，有事入宫，直接奏请皇上，皇上还能不让你入宫？”安阳王大笑着说道。

“不能让皇上知道。”

安阳王一下子愣住了，不解地问道：“这话什么意思？”

陈十六冷冷回道：“我要杀了皇上。”

安阳王神情突然大变，惊慌地朝外望了望，冷着脸问道：“你疯了？”

“皇叔，我没疯，他命人杀了十六院上百人，其中便有当年舍命护送我离宫的花应天，若不是花应天，当年我就死了，这个仇我一定报。”

“他是皇上，也是你的兄长。”

“可他拿我当兄弟了吗？从赵焕尔得知我的身份，他就阻止我回归族谱，若非皇叔与北定王倾力相助，他会恢复我皇家子嗣的身份吗？”

“这……”

安阳王一时被问得语塞，想了想，问道：“那十六院是怎么回事？”

“十六院是当年护送我离宫的侍卫花应天所创，这些年来一直寻找我的下落。”

“你确定屠杀十六院的人是皇上派的？”

“是。”

安阳王满脸纠结、为难，入宫行刺，这可是杀头的大罪，皇宫森严，陈十六如何能成功刺杀？纵然成功刺杀，又如何能逃出去？纵然成功逃脱，那也将背负弑君的罪名。可若不帮陈十六，依他的性情肯定还会想其他办法，他既然前来求助，说明已下了决心，该怎么办？

陈十六见安阳王犹豫不决，祈求地喊道：“皇叔？十六知道这是强人所难，可十六已无他法，若皇叔不答应，十六只能潜入皇宫行刺那赵权。”

“不行，你绝对不能刺杀皇上。”

安阳王想了许久，终于下定决心，继续说道：“你若想为十六院的人报仇，有一条路可走。”

“什么路？”

“你自己当皇上。”安阳王掷地有声地回道。

…………

陈十六、花千语回京不久，沈爻、万锜灵也返回京城。二人深知陈十六的性情，他既然认定十六院灭门的真凶是皇上，势必想尽一切办法杀皇上，他们必须在陈十六行动前阻止他，一旦陈十六真的动了手，再没人能救得了他。当然，此事的根源在于十六院灭门一案，他们也不知真凶是何人，目前唯有查清此案，找出凶手，若凶手真是皇上，只能再行商议。二人决定分头行动，沈爻顺着现场留下的兵器这条线索调查，万锜灵则回六扇门打探消息。

马车行至六扇门前，缓缓停了下来，万锜灵起身，弯着腰下马车。突然，她想到了什么，又退坐回来，望着沈爻，问道："沈先生，若凶手真是皇上，你该怎么做？"

"我突然想起来，皇上问过我相似的问题。"沈爻悠悠回道。

"皇上问的什么？"

"皇上问我若将来有一日他与陈十六成为敌人，我会帮谁。"

"先生如何作答？"

沈爻默不作声，万锜灵似乎已得答案，什么也没说，弯着腰从马车上跳了下去。

马车继续朝着上爻堂悠悠前行。

该怎么做？

沈爻也不知道，纵然之前皇上问他，他也没细想过这个问题，只觉得这是不可能发生的事，可现实便是如此残酷，他该如何选择？

一边是陈十六的命，一边是沈家的冤案。

"人生最难的怕就是选择了。"

沈爻悠悠自语了一番，斜着脑袋瞥向车角的酒袋，起身拿下酒袋，"咕咚咕咚"往嘴里猛灌了几口烈酒，垂下脑袋，满是杀意的眼神凝视着脚下踩着的木板，冷冷低语道："如果哪个选择都是错，那我又何必选择？"

马车在上爻堂门前停下，沈爻下了马车，开门进了上爻堂，觉得这家冷清了许多，面前不由浮现出之前陈十六、花千语在庭院嬉笑、打闹的画面。

“先生。”

突然，喊声入耳，打断了沈爻的思绪，他回过神望去，见芙蓉漫步走来。回京前，沈爻已传信于芙蓉，命她关注陈十六动向，没想到自己刚回京，她便得到消息在此等候。

“他现在在哪？”

“安阳王府。”

芙蓉回了句，详细说道：“昨日他与花千语一同回京，入住了客栈，当天下午去了安阳王府，之后就住在安阳王府。”

“他想找安阳王相助。”沈爻悠悠自语道。

“先生，安阳王会帮他吗？”

“安阳王虽重视亲情，对陈十六颇为关爱，可此事关乎江山社稷，他不会任由陈十六乱来。”沈爻猜测了一番，想了想，问道，“眼线可有所发现？”

“没有，江湖、朝野都没发现异样，这伙人数量不少，却没留下痕迹，行事很谨慎。”芙蓉摇了摇头回道。

“案发的凶器我已带来，查兵器来源。”

“是。”

“还有，帮我查一个人。”

“谁？”

“辛梅。”

第50章　真相

辛梅。

赵焕尔的随身护卫。

当日，赵焕尔邀沈爻入府，便是辛梅代劳，赵焕尔伏法，此人不知去向。沈爻查过，辛梅跟随赵焕尔多年，乃是赵焕尔的心腹，对赵焕尔忠心耿耿，那她应知晓赵焕尔借机刹阁请无极楼发布对自己的悬赏令。

赵焕尔阴谋败露正是机刹阁这一环出了差错，事后，辛梅足以猜到无极楼是赵权的暗线。而且，赵焕尔阴谋败露后，种种迹象表明她背后可能另有主谋，结合辛梅不知去向，或许此人与武纪被杀有关，当然，这些仅是沈爻的猜测，尚无丝毫证据，可也算得上一条线索，既然是线索，便不可放过。

除此之外，还有另一条线索——天香，凶手如何知道天香是武纪的女儿？

这条线索至关重要。

沈爻命芙蓉追查辛梅的下落，他则前往天香生活的东牌坊。当年，武纪杀了天香的母亲，天香逃过一劫，流落街头，乞讨度日，东牌坊正是她经常活动的范围。凶手既知她是武纪的女儿，必定对其查证过一番，说不定留下些线索。

东牌坊是京城最乱之地，聚集着三教九流之徒。这条街最多的便是扒手、乞丐，随处可见行乞之人，有些跪在街上，有些则懒散地躺在墙角，一副苟延残喘模样。

沈爻锦衣丝绸，一身富贵装扮，完全与此地格格不入。他一走进这条街便被人盯上，只见两道身影一左一右从他身旁穿过，其中一人碰了上去，沈爻身子一歪，另一人的手快速地伸向他腰间。可就在那人的手即将摸到沈爻腰间的钱袋之时，沈爻猛然伸手，一把扣住对方手腕，一脸漠然地盯着对方。被擒住的扒手不显慌乱，冷冷低吼道：“放手。”

“我若不放呢？”

“那你今儿个就甭想走出这条街。”那人恶狠狠地威胁道。

沈爻二话不说，手猛然用力往后一拉，同时扣住对方手腕的手掌松开，那人倾倒趴地，刚想爬起来，沈爻已抬起脚踩在对方背上。

“放开我。”

那扒手挣扎了几下没能起来，趴在地上，扭着头，继续冷冷威胁道：“你若够种，便一直踩着，等会老子非得打断你这条狗腿。”

沈爻淡淡瞥了他一眼，猛然抬脚，朝着这扒手的嘴踹去，一脚踹下，那扒手顿时连连惨叫，嘴上满是鲜血，落齿顺着血水吐了出来，这一脚竟踹掉五六颗牙齿之多。沈爻又抬起脚踩在扒手背上，目光懒散望着街道两头，心里琢磨人也该赶过来了。

“嗒嗒嗒！”

急促的脚步声从两个街口传来，沈爻淡淡扫了眼，只见几十人气势汹汹地从两边拥上来，一时间，整条街的闲杂人逃也似的跑开，只留下沈爻与他脚下踩着的扒手。

“不想活了？敢在这儿闹……”

这些人中走出一人，神情傲慢地开口，可话还未说完，沈爻已行动了。他猛然上前踏了一步，一脚踹到那人胸口，顿时，那人被踹飞出去，撞到身后两人，三人一同摔倒在地。

谁也没想到对方一人竟敢先动手，那伙人错愕少许才反应过来，连忙朝着沈爻冲了上去，沈爻身子灵巧躲闪，一脚、一掌，动作凌厉、快速，短短一盏茶的工夫，几十号人已苟延残喘地躺在地上痛苦呻吟。

沈爻居高临下地望着他们，故意说道：“偷盗、拒捕、殴打朝廷命官，这一桩桩罪行，够你们蹲上几个月大牢了。”

朝廷命官?

其中几人一愣，不由笑了起来，这东牌坊可是三教九流会聚之地，朝廷命官怎么会来这地方？还不带个下人？一人忍着痛从地上起来，冷笑道：“知道这什么地方吗？你以为冒充朝廷命官……”

“啪……”

这人话还未说完，脑袋被狠狠扇了一巴掌，气得他火冒三丈，刚想发作，可扭头一看，顿时哑火，连忙低头喊道：“老大。”

沈爻打量着来人，只见此人魁梧雄壮，大冬天穿着件薄衫，脸上一道狰狞伤疤，看起来凶神恶煞，此人便是东牌坊的老大——马彪，沈爻找的便是他，他终于出现了。

马彪虽是一介粗人，但能混到这种地步，绝非蠢人，爽朗大笑一番，抱拳问道：“大人咋称呼？”

“大理寺少卿沈爻。”

马彪听闻此话，脸上的笑容不由僵硬了，大理寺少卿，朝廷四品大员，东牌坊虽然很乱，乱到官府都不来管，可他们只是一介百姓，哪里敢得罪官员？而且还是朝廷四品大官，一旦此人上书，朝廷下令，真要整治，他们一个都跑不了。

“哪个没眼的狗东西敢得罪沈大人？”马彪气急败坏地大吼了一句，冷冷瞥了眼，见两个扒手一脸惊慌，心中猜到大概，冷冷命令道，“把这俩狗东西的手打断了。”

“犯了律法便该由律法裁决。”沈爻淡淡说道。

“是是是。”

马彪连连点头，又扭头吩咐道：“来人，将这两人扭送到官府，让他们老实交代犯了什么罪。”

“是。”

其中两人押着两扒手退了下去。

“沈大人，这东牌坊还没来过您这么大的人物呢！不知什么风将您给吹来了？”马彪谄媚地问道。

“我要查件事。”

“什么事？”

“东牌坊曾住过一个叫天香的姑娘，我想知道是否有人查过她。”

“小事一桩，我这就差人去办。”

马彪爽快地应了下来，命手下立即去查办此事，随后，请沈爻去茶楼饮茶等消息。当然，这也是稳住沈爻，他已暗中派人去查沈爻的身份，若属实，他忍下这口气；若不属实，他东牌坊马爷也不是好糊弄的。过了约半炷香的时间，派去的人带来消息，这沈爻竟真是大理寺少卿，马彪坦然将心中的恶气咽了下去。另一拨人回来，并未查到有人打探过天香的消息，不过，两月前的一天夜里有人见到一道黑影潜入天香家。

黑影？

那应该就是送信的时候，可奇怪的是凶手为何没查问过天香？不是马彪的手下没查到便是凶手从其他途径知晓，那凶手从什么途径得知了天香的身份？

这条线索算是断了，也不知芙蓉那边查得怎么样。

沈爻一无所获地回到上爻堂，刚煮好水，沏了杯茶，芙蓉轻步走了进来，激动地说道：“先生，查到了。”

“说。”

“那些兵器的打造手法出自铸剑山庄，我派人打探过，铸剑山庄与朝廷有生意往来，不过，铸剑山庄这段时间并未走货，除非是之前打造的兵器。而且，其中有点奇怪，其山庄的少庄主程清风半年前外出游历，至今未归，山庄也派人找过，生不见人，死不见尸。”

沈爻不由沉思起来，悠悠说道：“那就是说，程清风可能遭人绑架，被逼之下打造兵器？”

“应该是这样。”

“这可是得罪铸剑山庄了，不过，如此做确实不会留下什么痕迹，险是险了些，但不失为一步好棋。”沈爻不由敬佩这行凶之人的手段，又继续问道，“可查到辛梅了？”

“没有。”

芙蓉摇了摇头，无奈回道：“芙蓉栈各个分舵都已出动，还是没发现她的下落。不过，山西分舵传来消息，两月前，她在山西地界出现过。”

“两个月前？山西地界？那正是武纪被杀的时候。”沈爻悠悠说道。

“确实很巧。”

“找她，必须要找到她。”

“先生。”

芙蓉一脸为难，见沈爻疑惑地望向自己，缓缓说道：“之前陈十六被劫，芙蓉栈的眼线活动频繁，已被皇上的暗影察觉，之后停止一切活动，暗影才没什么收获，可无法保证暗影放弃调查。一旦频繁活动，芙蓉担心会被暗影发现。”

“你担心得不无道理。”

沈爻想了想，赞同地点了点头，继续说道：“这样，辛梅的事，芙蓉栈不用管了，查找程清风，看看能否找到此人。”

“是。”

…………

万筠灵回六扇门已有两日了，六扇门一切看上去都很正常，刚回来时，义父如往常一样关切地问了此行如何，师兄弟们也尽显热情，与往常无异。万筠灵不由为之前怀疑义父而心生内疚，或许义父、皇上都与十六院被灭门无关，是她与沈爻想多了。可此事牵扯太多，她必须有十足的证据证明，便旁敲侧击地向师兄弟们打探最近六扇门在查什么案子，义父可有什么指示，却得知义父在自己刚前往太原时便离开了京城，几日前刚回来，至于总捕头去干什么，无人知晓。

义父为何离京？去做了什么？难不成真与十六院有关？

万筠灵心乱如麻。

这天，万筠灵见义父离开六扇门，趁着四下无人悄悄潜入了郭玉的书房，将书架、桌上的书籍、卷宗翻找了一遍，可并未发现近日来义父正查的案子。义父为何离京？在查什么案子？怎么连个查案的卷宗都没有？万筠灵不由坐在椅子上琢磨起来。

突然，她的目光无意中落在书桌的白纸上，只见这白纸上印着墨迹，万筠灵随手将白纸拿开，下面压着一张勾勒着图画的纸张，她一眼便看明白这图画的什么。

这是十六院所在大山的地图。

万筠灵一时间怔住了，十六院，义父真的知道十六院？那他必然将十六院的事告知皇上，十六院被灭门是否真与义父、皇上有关？万筠灵只觉双腿一软，身子瘫坐在椅子上。过了好一会儿，外面传来师兄弟们的谈话声，她才回过神，连忙将纸张重新放好，悄悄离开了郭玉的书房。

第 51 章　天子之怒

义父在自己前往太原后离京秘密行事，义父的书桌上放着十六院所在大山的地图，这种种迹象表明十六院被灭门与义父脱不了干系。之前，万筠灵心里还有一丝希冀，屠杀十六院众人的凶手可能另有其人，可如今这一丝希冀也破灭了。

她不知道怎么办，她的心情很糟糕，脑子很乱，茫然若失地走在嘈杂、繁华的街上，似乎不知未来的路该怎么走。她兜兜转转，不知怎的，竟来到上爻堂门前。她抬头仰望着上爻堂的牌匾，觉得或许该将查到的情况告诉沈爻。她在门前犹豫了一会儿，迈着步子走了进去。

外面天寒地冻。

屋内炉火熊熊。

沈爻坐在炉火前惬意地饮着茶，思绪早已飞到武纪被杀案与十六院灭门惨案上。两起案子并非没有线索，武纪被杀案的线索是辛梅，十六院灭门惨案的线索便是程清风，但如今，辛梅、程清风都不知所终，可以说，这两起案子的线索全断了。

案子该怎么查?

实在头疼!

沈爻深深叹了口气，端起茶杯饮了口茶，扭头一望，见万筠灵不知何时已站在门口，一副失魂落魄模样，心中颇疑，开口问道："万捕头，怎么了？"

万筠灵并未回答，想了想，开口反问道："沈先生，之前，我问过你，若灭十六院满门的凶手真是皇上，沈先生该怎么做。沈先生当时虽没回答，可我能感觉我知道了先生的答案，但现在我还是想听沈先生亲口告诉我。"

沈爻眼神一凛，问道：“你查到了什么？”

“沈先生先回答我。”

“人死不能复生，死的人已死，活着的人要继续活着，我只想保住陈十六的命。”

万筠灵对这个回答不显惊讶，似乎她早已预料到，只想听沈爻亲口说出，可又如何保陈十六的命？陈十六性情刚烈，知道凶手是谁，怎会放手？皇上又如何容得下一个时刻想要自己命的人？

二人必成死敌，此局已成死局。

沈爻又能怎么做？

万筠灵不知道，也没问，她只要知道沈爻的决定，跟随沈爻的脚步，没必要打探沈爻具体怎么做，她缓缓开口道：“我在义父的书房发现了十六院所在大山的地图。”

“真的是皇上。”

沈爻冷笑一声，语气尽显讥讽之意。万筠灵没有答话，默默站着，屋内一下子安静下来，只有炉火燃烧发出“啪啪啪”的声响。过了一会儿，突然，沈爻走到柜前，取出官服，穿戴整齐，迈着步子走出屋子。

万筠灵边跟着走出来边问道：“沈先生，你干吗去？”

“进宫。”

马车行至宫门前缓缓停下，沈爻、万筠灵先后下了马车，沈爻迈着步子走到宫门口，朝皇宫内望了一眼，脸色愈发凝重，头也没回地说道：“万捕头先回去吧！”

“我虽不知沈先生为何入宫，可我会陪沈先生一起。”万筠灵语气坚决地回道。

“万捕头良心难安，为十六院的人赔罪？”

“沈先生不用激我。”

沈爻无奈一笑，似乎知晓无法改变万筠灵的决定，便不再多说，从袖中掏出皇上所赐的令牌示于侍卫，侍卫放行，沈爻、万筠灵迈着步子走进皇宫。行至内宫，侍卫将二人拦下。过了半晌，小太监踏着小碎步走来，带着沈爻二人走向御书房。快到御书房时，小太监一脸笑眯眯地操着公鸭嗓子说道：“沈大人，皇上让您直接进去。”

“多谢。”

沈爻答谢了句，挺起胸、抬起头、迈着步子走进御书房。进了御书房，沈爻望了眼正伏案批阅奏章的赵权，上前行礼道：“微臣沈爻参见皇上。”

“你如此着急见朕，可是抓到杀武纪的真凶了？”赵权头也没抬，淡淡问道。

“微臣无能。”

赵权缓缓抬起头，放下手中的笔，目光直直地盯着沈爻，问道：“那你因何事要见朕？”

“微臣想问皇上一件事。”

“什么事？”

“十六院的事。”

“沈爻，朕记得，朕当时问过你，若将来有一日，陈十六与朕为敌，你会助谁。如今看来，你给朕答案了。”赵权脸上泛着笑意，缓缓从椅子上起身，迈着步子走到沈爻的面前，继续说道，“朕一直认为你是聪明人，朕不想痛失如此聪明的臣子，可你应该明白，一旦你问了这个问题，就算朕再爱惜人才也没了饶你的理由。沈爻，朕问你，你还问吗？”

“问。”

“说。”

沈爻缓缓抬起头，目光直视着赵权的眼睛，一字一句地问道：“可是皇上命人屠杀了十六院满门？”

…………

万筠灵忐忑不安地候在御书房外，目光时不时地投向御书房，可她什么也看不到，什么也听不见，心中愈发担忧。沈爻进御书房已过了一炷香的时间，也不知怎么样了。沈爻见皇上做什么？他总不会质问皇上是不是灭十六院满门的真凶吧?

不会。

沈爻是何等聪明之人，怎会做如此愚蠢之举?

“沈爻，你大胆。”

突然，御书房内传来赵权的暴喝声，万锜灵吓了一跳，心中愈发慌乱。沈爻到底在搞什么?怎么将皇上惹怒了?万锜灵尚未来得及细想，御书房内又传来赵权的怒吼。

“来人。”

侍卫听闻召唤，立即朝着御书房奔去，侍卫刚入御书房，赵权的怒吼又传了出来。

“将沈爻打入死牢，三日后，问斩。”

“是。”

万锜灵听闻此话，身子不由一软，差点跌在地上，刚回过神，只见沈爻被两名侍卫押着出了御书房，她连忙迎上前，不解地喊道:“沈先生。”

沈爻望着万锜灵，微微一笑，轻声说道:“替我告诉陈十六，先生想见他最后一面。”

“还不押走?”

赵权不知何时已走出御书房，冷冷地训斥了句，侍卫立即押着沈爻离开。万锜灵连忙将目光从沈爻身上移开，转身跪在赵权面前，祈求道:“皇上，微臣恳求皇上饶沈大人一命。”

“饶他一命?哼……你还是先想想你自己吧!”赵权冷哼一声，冷冷说道，“万锜灵，你以为你所做之事瞒得了朕?若不是郭玉将功折罪，你这颗脑袋早就搬家了。”

“皇……”

“你若再敢多说半个字，纵然朕答应了郭玉，你这颗脑袋朕也摘定了，滚。”

“谢……谢皇上。”

万筠灵颤抖着双腿站起来，一步步退出院子，怅然若失地走在青石板路上。皇上的话已讲得再明白不过了，自己暗查花应天的事，皇上已知晓，将自己打发去太原处理武纪被杀案，派义父调查十六院所在，之后，命人将十六院满门屠杀殆尽，是自己害了十六院上百人，是自己害了沈爻。

沈爻说，死的人已死，活着的人要继续活着。

她不能看着沈爻死，纵然死，她也要与沈爻一起。而在这之前，她要完成沈爻交代的事。

万筠灵眼神突然凌厉起来，扭头望了眼身后巍峨的宫殿，缓缓转过身，加快步子朝着宫门走去。出了宫门，万筠灵跳上马车，厉声吩咐道："去安阳王府。"

…………

剑，一把破剑，在陈十六的手中却成了杀人的利器，他正挥舞着这把剑，剑招诡异，配合着他灵巧的步伐，杀气凛冽。突然，破剑脱手，在空中旋转一圈又飞驰而来，陈十六凌空一跃，反手抓住剑柄，自上斜劈而下，这几个动作一气呵成，招式奇诡，杀气凌厉。

"啪啪啪！"

安阳王目睹完陈十六的剑法，不由拍手称赞，说道："好一招脱手回旋，这应是传说中仓翎九剑的最后一招吧？"

"是。"

陈十六点头回了句，脑海中不由浮现当日先生指点自己用尚不熟悉的此招斩杀了机刹阁两人的情景。如今，自己熟悉了这仓翎九剑的最后一招，可与先生已割袍断义，形同陌路，心情不由复杂了几分。

"嗒嗒嗒。"

突然，急促的脚步声传来，只见门口护卫急匆匆奔来，到了安阳王面前，抱拳说道："王爷，六扇门捕头万筠灵求见。"

"万筠灵？"陈十六一脸杀意，冷冷说道，"我不去找她，她倒主动送上门来，让她进来，今日我非杀了她。"

“十六，少安毋躁。”安阳王安抚了陈十六一句，扭头对护卫问道，“她可说因何事求见？”

“没说，只说求见逍遥王。”

“先带她去大堂。”

安阳王吩咐了句，见侍卫领命离开，望了眼陈十六，劝说道：“皇叔知你恨她，十六院的事虽与她有关，可毕竟她不是主谋，也非执行者，且听她因何而来再说。”

“好，我听皇叔的。”

“走吧！”

安阳王满意一笑，丢下一句，迈着步子朝大堂走去，陈十六提着破剑愤愤地跟在后面。

万锜灵在护卫的带领下进了大堂，一入大堂，便见安阳王、陈十六坐在椅子上，陈十六正双眼冒火地瞪着自己。万锜灵视若无睹，抱拳行礼道：“万锜灵见过安阳王、逍遥王。”

陈十六忍不住心头怒火，猛然起身，恶狠狠地说道：“万锜灵，我说过，再见到你，我一定砍了你的脑袋。”

“逍遥王想砍我这颗脑袋，我这颗脑袋给逍遥王便是，但逍遥王在杀我之前请容我将话说完。”

“我懒得听你废话。”

陈十六气得一把将破剑抽出，猛然朝万锜灵踏了一步，剑尖急速地朝着万锜灵的脖颈刺去。万锜灵凝视着刺来的破剑，面无表情，纹丝不动，就在剑尖即将刺中万锜灵的脖颈时，万锜灵淡淡开口了。

“沈先生被皇上打入死牢，三日后问斩。”

“什么？”

陈十六一惊，手腕一动，破剑一偏，从万锜灵白皙脖颈一寸之处划过。陈十六对自己竟还关心沈爻的死活很是不甘，冷冷说道：“他被皇上打入死牢、被皇上问斩与我何干？”

“他说想见你最后一面。”

“我已与他恩断义绝。”陈十六赌气回道。

“若逍遥王真与沈先生恩断义绝，刚才便不会听闻沈先生被打入死牢，便收了这剑，逍遥王恨的是我。沈先生那日站出来并非保我，而是真相不明，担心逍遥王杀错了人。如今沈先生知道事情真相，落了如此下场，逍遥王连他最后一面也不见吗？”

“你这话什么意思？先生被赵权打入死牢是因为先生查证了灭十六院满门的凶手是赵权？”陈十六惊愕地问道。

“沈先生是否有真凭实据我不知道，我在义父书房发现了十六院所在大山的地图，将此事告诉了沈先生，沈先生便入了宫，见了皇上，不久之后，便被皇上问斩。”

陈十六气急败坏地吼道：“你为何要将这事告诉先生？”

“世上有谁能阻止得了沈先生查清凶案？沈先生为何要查清真相？难道逍遥王不知道吗？”

“我……”

陈十六被噎得不知如何回答，他哪里不明白万�灵此话之意，沈爻不希望自己办傻事，必须将灭十六院的真凶找到，可真凶真是皇上，他只能用自己的办法了结此事。

“先生真是糊涂。”

“他聪明了一世，就糊涂在这件事上。”

陈十六不满地白了万�灵一眼，二话不说，迈着大步奔出大堂。安阳王望着陈十六离开的背影，想喊住他，可话到嘴边又咽了回去。

第52章 终·命

大牢的光线很暗，路很长，许慎手里提着食盒，一步步朝大牢最里面的死牢走去，他表情沉重，因为他要去探望生平第一个，也是唯一一个知己，因为这个知己三日后将被斩首，因为他就是斩杀这位知己的监斩官。

他的这位知己就是沈爻。

许慎不知沈爻如何得罪了皇上，更不知皇上为何命他为监斩官，他只知皇上暴怒，这位知己的命是保不住了，他没有其他能做的，只能在沈爻临死之前尽尽好友之谊。走了许久，许慎终于走到路的尽头，走到关押沈爻的牢房旁，他止住脚步从铁栏缝隙望着沈爻，见沈爻席地而坐，姿势文雅，毫无死囚的崩溃或颓废之状，不由会心一笑。

沈爻便是沈爻，命不久矣依旧稳如泰山。

“沈先生。”

“许大人？”

沈爻缓缓扭头，望见许慎，诧异几许，笑道：“没想到许大人还能来探望在下。”

“沈先生是在下的朋友，自然得来。”

许慎由衷回了句，命狱卒将牢门打开。狱卒领命，将怀中用布包裹之物轻轻放下，从腰间掏出钥匙打开牢门，待许慎走进牢房，狱卒抱起东西跟了进去，将东西轻轻放在破烂的木桌上。

许慎又吩咐道：“这牢房太阴、太湿，为沈先生准备个火炉。”

“是，大人。”

许慎见狱卒离开，走到桌前，边解开布边说道：“知道先生喜欢饮茶，特意为先生备了上等茶具、上等普洱，待狱卒取来火炉，先生便可沏茶、饮茶。”

“有酒吗？”沈爻开口问道。

许慎不由一愣，正解白布的手停了下来，他知沈爻最喜饮茶，酒也能饮，却不特别喜欢，便没备酒，没想到沈爻竟主动要酒，笑着回道：“先生想喝酒，必然有酒。来人，再备几壶好酒。”

没过多久，狱卒们抬着火炉、抱着几坛好酒回来，沈爻、许慎靠着火炉，用火炉温着酒，边聊边畅饮。二人一碗接着一碗，不一会儿，两坛酒已空，二人都略显醉意。

“沈先生，在下实在想不通，先生深受皇上重用，一入朝堂便位列四品，世上能有几人如先生这般？先生前途不可限量，先生到底怎么惹怒了皇上？皇上竟下令斩了先生。”许慎摇摇晃晃地端起酒碗，眼神迷离地望着沈爻，舌头打结地问道。

“说了些不该说的话。”

“沈先生既然知道不该说，为何还要说？”

“是啊！既然知道不该说，为何还要说？”沈爻端着酒碗灌了口酒，一脸苦笑地自语道。

“那是先生糊涂。”

这时，牢房外传来一声埋怨，沈爻熟悉这个声音，这是陈十六的声音，他来了。沈爻缓缓转过头，望见陈十六。

陈十六正望着沈爻，眼泪已控制不住地涌出。

“嘭！”

突然，一阵闷响传来，沈爻、陈十六都惊了一跳，连忙扭头望去，只见许慎已喝醉，栽倒在桌上，主仆二人相视一眼，不由笑了起来。

狱卒得知许大人喝醉了，连忙来将许慎搀扶走，寂静的牢房只剩下沈爻、陈十六。陈十六心里有太多的话想说，可一时间又不知道如何开口。沈爻瞥了他一眼，知道他想说什么，缓缓开口道：“不要救我，你救不了我。”

“先生？”

陈十六惊愕地望着沈爻，撇了撇嘴，说道：“纵然救不了先生，我也要拼尽全力一试。”

“没脑子。”

沈爻没好气地骂了句，想了想，神情缓和了些，教导道：“十六，查案，你不喜欢，剑法，是你自学，先生没教过你什么，以后恐怕也没机会教你了。”

陈十六满脸悲痛地喊道：“先生。”

“认真听先生说，先生最后教你两句话，你记住了：第一句，任何事都需有十足的把握再去做。”

陈十六含着泪点头。

“还有一句，无论对谁都要学会隐藏真实的自己，因为，谁都有可能是利用你的人。”

“先生不是。”

沈爻微微一笑，说道：“有你这句话，先生就知足了。那这句话，你可要记住了。”

“十六谨记。”

…………

三日后。

沈爻穿着囚衣，手脚被铐在囚车上，在众目睽睽之下赶赴刑场。陈十六、花千语站在人群中，目光凝望着囚车上的沈爻，追着囚车前行；过了没多久，囚车行至刑场，衙役押着沈爻上了刑台。此时距离午时三刻还有一炷香的时间，细长的棒香正一点点燃烧，棒香烧尽，便是行刑之时。

眼看着午时三刻即到，陈十六愈发焦急，手里的破剑握得更紧了，他不能眼睁睁地看着先生被斩首，他必须要救先生，陈十六准备行动了。突然，陈十六左右两侧的汉子动了，二人一左一右扣住陈十六的手臂，其中一人伸手点中陈十六身上几处穴道，低声赔罪道：“逍遥王，得罪了。”

陈十六不能动，不能说，只能转动着眼珠冷冷地瞪着两汉子，冒火的眼神恨不得杀了这两汉子。

时间一点一滴过去，最终，棒香燃尽，许慎无奈地站起身，拿起斩首牌，却迟迟不肯丢下。

“大人，时间已过。”

“本官还用得着你来提醒？”许慎烦躁地骂了句提醒的下官，将手中的斩首牌丢下，扭过头，无奈喊道，“斩。”

刽子手领命，猛灌烈酒，口喷大刀，举起大刀朝着沈爻的脖子砍了下去。突然，一支凌厉的箭矢爆射而来，正中刀身，强大的力量震得行刑的刽子手双手发麻，大刀从刽子手手中脱落，“哐当”一声落在地上。只见人群之外，万筠灵手持弓箭正一步步走向刑台。

她来了。

刑场四周的官兵见有人劫法场，立即冲了上去，万筠灵动作快速地拉弓、射箭，一支箭矢朝着最近的官兵爆射而去，正中那官兵胸口，官兵中箭倒地。眼看着其他官兵冲上来，弓箭已不适合近战，万筠灵丢掉手中的弓箭，瞬间从腰间抽出佩刀，纵身一跃，竖劈而下，一刀将迎来的官兵劈伤，跳上刑台。数名官兵已拥上来，万筠灵横刀一旋，数名官兵皆死在她的刀下，万筠灵一把将沈爻搀扶起来，喊道：“沈先生。”

“万捕头，你不该来。”

“或许不该来，可必须得来。”

沈爻微微泛起一抹苦笑，他明白万筠灵此话之意，什么也没说，心中却是满满感动。突然，四面八方涌现出一个个手持弓箭的官兵，这些官兵整齐列队，拉弓，箭矢瞄准刑台上的沈爻、万筠灵。

“万筠灵，你身为六扇门捕头，竟然做出劫法场这等罔顾法纪之事，该当何罪？”领兵厉声质问了句，冷冷说道，“还不束手就擒？”

沈爻苦笑道：“这下走不了了。”

“那便与沈先生一起死。”

万筠灵淡淡回了句，往前踏了一步，挡在沈爻前面，压低声音说道：“沈先生，我来护你，准备突围。”

“你也要活着。”

万筠灵正准备冲杀突围，突然，耳畔传来沈爻的声音，她如何不明白此话之意。神情不由一变，扭头想望向沈爻，可脑袋还未转过去，只觉得后颈一痛，视线逐渐模糊，知觉渐失，却觉得身子倒在温暖的怀中，便没了知觉。

沈爻缓缓将怀里的万筠灵放下，转身向许慎抱拳，说道：“许大人，万捕头触犯律法，在下不敢奢望能饶她无罪，只希望许大人法外开恩，从轻处理。”

“我会请示皇上。”

“多谢许大人。”

许慎朝沈爻点了点头，下令道：“来人，将万筠灵与遇害的官兵抬下去。”

“是。”

众官兵领命，一股脑儿地跑向刑台，一时间，整个刑台聚满了人，随后，官兵抬着昏厥的万筠灵以及被万筠灵击杀的官兵下了刑台，来得快，去得快，不消片刻，刑台上又只留下沈爻与行刑的刽子手。

“行刑吧！”

许慎吩咐了句，刽子手拾起刑台上的大刀，重新灌酒，口喷大刀，双手举着大刀朝趴在断头台上的沈爻的脖子砍了下去。

“先生。”

陈十六满脸悲痛，目瞪口呆地凝望着沈爻的脑袋被砍了下来，憋着一股气强行将身上的哑穴冲开，撕心裂肺地冲着刑台大喊，他的悲痛声音响彻整个刑场。

先生，死了？

第 53 章　除夕·一出好戏

相传，“年”是一种头长尖角、异常凶猛的怪兽，常年居住海底，每至除夕之夜便会爬上岸吃人，但“年兽”最怕红色、火光、炸响。百姓为求平安，一到除夕之夜，便贴春联、燃灯守夜、放鞭炮驱赶“年兽”。

这就是过年。

今夜正是除夕之夜。

京城灯火通明，家家户户燃灯、欢聚，寻常百姓无人流连在外，各个街道空荡荡，只有打更的更夫与巡防的官兵走动。除夕，烟花、鞭炮不可缺，此等物品最易引起火灾，除夕便是巡防官兵最劳累的日子。子时刚要过半，鞭炮、烟花一时间此起彼伏，响彻整个京城，一束束烟花鸣叫冲天，随后，在天空炸裂，煞是好看。

步兵指挥使柳昀今晚值夜，正与下属饮酒，欣赏灿烂烟花。虽无法与家人相聚，但今晚是除夕，一年就一次，心里也乐呵。几人正酣饮，只见一名官兵着急忙慌地跑了进来。

“大人，城西有两处地方失火。”

“巡视的官兵赶过去了吗？”柳韵淡淡地问道。

“正赶过去。”

柳韵点了点头，将手中的酒碗放在桌上，正准备起身，只见又有一名官兵慌慌张张跑了进来。

“报。”

“讲。”

“大人，城东两处地方失火。”

“报，大人，城北两处地方失火。”

“报，大人，城南一处地方失火。”

柳韵眉心不由皱了起来，除夕之夜，百姓放鞭炮、放烟花，确实容易出现火灾，以往除夕夜也发生过火灾，他刚听闻才不慌乱，可如今夜这般，城中一连出现七八处火灾，实不寻常，这大过年的，可别出什么乱子。救火为重，柳韵也没时间多想，立即下令道：“调集所有人，全力救人、救火。”

“是。”

几人领命，火速安排，一时间，京城街道满是正赶往火灾现场的步兵指挥使的官兵，这些官兵分别朝着城北、城南、城西、城东四处地方赶去。此时，城北、城南、城西、城东四处地方分别隐藏着上百名黑影，他们见步兵指挥使的官兵向四处赶去，领头的黑影做了个手势，率领着一群黑衣人朝皇宫奔去。

黑衣人赶至皇宫正门对面，远远凝望着守卫正门的禁军，几名黑衣人纷纷搭弓瞄准守卫。

“嗖！”

“嗖！”

“嗖！”

几支箭矢爆射而出，正中门口的守卫，黑衣人立即抽刀，冲向宫门。守门的禁军被杀得措手不及，不到片刻，黑衣人冲进正门，分散行动，一路厮杀，这些黑衣人似乎完全不惧生死，所过之处尸横遍野、血流成河，一时间，皇宫内苑乱成一团。

皇宫遭袭?

除夕之夜，皇上家宴，皇上正与皇太后、皇后、诸位嫔妃把酒言欢，禁军统领王储守在门外，得知贼人夜袭皇宫，惊愕万分，立即下令道：“不可惊扰了皇上，绝不可让贼人攻入内宫。”

…………

宫门口。

安阳王、陈十六、花千语率领着上百人火急火燎地赶来，只见宫门口满地侍卫的尸体。安阳王神情一凛，立即朝宫内赶去，走到半道，远远望见禁军侍卫正与一伙黑衣人厮杀。

“拿下。”

安阳王一声令下，率先冲了上去，手持长枪，朝着其中一名黑衣人刺去，一枪正刺中那黑衣人的胸口。安阳王长枪一挑，将黑衣人挑出五六米远，正与黑衣人厮杀的禁军见安阳王率人赶到，激动不已，斗志高昂，双方合力，不消片刻便将这伙黑衣人斩杀殆尽。

领头的侍卫向安阳王行礼，喊道：“安阳王。”

“免了。”

安阳王急切地摆了摆手，担忧地问道：“本王得知有贼人夜袭皇宫，立即赶来勤王，皇上现在如何？”

“回王爷，贼人没攻入内宫，皇上无碍。”

“那就好，贼人共有多少？”

“尚不知晓。”

“务必将贼人全部斩杀，不得惊扰了皇上，本王现在去见皇上。”

安阳王丢下一句话，带着陈十六、花千语及众下属朝着内宫赶去，行至内宫，四周安静了许多，贼人应该没攻至内宫。安阳王放眼望去，远远望见王储与众禁军守卫守在宫殿四周，加快步伐朝宫殿走去。

王储见安阳王带人前来，上前拦住安阳王，质问道：“安阳王带人入宫，意欲何为？”

“王统领这话什么意思？”

安阳王满脸怒火地反问了句，不屑地质问道：“本王得知有贼人入宫行刺皇上，担忧皇上安危，前来救驾。反倒是王统领身为禁军统领，却让贼人杀入皇宫，王统领失职，难道还不容许本王带人保护皇上吗？”

“皇上未下旨，安阳王私自带兵入宫，这可是犯了规矩。”王储冷冷回道。

“关乎皇上安危，本王顾不得其他，此事过后，若皇上降罪本王，本王甘心领罪。”

安阳王义正词严地回了句，抬步往宫殿走，王储身子一侧，又拦住安阳王去路，安阳王一脸怒火，冷冷吼道：“王储，本王你也敢拦？”

“皇上有旨，宣安阳王、王储觐见。”

突然，小太监尖锐的声音响起，安阳王、王储才不再相互赌气，转身领旨，迈着步子朝宫殿走去。陈十六等人未被召见，只能在外候着。安阳王、王储踏上台阶，入了宫殿的门，只见皇上坐正位，皇太后、皇后分别坐于皇上两侧，其他妃嫔坐在下方，歌姬、乐师已退了下去，大殿内少了些欢快，如此看来，皇上恐怕已知贼人进宫行刺之事了。

“老臣参见皇上。”

“微臣参见皇上。”

“都起来吧！”

赵权淡淡说了句，见两人起身，问道：“外面情况如何？”

“回皇上，贼人已被斩杀大半，尚有一部分贼人负隅顽抗，估计过不了多久便会被全部斩杀，皇上放心，这些贼人入不了内宫。”王储回道。

“嘭！”

赵权猛然抓起面前桌上的金盘，朝着王储扔了过去。金盘砸在王储脑袋上，顿时，王储额头鲜血流下，他面色不改，一动不动。

赵权盯着王储，一脸怒火，冷冷训斥道：“王储，你说什么？贼人入不了内宫？哼……朕的皇宫，贼人都杀了进来，你身为禁军统领竟还有脸说让朕放心？”

“微臣该死。”

“你当然该死。”

赵权气急败坏地大骂了句，继续冷冷说道：“你这颗脑袋朕先留着，护送太后、皇后回寝宫。”

“皇上，贼人尚未全部擒住，微臣需保护皇上安全。”

“这里有皇叔，还用得着你？”

“皇上，安阳王未经皇上召见，私自领兵入宫，微臣……”

“怎么？你怀疑皇叔谋害朕？”赵权不耐烦地打断了王储的话，瞥了安阳王一眼，继续说道，“除夕之夜，皇叔不辞劳苦入宫救驾，你不仅失职，还质疑皇叔忠心，你这颗脑袋真是不想要了？滚，朕现在不想看到你。”

“微臣遵旨。”

王储无奈应下，立即安排宫殿外的禁军护送皇太后、皇后、各位妃嫔娘娘回寝宫。一时间，整个宫殿的禁军全部离去，只留下安阳王带来的人保护宫殿。今夜除夕，闹了这么一出，赵权心情颇为不悦，淡淡说道：“皇叔，十六弟也来护驾了？”

“是。”

赵权扭头瞥了眼身后的小太监，吩咐道：“去，宣逍遥王进来。”

“是。”

小太监应了句，宣陈十六觐见，不一会儿，陈十六手持破剑走了进来。赵权望着走进来的陈十六，说道：“没有外人，十六弟不用行礼了。今夜除夕，我们叔侄三人好好畅饮一番。”

安阳王、陈十六各自入座，彼此不经意相望一眼，端起面前宫女斟满的酒杯敬皇上，三人一同饮了下去。

赵权放下酒杯，悠悠开口道：“朕真没想到，今夜前来护驾的竟是皇叔，皇叔对朕的关切之意，令朕感动。”

“此乃老臣本分。”

“皇叔替朕收回常胜军兵权，免了曹奎、曹禺的职，让这二人回京述职，曹睿还被关在牢中，今夜之事不会是这二人搞出的名堂吧？”赵权疑惑地问道。

“是，也不是。”

安阳王模棱两可地回了句，见赵权向自己投来疑惑的目光，安阳王扭头望向赵权，放在身前的双手一握拳，似乎打定主意，继续说道：“他们也参与，只不过，真正策划之人是老臣。”

赵权眯起眼，不信地望着赵晗，疑惑地喊道：“皇叔？”

“正是老臣。”

“为什么？”

“劝皇上退位。”

“就凭宫殿外你这上百人？”

“不。”

安阳王淡淡回了个字，继续说道，“除了宫殿外这上百人，还有曹家，还有百官，更有先皇的遗诏。”

“先皇遗诏？”

“是，先皇遗诏，若赵权为帝，横征暴敛，不顾百姓，不顾江山社稷，立陈十六为帝。”安阳王一字一句地回道。

“皇叔伪造的遗诏？”

“是。”

安阳王点了点头，继续说道：“真与假已不重要，重要的是皇上你已不得人心，百姓怨声载道，文武百官已有大半支持陈十六为帝，常胜军中支持曹家的也会支持陈十六为帝，皇上已是孤家寡人。若你退位让贤，皇叔可保你一命。”

“真就是真，假就是假，假如何都成不了真，怎会不重要？”

突然，一个声音悠然响起，陈十六神情不由一变，他记得这个声音，这是沈爻的声音。

陈十六立即抬头望去，只见两道身影从内屋走了出来，正是沈爻、万筠灵。

第 54 章　谜底、危机

先生？

沈爻？

他不是死了吗？

陈十六、安阳王惊讶地望着缓缓走向赵权的沈爻，心中尽是疑惑。陈十六疑惑的眼神中夹杂着一丝久别重逢的喜悦，而安阳王疑惑的眼神中夹杂着一丝阴谋败露的恐惧，他们无论如何都不敢相信沈爻竟然还活着。

“先生，你……”

陈十六凝望着沈爻，缓缓地站起身，想问什么，一时之间却不知如何开口。

“我没死，皇上斩我，只不过是我与皇上演的一出戏。”

“一出戏？”

陈十六不敢置信，不解地说道：“可我亲眼看见刽子手的刀把你的脑袋斩下来了啊！”

“那不是我，只不过是个死囚。”沈爻回了句，详细解释道，“你应该还记得我被斩首那日，万捕头去刑场救我，击杀了数名官兵吧？之后，万捕头被我打晕，官兵上刑台带人、抬尸，一时间，刑台上聚集了很多人，我们便在那个时候调了包。”

“就是说万捕头劫法场也是在演戏？许慎许大人也在配合先生演戏？”

“对。”

“可先生为何与赵权演这出戏？”

沈爻悄悄打量了眼皇上，见皇上并未因陈十六直呼其名而动怒，稍稍心安，开口说道：“那是为了找出屠杀十六院满门的真凶。”

“屠杀十六院满门的真凶不是赵权吗？”陈十六激动地问道。

“不是。”

陈十六似乎担心沈爻忘记，连忙提醒道：“先生，万捕头说过，她在郭玉的书房中发现十六院所在大山的地图，这还不足以证明赵权就是凶手？”

“那只能证明郭玉查过十六院，查到十六院所在，郭玉所做这些也确实奉了皇命，但不能以此证明灭十六院满门的真凶是皇上。”

“那是谁？”

“安阳王。”沈爻一字一句地回道。

“皇叔？”

陈十六吃惊地望了眼安阳王，满脸不信，摇头说道：“怎么可能？皇叔为何要灭十六院满门？先不说皇叔如何知道十六院所在，仅凭皇叔待我这么好，他若知道花应天曾护送我离宫，也绝不可能杀他。”

“安阳王知道十六院并不难，你被封逍遥王，经常去安阳王府，身边又多了个花千语。安阳王之前为恢复你身份，查过当年你离宫之事，恐早已心生疑惑，旁敲侧击地问过你被劫之事，结合所查、花千语以及你不经意说出的信息，查到十六院所在并不难。”

“皇叔确实问过我被劫的事，可皇叔杀花大叔的动机是什么？”

“你，安阳王为了逼你，必须杀了花应天。”

“为什么？”

“因为安阳王知道一旦十六院被灭门，你便会怀疑到皇上。安阳王了解你的性情，为了给花应天报仇，你会不顾一切，那他便可顺理成章地暗示你称帝。而你是先皇派人护送离宫的，无人知晓先皇此举真正之意，他伪造说辞、伪造遗诏不会让人诟病。”

“可皇叔为什么这么做？”

沈爻一时不知如何回答这个问题，悄悄打量了眼赵权，只见赵权坐在蒲团上倒了杯酒，端着酒杯摇晃着幽幽开口了。

“说吧！”

“是。”

沈爻应了句，继续说道：“因为安阳王以为皇上连年征战使得民不聊生，不顾为君之道，先前公主盗窃国库，密谋造反，其幕后主使正是安阳王。”

“赵焕尔密谋造反的幕后主使是皇叔？”

陈十六不敢置信地喃喃自语了句，缓缓将头转向安阳王，问道：“皇叔，真是这样吗？”

“难道不是吗？”安阳王不理陈十六的询问，扭头望着沈爻，冷冷地质问了句，气定神闲地说道，“本王现在确实谋反了，只不过，沈先生说赵焕尔先前谋反的幕后主使是本王，又说灭十六院满门的真凶是本王，沈先生可有证据？”

“不是，在下猜测，皇上极力主张北伐，趁机安排亲信混入军中，制衡曹家。若非皇上有十足把握，当日就不会轻易对曹睿治罪，因为一旦曹奎、曹禺孤注一掷，塞北边境就乱了。王爷替皇上去塞北收回兵权，应该有所察觉。王爷此番行事，利用死士放火，调走掌管京城治安的步兵指挥使的官兵，命死士杀入皇城，佯装营救亲自带兵进入皇宫，与曹奎、曹禺回京述职带的人马里应外合，却唯独不敢用刚替皇上收回兵权的常胜军，想必王爷已有所察觉，常胜军中有人真正效忠皇上。若在下猜得没错，当年，驸马爷方庆之之死，恐是方庆之与皇上的计谋，正是要对付阻止皇上北伐的顽固臣子，正是趁着北伐一点点制衡曹家。”

沈爻悠悠讲述了一番，目光盯着略显惊呆的安阳王，问道：“事已至此，王爷还咬口不松？”

安阳王制造混乱带人逼宫，逼皇上退位，仅凭此点已是死罪。沈爻事先与皇上上演了一出“砍头”的戏，说明皇上、沈爻对安阳王今夜的行动了如指掌，安阳王此时已成孤家寡人。他纵然掌握了陈十六这个先皇遗孤，手持真假难辨的遗诏，可无兵力在手，也难成事，他为何不承认？难道不想令陈十六失望？

安阳王稳了稳心神，心中另有主意，悠悠说道：“沈先生想令本王松口，那沈先生至少拿出令本王信服的证据。”

“铸剑山庄少庄主程清风。”

“本王与此人有何关系？”

“灭十六院满门的凶手所用兵器就是出自程清风之手。半年前，程清风外出游历，不知所终，若是在下没猜错，程清风应被劫持，去秘密打造兵器。铸剑山庄与朝廷有生意往来，现场才故意留下兵器，从而令人怀疑到皇上，可那段时间铸剑山庄并未走货。这些时日来，在下奉皇上之命暗查了走货记录，铸剑山庄的货流往何处军营都有详细记录，一把兵器不漏，足以肯定那些兵器出自程清风之手。前不久，在下找到了程清风的尸体，或许程清风早已预料到自己的结果，他在死前留下了线索。”

沈爻说到此处，从袖中掏出一个钱袋，掉转钱袋，只见钱袋里的东西“哗啦啦”落在桌上，竟是些如拇指般大小的铁片，沈爻望了一眼众人，见众人一脸疑惑，详细说道：“这是程清风死前刻下劫持他之人的信息，他死前将这些铁片吞入肚中，在下找到他的尸体，将他尸体抛开取得，这些铁片上写明这些人身上有的有文身、有的小拇指下方有黑痣，若是在下没猜错，王爷今夜带入宫的人中就有这些人吧！”

“沈大人果然厉害。”

安阳王由衷地称赞了句，不顾陈十六吃惊神情，扭头望向沈爻，问道：“本王有一事不明，还望沈大人告知。”

“王爷请问。”

“沈大人如何肯定灭十六院满门的凶手并非皇上？若沈大人向皇上求证，以本王对皇上的了解，皇上定会直接斩了沈大人。所以，本王对皇上斩沈大人一事才未有太大的怀疑。既然斩首是演戏，便说明沈大人早已知道凶手另有其人。”

“皇叔果然了解朕，他若只问朕此话，朕确实会斩了他，沈爻那时已猜到凶手另有其人，而且是针对朕的人，朕才答应他演这出戏。”赵权淡淡地插话道。

“沈先生如何猜到？”

“武纪被杀案。”

沈爻回了句，见安阳王一脸疑惑地望着自己，详细解释道：“武纪乃无极楼的楼主，暗中为皇上效力，他被杀，线索指向天香、武兆，可在下经过查证，凶手另有其人。若在下没猜错，凶手应该就是公主身边的护卫辛梅，而辛梅不知所终。在下回京之后，去天香生活的东牌坊查过，天香收到关于她父亲如今以武纪的身份在太原的信件之前，并无人查过她的身份，那凶手是如何得知天香是武纪女儿如此机密之事的？辛梅纵然跟在赵焕尔身边，也不可能知道，辛梅背后必然有人。在下之后想起皇上曾派人对在下讲过，武纪十五年前便是先皇的暗影，王爷与先皇兄弟情深，知晓暗影之事不难，确定了无极楼楼主费无极正是先皇当年的暗影，便能轻易知道天香是他的女儿，这才不用查。”

“沈先生厉害，武纪被杀确实是本王指使辛梅去做的，但这又怎么了？这与灭十六院满门毫无关系。”

“难道王爷不觉得武纪被杀案与十六院灭门一案方式相似吗？现场都留有线索，线索指向的人却不是真凶。武纪被杀案的真凶是辛梅，辛梅不知所终；十六院灭门一案留下的兵器线索指向程清风，可程清风下落不明。武纪暗中为皇上效力，凶手杀了武纪，拿走武纪的无极令，便是为了对付皇上；十六院灭门的疑凶又指向皇上，不得不令人怀疑这两起案子都是针对皇上。”

“原来如此。”

安阳王恍然大悟，钦佩说道：“沈大人果然观察入微，两宗毫不相干的案子竟能想到一处。”

“还有一宗。”

“什么？”

“冯迁抛尸案。”

安阳王不由笑了起来，故意问道：“这与本王有何关系？”

“浣灵身患痨病，命不久矣，她知道当年两位被杀的宫女有中毒迹象，一直怀疑婧妃娘娘的死大有冤情，可人微言轻的她哪有能力为娘娘翻案？直到王爷找到了她，她从王爷口中知道方正与冯迁的私仇，暗受王爷指使，利用方正将与当年有关的物件，以及写明冯迁给娘娘下毒的信件交与冯迁。

“之后，冯迁被家中马夫所杀，浣灵在刑部大堂承认抛尸之人是她，纵然冯迁体形瘦小，可浣灵身患痨病，哪有力气搬尸？定有人协助。或许真正移尸之人不是浣灵，她只不过是认罪之人，此为第一处疑点。

“安阳王、北定王当日在刑部，两位王爷极力主张恢复陈十六皇子的身份，去刑部查问前史官文征，这实在过于巧合，想必王爷去刑部查问文征只是掩饰，其真正目的便是与浣灵演一出戏。两位王爷在场，又为恢复陈十六的身份，他生母的案子，两位王爷有理由奏请皇上重查，此为第二处疑点。

“事后，在下想起在浣灵家中发现治疗痨病的药物中有人参，浣灵生活艰辛，根本买不起人参，便以为那味人参乃方正所送，可问过之后，方正未送过，那送人参之人是谁？此为第三处疑点。

“浣灵去刑部自首道出婧妃娘娘的冤案后，下午便在牢中自杀，皇上下令彻查此案。在下查到作案者乃是曹睿曹大将军，怀疑暗中指使浣灵之人是皇上，曾询问过皇上，皇上并不知情，之所以一开始阻挠此案，也是以为作案者可能是皇太后，事后却从皇太后口中得知真凶是曹睿，那指使浣灵的人又是谁？结合几处疑点，指使浣灵之人正是想借此为皇太后定罪的安阳王。

“因为安阳王也认为谋害婧妃娘娘的凶手是皇太后，先皇当年才命大理寺卿沈复草草了结此案，只是没想到案情一波三折，不过，安阳王也因此获得替皇上巡视塞北，拉拢曹奎、曹禺的机会。”

沈爻缓缓说完，停顿了一下，继续说道：“若在下没猜错，安阳王的真正用意并非定皇太后的罪，只是利用此案争取到与皇上谈判的筹码，令皇上承认陈十六的身份，也为之后辅佐陈十六为帝做准备，皇上既然承认陈十六的身份，那事后就好办了。”

“精彩。”

安阳王不由拍手称赞，由衷敬佩道，“沈先生果然神人也！竟连本王所作所为都看得一清二楚，本王栽在你的手中实在不冤。”

陈十六不敢置信地望着安阳王，悲痛地喊道：“皇叔？”

“十六，你生性善良，助你为帝，定能令社稷长存，皇叔为此用尽阴谋手段，但皇叔不后悔，因为，人根本做不到非黑即白。”

安阳王语气充满无奈，继续说道：“若你想为花应天报仇，皇叔愿死在你的剑下。”

陈十六满眼含泪地凝视着安阳王，这位老王爷为了恢复自己的身份，为了令自己娘亲的案子真相大白费心费力，可他又杀了十六院上百人，陈十六真不知道该如何面对他。

赵权瞥了眼陈十六，似乎知道他下不了这个手，转头望向安阳王，问道：“皇叔认罪了？”

“认罪。”

…………

沈爻心生疑惑地迈着步子走在阴暗的天牢中，明日便是安阳王伏法之日，他不明白安阳王为何突然要见自己。

走到牢门口，沈爻望见一脸祥和的安阳王。安阳王没有丝毫惊慌，似乎已看淡生死。

狱卒将门打开，沈爻弯腰走了进去。狱卒在外将牢门锁上，远远离去。

沈爻走到安阳王面前，行礼喊道：“安阳王。”

安阳王抬头望了眼沈爻，略显脏污的脸上浮现出欣赏的微笑，称赞道："果然不愧是沈家的孩子。"

轰！

沈爻顿时一惊，心神都被震撼了，安阳王怎么知道自己的身份？

安阳王凝望着沈爻，似乎看出沈爻心中的忐忑，微微一笑，说道："你的秘密除了本王，没人知道。"

"安阳王为何……"

"为何不告知皇上？"

安阳王不等沈爻说完，开口打断了他，笑着说道："本王败局已定，可陈十六要活着，本王需要人保护他，而你是唯一可保陈十六的人。本王知道，你与皇上的那场戏除了蒙蔽本王，真正的目的是为了保护陈十六。因为你知道若你不有所行动，陈十六绝对会想尽办法杀皇上。一旦他真刺杀了皇上，一切都完了。你想借此令陈十六明白这点。"

"王爷睿智。"

"远比不上你。"

安阳王微微一笑，满脸欣赏。突然，安阳王神色严肃起来，认真说道："皇上与十六并非一路之人，二人将来必成死敌，本王希望真到了那个时候你能站在陈十六这边。"

沈爻犹豫一番，老实回道："在下只能向王爷保证，必倾尽全力保他周全。"

"有你这话足矣！"

安阳王满意地点了点头，想了想，继续说道："沈爻，你若信得过本王，本王劝你一句，沈家的案子就不要再查了。"

"为什么？"

"因为沈家案子的真相一旦揭开，你将坠入无底的深渊，永远都爬不起来。"

沈爻一惊，他第一次遇见与自己聊沈家案子的人，激动地问道："王爷是不是知道些沈家案子线索？”

“不要问，不要查，忘记沈家的案子，你才能好好活着。”

“王爷。”

沈爻忍不住喊了句，可安阳王已闭上眼睛，任由沈爻如何呼喊、发问，安阳王充耳不闻，闭口不言，不愿提及沈家案半分。沈爻知道，安阳王决心已定，只好作罢！向安阳王行礼、告辞，走出牢房。

沈爻离开牢房不久，安阳王微微睁开眼，深深叹了口气，无奈说道：“你死都死了，还害了这么多人。”

…………

安阳王那些话到底什么意思？为什么查清沈家的案子，自己将会坠入无底深渊？

沈家案的真相到底是什么？

沈爻百思不解，安阳王的为人，沈爻信任，安阳王那番话定有深意，难道查清沈家的案子真会令自己坠入深渊？可自己是沈家的子嗣，纵然坠入深渊，他也必须将此案查清，还沈家人一个公道。沈爻决心已下，迈着步子走出天牢。刚出天牢，小太监已在外等候，告知皇上召见。

沈爻心中不由生疑，如今安阳王谋反一案已结，皇上为何突然召见自己？沈爻心思涌动，随着小太监上了马车，前往皇宫。马车在宫门口未止，行到内宫才停下，沈爻下了马车，在小太监的带领下朝着别苑走去。

这别苑沈爻曾来过，正是赵权豢养食人鱼之处。

当日，赵权威胁之景历历在目，沈爻望见赵权站在凉亭，立即收回思绪，踩着木桥走了过去，小心翼翼地朝水中望去，只见水中游动着些鲤鱼，想来之前的食人鱼已被全部杀了。

“那食人的玩意儿已被朕处理了。”

赵权正丢鱼饵喂水中的鲤鱼，头也没回，淡淡说了句。

沈爻将目光收回，加快步伐进了凉亭，到了赵权面前，行礼喊道：“微臣参见皇上。”

“免了。”

赵权淡淡回了句，边喂鲤鱼边随口问道，“去天牢看皇叔了？”

“是。”

“若朕没猜错，皇叔临终委托你照顾陈十六吧！”

“是。”

“容人之量，朕还有些，只要将来陈十六不行皇叔这种大逆不道之举，朕绝不害他，这下满意了吧？”

“谢皇上。”

“先别答谢。”

赵权淡淡说了句，拍了拍手中的鱼饵，缓缓转过身，眯着眼望着沈爻，开口问道：“沈爻，你对朕忠心吗？”

沈爻正要开口，赵权突然抬手制止，令沈爻将话咽了回去。

“你不需回答朕，你忠不忠心，只需回答朕一个问题。”

赵权说着，微微往前凑了凑脑袋，直直地盯着沈爻的眼睛，悠悠说道：“朕要你的芙蓉栈，你给吗？”

轰！

沈爻心中大惊，皇上如何知晓芙蓉栈？如何知晓芙蓉栈背后主人是自己？皇上知道芙蓉栈，却未灭芙蓉栈，未对自己问罪，反而向自己索要，此举何意？不对，还有另一种可能，皇上没确定自己与芙蓉栈的关系，他只是在试探。

到底是哪种可能？

一时间，沈爻心乱如麻，他猜不透面前这位皇上，脑海不断闪过各种说辞，可竟想不到完美的答案。他知道，一旦说错，脖子上的这颗脑袋就要搬家了。

（未完待续……）